# DIE PFÄHLAUSZÜGE

## JON SMITH

Impressum
Balkon Media B-08-12, Rivervale Condominium, Lorong Stutong 11 B3 93350, Kuching, Sarawak, Malaysia jon@balkonfilms.com +60 016 400 4579
www.jonsmith.net

# BÜCHER VON JON SMITH

**FICTION**

The Fifth Horseman

Destiny Can Bite Me (Fang & Loathing #1)

The Stakeout Diaries (Fang & Loathing #2)

Rewrite the Dead (Fang & Loathing #3)

**YOUNG ADULT**

The Arb

**CHILDREN'S FICTION**

Toytopia

**NON-FICTION**

Once Upon A Brand

Founder Mode

The Bloke's Guide To Pregnancy

The Bloke's Guide To Babies

Get Into Bed With Google

Google Adwords That Work

Smarter Business Start-Ups

Start An Online Business

Digital Marketing For Businesses

# EINS

Im Hof der Blassen Angelegenheiten existierte Licht nur mit Sondergenehmigung und unter strengster Aufsicht. Fackelflammen flackerten in Wandhaltern in Abständen von zwei Metern und gaben ihr Bestes, eine Kammer zu erhellen, deren Hauptexportgut der Schatten war. Alles, was nicht aus Marmor war, war aus Samt, und alles, was nicht aus Samt war, war aus lackiertem Holz, was bedeutete, dass sich der Staub an dem Ort wie Schnee in einer Gruft niederließ. Vincent konnte hören, wie Mrs Barley einen Putsch gegen eine besonders widerspenstige Wollmaus plante, während zwei Reihen vor ihm über das Schicksal seiner unsterblichen Seele debattiert wurde.

Er blinzelte zum Podium und stellte eine Gleichgültigkeit zur Schau, die nur geringfügig dadurch getrübt wurde, dass seine Augen vom Fackelrauch ständig tränten. An der Spitze des Rates saß Ältester Mortimer Blackthorn, dessen Wangenknochen der Neid der viktorianischen Totenmaskenszene gewesen waren und der einen Ausdruck ewiger, enttäuschter Erhabenheit zur Schau trug, wie eine Statue, die einst das Prunkstück eines weitaus besseren Museums gewesen war. Gerade intonierte er Vincents

Namen, als würde er einen besonders hartnäckigen Fleck von einer Reinigungsliste ablesen.

»Vincent Lupo, auch bekannt unter den Decknamen C. Lowell, Anselm Grieves und der gänzlich unvertretbaren Lady Vivien Despot, Sie sind vor diesen Rat geladen, um sich für Ihre jüngste Episode ... der Verrufenheit zu verantworten.«

Vincent neigte den Kopf gerade so weit, um »Weiter« anzudeuten, aber nicht so weit, dass es unterwürfig gewirkt hätte. Neben ihm presste Mrs Barley die Lippen zusammen und machte einen Strich auf dem Klemmbrett, das sie aus den Tiefen ihrer Handtasche hervorgezaubert hatte. Ren ihrerseits hatte die klassische Haltung der Verurteilten eingenommen: die Hände in den Taschen vergraben, die Schultern hochgezogen und den Blick auf einen Punkt knapp über dem Kopf des Sprechers gerichtet, als wappne sie sich für eine herannahende Wetterfront.

Die Ratskammer war technisch gesehen voll, aber wie bei den meisten übernatürlichen Gremien bedeutete »voll«, dass eine Reihe von Sitzen von Statuen, Stellvertretern oder – wie heute erschienen – einer besonders lebensechten Marzipanreplik besetzt war. Vincent zählte fünf echte Vampire, drei flüsternde Schatten und insgesamt zwei Sterbliche: Mrs Barley und Ren. Er war sich nicht ganz sicher, ob Mrs Barley im strengsten Sinne wirklich als sterblich zählte, aber da sie mehr als vierzig Minuten ohne eine auf Blut basierende Ernährung überleben konnte, war es einfacher, sie in denselben Topf zu werfen.

Blackthorn fuhr fort und lief bei seinem Thema zur Hochform auf. »Die Ereignisse des 14. dieses Monats in Soho sind uns zur Kenntnis gebracht worden. Nämlich: Ein Zirkel nicht lizensierter Kultisten, der im Orpheum Theatre operierte, wurde kurzerhand mit etwas, das nur als übermäßige Gewalt bezeichnet werden kann, ausgeschaltet, wobei nicht nur verkohlte sterbliche Überreste zurückblieben, sondern auch ein Schauplatz, der so auffällig war, dass er die Aufmerksamkeit der Metropolitan Police, zweier

Dutzend Amateurdetektive und der gesamten Sparte ›Paranormales London‹ auf TikTok auf sich zog. Möchten Sie sich vielleicht zu Ihren … Methoden äußern?«

Er ließ »Methoden« in der Luft hängen, triefend von der Art Verachtung, die man sonst für kalten Tee und Reiseblogger reserviert.

Vincent räusperte sich. »Nun, Ältester, wenn Sie mit ›übermäßiger Gewalt‹ meinen, dass ich eine Prophezeiung daran gehindert habe, Soho in die Luft zu jagen und London zu einem Jahrhundert der Pest und schlechter Musicals zu verdammen, dann ja, dann habe ich vielleicht ein klein wenig übertrieben.«

Ein paar der Vampire schnaubten, mehr aus Überraschung als aus Belustigung. Blackthorns Gesicht bewegte sich nicht, es zuckte eher, als würde es seine Einstellungen von »eisig« auf »absoluter Nullpunkt« neu kalibrieren.

»Ihre Zurückhaltung ist legendär, Lupo«, sagte er. »Es gibt jedoch einen Unterschied zwischen Eindämmung und … Spektakel. Sie haben ein Geheimnis, das seit Jahrhunderten gehütet wird, den Sterblichen offenbart. Von denen einige, wie Sie wissen, Kamerahandys haben.«

Vincent unterdrückte den Drang zu fragen, ob der Rat immer noch dachte, Polaroids seien der Gipfel der technologischen Bedrohung. »Mit Verlaub, Ältester, wenn Sie auch nur einen Bruchteil Ihrer Ressourcen dafür aufgewendet hätten, Prophezeiungsbeschleunigern nachzuspüren, anstatt mich sechs Monate lang in die Warteschleife zu legen, hätten wir dieses Gespräch vielleicht gar nicht?«

Blackthorns Augenbraue zuckte – nach seinen Maßstäben ein seismisches Ereignis. »Die Ressourcen des Rates unterliegen nicht den Launen der in Ungnade Gefallenen«, verkündete er mit der Grandiosität eines Mannes, der seine eigene Wikipedia-Seite laut vorliest. »Wenn Sie den ordnungsgemäßen Dienstweg eingehalten hätten –«

»Dienstweg?«, warf Mrs Barley mit einer Stimme, die so frisch wie gestärktes Leinen klang, ein. »Wenn ich darf, Ältester, der Antragsteller hat tatsächlich zwei Anträge auf rituelle Unterstützung, einen auf taktische Unterstützung und drei Nachträge über den Notfall-Memoiren-Kanal eingereicht, die meines Wissens alle in die Strafakte umgeleitet wurden.«

Ein deutliches, kollektives Zusammenzucken ging durch den Rat bei »Notfall-Memoiren«, einem System, das in den Achtzigern von einem besonders neurotischen Ältesten eingeführt worden war, der glaubte, jede Katastrophe müsse sofort in Tagebuchform verewigt werden. Unbeeindruckt davon begann Mrs Barley, in ihren Notizen zu blättern, bereit, weitere Beweise zur Unterstützung von Vincent zu liefern.

Blackthorn ignorierte sie mit der Professionalität eines Mannes, der Jahrhunderte damit verbracht hatte, so zu tun, als ob das Personal nicht existierte. »Wir sind nicht hier, um die Begründetheit Ihres Antrags zu debattieren. Wir sind hier, weil dank Ihrer ... Initiative die Sterblichen sich nun der ›Vampiraktivitäten‹ in Central London bewusst sind. Wir haben Jahre damit verbracht, ihre kollektive Vorstellungskraft so zu formen, dass sie Vampire als Metapher für Steuerhinterziehung sehen, nicht als nächtliche Gefahr.«

Ren hustete. »Technisch gesehen hat es niemand geglaubt, bis ein Kultist sich selbst angezündet hat, auf die Straße gerannt ist und angefangen hat, auf Latein zu skandieren. Dieser Teil war nicht unsere Schuld.«

Der nächstgelegene Vampir, ein elegantes Relikt in einem seidenen Morgenmantel, beäugte Ren, als sei sie ein Käfer auf seinem Scone. »Das Verhalten Ihrer menschlichen Begleiterin steht nicht zur Debatte«, sagte er, was es klingen ließ wie ein zutiefst bedauerliches Versäumnis. »Obwohl man sich schon fragt, wie Sie es geschafft haben, so viele anzusammeln, angesichts Ihrer früheren Leistungsbeurteilungen.«

Vincent zuckte mit den Schultern. »Ich bin ein umgänglicher Typ.«

Mrs Barley beugte sich seitwärts, um zu murmeln: »Im Anhang gibt es eine Anmerkung. Da steht: ›Wortspiele mit ›Charme‹ vermeiden.‹«

Er grinste sie an, was ihm einen Blick mütterlichen Ekels einbrachte. »Es ist nur ein Kriegsverbrechen, wenn man es dreimal wiederholt«, flüsterte er.

Blackthorns Hand schlug mit einem trockenen Geräusch auf das Pult. »Genug. Lupo, Sie werden hiermit der folgenden Vergehen beschuldigt: rücksichtslose Gefährdung der Maskerade, unbefugter Kontakt mit ratsrelevanten Artefakten und grobes Versäumnis bei der Anwendung von Eindämmungsprotokollen.« Er hielt inne und kostete das Letzte aus, als schmecke es nach dunkler Schokolade. »Wie bekennen Sie sich?«

Vincent überlegte, sich »hungrig« zu bekennen, entschied sich aber für ein diplomatisches Schulterzucken. »Schuldig, aber mit mildernden Umständen.«

Ren hob einen Finger. »Mildernde Umstände, da es sich um das buchstäbliche Ende der Welt handelt?«

Aus den Schatten kam ein Kichern – von einem der Stellvertreter oder vielleicht nur von einem tatsächlichen Schatten mit Sinn für Humor. Der Rat versteifte sich kollektiv, als wäre er von einem vorbeikommenden Bischof in einem unziemlichen Moment ertappt worden.

Blackthorn seufzte. »Sie sind nicht gänzlich ohne Wert, Lupo, weshalb der Rat ... alternativen Sanktionen zugestimmt hat.«

Vincent wappnete sich für eine Rückkehr in die Hölle des Papierkrams oder – schlimmer noch – für die obligatorische Teilnahme an den vierteljährlichen Banketten.

»Mit sofortiger Wirkung«, intonierte Blackthorn, »werden Sie zur Feldbeobachtung der Modernisierer abkommandiert. Beschattungen. Überwachung. Babysitten der nächsten Generation, bis sie lernen, sich zu benehmen – oder bis Sie beweisen, dass man Ihnen zutrauen kann, ohne Zwischenfälle unter ihnen zu agieren.«

Dies provozierte tatsächliches Gelächter von der Marzipanstatue, die, wie Vincent hätte schwören können, eine neue Falte um den Mund bekam.

»Babysitten«, wiederholte er. »Nennen wir das jetzt so?«

Mrs Barley richtete ihre bereits stocksteife Haltung noch mehr auf. »Entschuldigen Sie, Ältester, aber wären Sie so freundlich, die Bedingungen dieses Auftrags zu präzisieren? In früheren Kommuniqués des Rates herrschte ein bemerkenswerter Mangel an Spezifität.«

Blackthorn schien um einen Millimeter zu schrumpfen, als würde er vom vollen Gewicht von Mrs Barleys administrativer Tüchtigkeit erdrückt. »Sie werden für die Überwachung aller bekannten Aktivitäten der Modernisierer in Ihrem Sektor verantwortlich sein. Die Berichte sind täglich einzureichen. Jede Abweichung wird zu einer sofortigen ... Entlassung führen.«

Er präzisierte nicht, welche Form die »Entlassung« annehmen könnte. Vincent bezweifelte, dass sie ein großzügiges Abfindungspaket und eine Kaminuhr beinhaltete.

Ren starrte Vincent mit großen Augen an. »Du zwingst mich doch nicht, eine Uniform zu tragen, oder?«

»Nur wenn ihr alle passende Abzeichen wollt«, sagte er, was nicht ganz ein Scherz war.

Der Rest des Rates erhob sich oder tat so, als ob, in einer Geste der Endgültigkeit. Blackthorn warf ihm einen letzten finsteren Blick zu, von der Art, die geringere Männer hätte einschüchtern können, aber bei Vincent nur das Verlangen auslöste, sich eine Zigarette anzuzünden und Rauchringe in Richtung der Banner zu blasen.

Entlassen machte sich das Trio auf den Weg nach draußen. Hinter ihnen kehrte die Ratskammer zu ihrem natürlichen

Zustand zurück: einer endlosen Debatte über die Etikette, geführt von den Untoten zum Nutzen von absolut niemandem.

Im Korridor atmete Mrs Barley aus. »Das ist besser gelaufen als erwartet.«

Vincent blinzelte. »Du hast Schlimmeres erwartet?«

Sie nickte. »Letztes Mal haben sie das Wort ›Ausblutung‹ sechsmal benutzt, bevor wir zur Teepause kamen. Das hier war ja ein regelrechter Spaziergang.«

Ren grinste. »Also, wer genau sind die Modernisierer?«

Vincent erwog für einen Moment zu lügen. »Vampire mit einem Faible für soziale Medien. Letzte Woche hat einer von ihnen einen Flashmob in der British Library veranstaltet. Die Woche davor hat jemand versucht, ein Aderlassritual live zu streamen. Die meisten von ihnen sind harmlos, aber einige wenige ... haben Ambitionen.«

Rens Augen leuchteten auf. »Wir sind also ... übernatürliche Kaufhausdetektive.«

Vincent stöhnte. »Lass dich bloß nicht dabei erwischen, wie du das sagst. Das landet noch auf einem T-Shirt.«

Mrs Barley war bereits auf halbem Weg den Gang hinunter und murmelte über die Logistik der täglichen Berichterstattung und den völligen Mangel an ordentlichem Büromaterial. Vincent blieb zurück und überließ es Ren, das Tempo vorzugeben.

»Im Ernst«, sagte sie nach ein paar Schritten. »Warum hast du nicht nach den Dienstmarken gefragt?«

Er warf ihr einen Seitenblick zu. »Ich glaube, sie werden uns zwingen, etwas viel, viel Schlimmeres zu tragen.«

Und als sie unter den Bannern hindurchgingen, streckten sich ihre Schatten hinter ihnen – drei Gestalten im Gleichschritt, von denen keine ganz zu den Körpern passte, die sie zurückließen.

Es gab in London eine besondere Kategorie von Räumen, die für unangenehme Aufgaben und noch unangenehmere Gespräche reserviert waren, und der Büroanbau auf der Rückseite des Archivs war das Urbild, von dem alle anderen ihre Inspiration bezogen. Die Farbe blätterte in Bahnen von den Gesimsen wie verbrannte Haut, die Leuchtstoffröhren summten mit der stetigen Bedrohung von tausend aufgescheuchten Hornissen und die Heizkörper dienten hauptsächlich als historische Kuriositäten. Ein einzelner Schreibtisch und zwei ramponierte Stühle teilten den Raum auf, obwohl der größte Teil der Bodenfläche von einem Belagerungswall aus Aktenschränken eingenommen wurde, von denen jeder ein handgeschriebenes Etikett trug, das dazu bestimmt war, existenzielle Verzweiflung hervorzurufen.

Mrs Barley hatte den Schreibtisch in Beschlag genommen und war gerade dabei, einen Satz Manila-Ordner mit der Hingabe einer Priesterin zu ordnen, die sich auf ein Opferritual vorbereitet. Sie blickte nicht einmal auf, als Vincent und Ren hereinschlurften und die unverkennbare Aura einer Disziplinarmaßnahme im Schlepptau hatten.

Vincent starrte auf die Ordner. »Ist das der Moment, in dem du uns sagst, dass wir zur Vampirversion der Schulaufsicht versetzt worden sind?«

Mrs Barley warf ihm einen Blick zu, der Farbe hätte abblättern lassen, wäre noch welche übrig gewesen. »Nicht Schulaufsicht. Eher eine Art Wacht. Überwachung, nicht Verbesserung.«

Ren schob mit dem Stiefel einen Stuhl hervor und ließ sich hineinfallen, wobei sie sich mit offener, unverhohlener Neugier umsah. »Ist das Blut an der Decke oder nur der schlimmste Wasserschaden der Welt?«

»Ein bisschen von beidem«, sagte Mrs Barley und machte eine Notiz in das Hauptbuch, das sie aus dem Nichts hervorgezaubert hatte. »Der Vormieter glaubte an handgreifliche Disziplin.«

Vincent massierte sich die Schläfen. »Gibt es Kaffee?«

Sie schob ein Glas mit gefriergetrocknetem Grauen in seine Richtung, zusammen mit einer angeschlagenen Tasse, deren Inneres die Farbe von antikem Leder hatte. Er lehnte mit einem Kopfschütteln ab. Ren hatte sich unterdessen bedient und beäugte nun die Ordner, als könnten sie beißen.

Mrs Barley räusperte sich. »Also gut. Ihr seid ab sofort die offizielle Beobachtungseinheit für die Modernisierer-Sub-Kabale, Sektor Nord. Eure primären Kontaktpersonen sind in diesen Unterlagen aufgeführt.« Sie schlug die Ordner auf, einen für jeden von ihnen. »Wir haben hier: ein Blut-Smoothie-Laden, der in einem umfunktionierten Costa betrieben wird, ein Einzelhandelsgeschäft, das auf Streetwear mit okkultem Thema spezialisiert ist, und ein Netzwerk von Content-Erstellern, die anscheinend Schwierigkeiten haben, ihren Glamour aufrechtzuerhalten, wenn sie live streamen.«

Ren pfiff und blätterte durch das Dossier der »Blut-Smoothie-Bar«. »Die haben das wirklich Hemogoblins genannt?«

Mrs Barleys Nasenflügel bebten, aber sie würdigte die Frage keiner Antwort. »Ihr werdet ihre Aktivitäten beschatten, alle Verletzungen des Schleiers dokumentieren und nächtliche Berichte einreichen. Der Rat erwartet absolute Folgsamkeit. Jede Abweichung wird zu Disziplinarmaßnahmen führen. Und angesichts eurer früheren Leistungen beobachtet euch der Rat mit besonderem Interesse.«

Vincent blätterte durch seinen eigenen Ordner und überflog die Gesichter. Zwei erkannte er wieder: Cassian Roe, hauptberuflicher Vampir-Influencer und Teilzeitarchitekt von Schneeballsystemen, und Aurelia Voss, die ihr Instagram instrumentalisiert hatte, um ein »Vampir-Wellness«-Imperium aufzubauen, komplett mit gebrandeten Zahnaufhellungssets. Es gab ein drittes Gesicht: Nyx Calder, ein DJ, dessen Hauptverbrechen darin zu bestehen schien, eine halblegale Clubnacht in einem Keller zu veranstalten, der seit dem Generalstreik kein Tageslicht mehr gesehen hatte.

Er klappte den Ordner mit einem Schnappen zu. »Wir sind wirklich Babysitter.«

»Beschattungsoffiziere«, korrigierte Mrs Barley, war aber nicht mit ganzem Herzen bei der Sache.

Ren tippte auf ihren eigenen Ordner, Belustigung in der Stimme. »Wenigstens ist es Außendienst. Besser, als in dieser Todesfalle festzusitzen.«

Wie aufs Stichwort flackerten die Lichter und eine Kälte kroch unter den Dielen hervor. Vincent grunzte: »Wünsch dir nicht zu viel«, gerade als Zara Delacourt durch die Holzlatten auftauchte, ihre geisterhafte Gestalt ein paar Nuancen blasser als gewöhnlich, das Haar statisch aufgeladen und die Augen voller Sarkasmus.

Sie machte einen Gruß mit zwei Fingern. »Melde mich zum letzten Ritt der Versagerkavallerie.«

Ren schrak auf und verschüttete Instantkaffee auf den Tisch. Zara beugte sich über sie und las den obersten Ordner verkehrt herum. »Ah, Hemogoblins. Ihre o-Negativ-Mischung schmeckt nach Gummikleber, aber das Personal ist was fürs Auge. Hat der Rat wenigstens ein Spesenkonto springen lassen?«

Vincent legte seinen Ordner ab und sprach zur Decke. »Wenn das das Jenseits ist, möchte ich den Geschäftsführer sprechen.«

Mrs Barley ignorierte das Phantom und umriss stattdessen die nächsten Schritte mit der gleichen resoluten Effizienz, die sie für Hausarbeit und die Eindämmung unheimlicher Kräfte reservierte. »Ihr werdet mit dem Hemogoblins-Standort beginnen. Laut der letzten Prüfung gab es einen Anstieg verdächtiger Aktivitäten – Jungblüter, die nach Geschäftsschluss herumlungern, unerklärliche Energieschübe und eine virale Tanz-Challenge, die damit endet, dass die Teilnehmer das Bewusstsein verlieren und sumerische Texte zitieren.«

Zara grinste. »Nicht der schlimmste Dienstag, den ich je hatte.«

Ren sah Vincent an, dann Zara. »Also, was ist unsere Masche? Uns untermischen oder einfach nur ... lauern?«

»Untermischen«, sagte Vincent mit tonloser Stimme. »Wir sollen so aussehen, als gehörten wir dazu.«

»Was in Vincents Fall bedeutet, sich wie ein abwesender Schulleiter zu verhalten, der den Lehrplan aufgegeben hat«, sagte Zara und erntete einen finsteren Blick.

Mrs Barley klickte zur Betonung mit ihrem Stift. »Ich muss euch alle daran erinnern: Wir beobachten. Wir greifen nicht ein. Wir dokumentieren, aber wir mischen uns nicht ein. Wenn eine Situation instabil wird, zieht ihr euch zurück und benachrichtigt mich sofort. Das Letzte, was wir brauchen, ist eine Wiederholung dessen, was im Orpheum passiert ist, oder schlimmer noch, ein Livestream, der viral geht.«

Ren begann unbeirrt, Zaras Akte durchzublättern. »Du kennst all diese Leute?«

»Die meisten«, sagte Zara. »Einige aus der Zeit davor, andere aus der ›versehentlich zur falschen Party beschworen‹-Szene. Voss hat sich früher in meine Vorlesungen geschlichen. Cassian hat einmal versucht, mir eine Ferienwohnung in Rumänien zu verkaufen. Nyx ... über Nyx reden wir nicht.«

Vincent klemmte sich den Ordner unter den Arm, die universelle Geste für »bringen wir es hinter uns«. Er hielt an der Tür inne. »Wenn mich jemand braucht, ich bin bei Hemogoblins und tue so, als würde mich handwerklich hergestelltes Plasma interessieren und als würde ich nichts davon auf TikTok stellen.«

Zara folgte ihm und löste sich dabei auf, während Ren einen Moment zurückblieb und Mrs Barley dabei beobachtete, wie sie die restlichen Ordner mit militärischer Präzision stapelte.

»Wird das furchtbar?«, fragte Ren.

Mrs Barley blickte auf, und Überraschung huschte über ihre Züge. »Statistisch gesehen, ja. Aber ich habe dich schon Schlimmeres durchstehen sehen.«

Ren nickte und wirkte zum ersten Mal, seit sie das Archiv betreten hatte, beinahe beruhigt.

In dem Moment, als die Tür ins Schloss fiel, öffnete Mrs Barley ein verstecktes Fach in der untersten Schublade und zog eine sehr alte, sehr ramponierte Thermoskanne hervor. Sie schenkte sich einen Fingerbreit von etwas ein, das verdächtig nach Gin aussah, und erhob es zu einem Trinkspruch auf das sich zurückziehende Chaos.

»Auf den Papierkram und die Narren, die dumm genug sind zu glauben, dass er eine Rolle spielt.«

Vincent schritt unterdessen bereits in die Nacht hinaus, den Ordner fest umklammert und die Gedanken bei der Arbeit. Er murmelte vor sich hin, als die kalte Luft ihn traf: »Ich bin schon einmal verschwunden. Wie viel schwerer kann es beim zweiten Mal schon sein?«

Hinter ihm summte das Gebäude mit uralter, unaussprechlicher Bürokratie, Zahnräder drehten sich in der Dunkelheit und warteten auf das nächste Chaos, das angerichtet werden würde.

# ZWEI

Wenn der Sinn einer Überwachung darin bestand, unauffällig zu bleiben, hatte sich niemand die Mühe gemacht, es dem Fuhrparkleiter des Rates mitzuteilen. Ihr Lieferwagen, ein zwei Tonnen schweres Dieselrelikt mit der strukturellen Integrität eines viel benutzten Pissoirs, verriet seinen Zweck nur denjenigen mit einem geschulten Auge für Spachtelmasse und verdächtig neue Nummernschilder. Er erzitterte bei jedem vorbeifahrenden Bus, als protestiere er gegen die Würdelosigkeit seines Auftrags, und die Beifahrertür hatte gänzlich den Geist aufgegeben und wurde von einem ausgeklügelten System aus Spanngurten und etwas, das wie ein Hundehalsband aussah, zugehalten.

Sie parkten gegenüber von Hemogoblins, einer von Modernisierern betriebenen Blut-Smoothie-Bar, deren Ladenfront den Bürgersteig in ein konstantes Stroboskoplicht aus roten und weißen LEDs tauchte. Der Innenraum bestand aus lauter klinischen Oberflächen und Designerflecken; die Regale waren vollgestapelt mit glänzenden Fläschchen, die mit Etiketten wie »HaemoBoost« und »B Positive Bomb« versehen waren. Selbst die Kreidetafel draußen – »Happy Hour, 18:00–20:00, bring einen Freund

17

mit, erhalte einen Scone gratis« – sah aus, als wäre sie von jemandem mit einem Instagram-Sponsoring und einem tief sitzenden Groll gegen Kleinschreibung verfasst worden.

Vincent hatte den Beifahrersitz in Beschlag genommen, obwohl seine lümmelnde Haltung eher an einen Romanow im Exil als an irgendeine Art von Agent erinnerte. Er balancierte ein billiges Fernglas auf seinem Schoß, nicht weil er es brauchte, sondern weil es Mrs Barley ärgerte, die darauf bestand, ihr eigenes mit der Präzision eines Scharfschützen zu benutzen. Ren saß hinter ihnen auf einem zusammenklappbaren Campinghocker und beugte sich über ein Klemmbrett, den Textmarker ohne Kappe und einsatzbereit.

»Blutorangen-Detox-Shot«, las Vincent von der Menütafel ab und kniff die Augen zusammen, um durch die Scheibe zu blicken. »Sie hätten bei 0+ vom Fass bleiben sollen. Das ist wenigstens ehrlich.«

Ren stieß ein Geräusch aus, das halb Schnauben, halb Lachen war, blickte aber nicht auf. »Sie haben ein Treueprogramm. Man bekommt eine Gedenk-Anstecknadel aus Emaille, wenn man fünf Besuche überlebt.«

»Moderne Vampire«, sinnierte Vincent. »All der Hunger, nichts von der Poesie.«

»Manche würden das Fortschritt nennen«, erwiderte Mrs Barley, ihr Tonfall so flach wie der platte Hinterreifen des Lieferwagens. Sie hatte ein Wachstuch über ihre Knie gebreitet, um verirrte Kugelschreibertinte aufzufangen, und arbeitete sich methodisch durch einen Stapel von Formularen in dreifacher Ausfertigung, von denen jedes eine handgestempelte Warnung trug: »NUR FÜR DEN GEBRAUCH DES RATES – UNSACHGEMÄSSE HANDHABUNG KANN STRAFEN NACH SICH ZIEHEN.« Ihre Thermoskanne thronte auf dem Armaturenbrett, in Reichweite, aber sicher außerhalb des Explosionsradius von Vincents Gesten.

Vincent riskierte einen Blick durch sein eigenes Fernglas, dann legte er es weg. »Bilde ich es mir nur ein oder mischen die das Blut mit Kurkuma? Ist das nicht, sozusagen, ein Kriegsverbrechen?«

Ren würdigte das keiner Antwort. Ihre Notizen waren farblich kodiert: gelb für vermutete Reißzahnspuren, rot für bestätigte Vampir-Influencer, lila für »sonstige Zwielichtigkeiten«. Sie schien aufrichtig bei der Sache zu sein, was Vincent sowohl rührend als auch ein wenig beunruhigend fand.

Sie verfielen in Schweigen, von der Sorte, die sich in den Ecken von Bibliotheken und Wartezimmern von Krankenhäusern sammelt, nur dass hier niemand zugeben wollte, dass er sich langweilte. Alle zehn Minuten schlenderte ein Teenager in zerschlissenen Röhrenjeans und einer verdächtig alten Lederjacke aus dem Hemogoblins, blickte auf sein Handy und verschwand in der Nacht. Manchmal taten sie sich zusammen, manchmal stritten sie sich über die beste U-Bahn-Linie für Partys nach der Sperrstunde, aber kein einziges Mal explodierte jemand, verwandelte sich in eine Fledermaus oder benahm sich auf eine Weise daneben, die der Rat als justiziabel erachten würde.

Schließlich langweilte sich Vincent genug, um einen Streit anzufangen.

Er wandte sich an Mrs Barley, die nun mit der grimmigen Effizienz, die man für gewöhnlich für Zahnextraktionen reserviert, Kästchen ankreuzte. »Machen Sie sich jemals Sorgen, dass Sie Ihr volles Potenzial nicht ausschöpfen, Mrs B? Ich meine, all die Zeit, die Sie mit der Ausbildung verbracht haben, und jetzt sind Sie im Grunde eine Politesse.«

Sie blickte nicht auf. »Ich bin mit meiner Rolle vollkommen zufrieden, danke sehr.«

Ren grinste, ohne aufzusehen. »Sie hat eine Tabelle für Zufriedenheit. Sie wird stündlich aktualisiert.«

Vincent schnaubte. »Was ist mit dir, Ren? Ist das das aufregende Leben der übernatürlichen Spionage, von dem du immer geträumt hast? Goth-Kids dabei zuzusehen, wie sie sich Karottensaft und Traumata reinziehen?«

Ren setzte die Kappe mit einem Schwung auf ihren Textmarker. »Ich weiß nicht, Vincent. Ich glaube, ich hatte auf ein bisschen mehr ›sexy Geheimbund mit düsterer Akademiker-Ästhetik‹ und ein bisschen weniger ›Observation in einem Müllwagen‹ gehofft.«

Er grinste. »Du solltest mal die Kleiderordnung für die Bankette des Rates sehen. Nichts schreit so sehr Erotik wie Polyester-Umhänge und eine sechzehnseitige Geheimhaltungsvereinbarung.«

Der Lieferwagen schaukelte sanft, als Mrs Barley ihre Sitzposition korrigierte, das Rückgrat immer noch linealgerade. »Wenn Sie zwei nun fertig wären, könnten wir vielleicht zum Auftrag zurückkehren.«

Er wackelte mit den Augenbrauen in ihre Richtung. »Was, sind Sie nicht einmal ein kleines bisschen neugierig, was da drinnen ist?«

»Ich weiß ganz genau, was da drinnen ist«, sagte Mrs Barley und kreuzte ein weiteres Kästchen mit genug Kraft an, um alle drei Blätter zu durchstoßen. »Hundertvierzehn Liter mit veganen Zusätzen versehenes Plasma, fünf nicht registrierte Modernisierer-Anwärter und, wenn ich mich nicht irre, ein kleiner Hund.«

Bei diesem Wort blickte Ren auf. »Hund?«

»Ein Spaniel, möglicherweise aus dem Tierheim. Sie haben ihn um halb acht durch den Hintereingang gebracht.«

Vincent sah Ren an. »Man gewöhnt sich dran. Sie weiß alles, verstaut es in einer Schachtel und gibt dir nie etwas davon, es sei denn, du sagst bitte.«

Mrs Barley machte sich eine Notiz: »Subjekt Lupo, gewohnheitsmäßige Übertreibung, möglicherweise Geltungsdrang.« Sie lächelte nicht ganz, aber ihre Mundwinkel unternahmen einen Ausbruchsversuch.

Die Peinlichkeit kehrte zurück, nun gefärbt von der leichten Gereiztheit von Leuten, die wissen, dass sie mindestens bis Mitternacht zusammen festsitzen werden. Vincent fummelte am Radio herum, das nur Rauschen und einen einzigen Sender mit türkischem Rap bot. Er trommelte mit den Fingern auf das Armaturenbrett.

Dann, ohne Vorwarnung, fiel die Temperatur im Lieferwagen um vier Grad. Der Luftdruck veränderte sich auf eine Weise, die Vincents Trommelfellen Dinge antat, die er nicht wiederholen wollte. Ein anomaler Nebel quoll aus dem Fußraum empor, und hindurch trat Zara, körperlos und an den Rändern leicht leuchtend wie ein Bildschirmschoner aus dem Jenseits.

Sie musterte die beengten Verhältnisse und stieß dann einen leisen Pfiff aus. »Ich sehe, der Rat lässt sich heutzutage nicht lumpen. Hätte mich krankmelden und im Multiplexkino spuken sollen.«

Vincent erholte sich als Erster. »Man spukt nicht bei den Lebenden, Zara. Die Regeln sind klar.«

Sie verdrehte die Augen. »Ich spuke nicht, Liebling, ich prüfe. Sie sagten, ich könnte aus dem Jenseits Fernunterstützung leisten.«

Ren starrte sie an. »Du ... Wie lange bist du schon hier?«

Zara grinste, ihre Zähne blendeten, ihre Augen waren ein wenig zu scharf. »Lange genug, um zu sehen, dass du ›Influencer‹ in deinem Raster falsch geschrieben hast.«

Ren errötete und klappte das Klemmbrett zu. »Das ist die amerikanische Schreibweise. Gib dem Algorithmus die Schuld.«

Mrs Barley, das muss man ihr lassen, zuckte nicht einmal mit der Wimper. »Sie stören das Protokoll des Rates, Ms Delacourt.«

»Tue ich das? Oder liefere ich wertvolle, dimensionsübergreifende Einblicke?« Zara hockte sich mit ihrem nicht-körperlichen

Selbst auf die Armlehne und beugte sich dann vor, um durch das Fenster auf die Blutbar zu spähen. »Gott, ich war früher mit Leuten wie diesen zusammen. Haben mit ihrem Ruhepuls geprahlt. Überhaupt keine Ausdauer.«

Vincent schnaubte, er konnte nicht anders. »Wenigstens leuchten die nicht wie ein Kronleuchter, jedes Mal, wenn sie einen Raum betreten.«

Zara streckte ihm die Zunge heraus, aber diese flackerte wie ein GIF. »Eifersucht steht dir nicht, Vincent.«

Er überlegte sich eine Erwiderung, wurde aber durch eine plötzliche Bewegung draußen unterbrochen. Eine Gruppe von drei Modernisierern – zwei in passenden Trainingsanzügen, einer in einem Umhang aus etwas, das wie Alufolie aussah – posierte vor dem Hemogoblins und filmte sich gegenseitig mit einem mit einem LED-Ring ausgestatteten Handy. Die Darbietung war teils TikTok-Tanz, teils Bluttrink-Parodie und durch und durch peinlich.

Ren stöhnte auf. »Oh Gott, sie machen die ›Thirst Trap Challenge‹. Das ist die, bei der man eine Blutung vortäuscht und dann Rote-Bete-Saft hinunterstürzt. Letzte Woche gab es deswegen an die zehn Krankenhauseinweisungen.«

Vincent betrachtete die Darbietung mit Abscheu. »Der Rat sollte sich allein schon für ihre Outfits schämen.«

Mrs Barley protokollierte den Vorfall, ihr Stift kratzte wie ein Totenwurm. »Dokumentieren, aber nicht eingreifen«, sagte sie. »Wenn sie einen Flashmob starten, sind wir befugt, die Bereitschaftspolizei zu rufen.«

»Ich könnte ihnen jederzeit Angst einjagen«, bot Zara an. »Wortwörtlich. Ich habe die Mittel, um leichte Herzereignisse auszulösen.«

»Nein«, sagte Mrs Barley, ohne auch nur aufzusehen. »Wir sind nur zur Beobachtung hier.«

Zara schmollte, flimmerte dann seitwärts und stieß Ren in die

Schulter. »Wir sehen uns später in der Wohnung. Du solltest vielleicht im Wohnzimmer ein bisschen aufräumen.«

Ren sah erschrocken aus. »Ich bin nur noch nicht dazu gekommen.«

»Ich kontrolliere dich nicht, nur, weißt du, alles gehört an seinen Platz.« Zara zwinkerte und ließ ihren Arm dann für den Effekt durch das Armaturenbrett dematerialisieren.

Vincent schüttelte den Kopf. »Ich schwöre, diese Stadt braucht Geister mit mehr Niveau.«

Zaras Bild flackerte, als würde sie puffern. »Vorsicht, sonst niste ich mich in deiner Leber ein.«

»Zu spät«, murmelte Vincent. »Den Mietvertrag hat schon der Alkohol.«

Mrs Barley legte endlich ihren Stift weg. »Wir sind noch zwei Stunden hier. Ich schlage vor, Sie machen sich nützlich.«

Zara schwebte nach oben und durch das Dach des Lieferwagens, wobei sie eine Kühle und den schwachen Geruch von Ozon hinterließ. Ren begann wieder zu kritzeln, sichtlich beunruhigt, und Mrs Barley nahm ihren Papierkram wieder auf. Vincent seinerseits beobachtete einfach die Parade der nächtlichen Absurdität auf der anderen Straßenseite und fragte sich, an welchem Punkt die Unsterblichkeit zur langsamsten und unbefriedigendsten Realityshow der Welt geworden war.

Die Nacht weigerte sich, sich schneller als im Schneckentempo fortzubewegen. In der ersten Stunde gelang es Vincent, sich damit zu amüsieren, die Musikrichtungen zu identifizieren, die aus den Bluetooth-Lautsprechern von Hemogoblins drangen. Es war hauptsächlich EDM, unterbrochen von einer Art polyphonem

Geheul, das ihn nostalgisch an die gregorianischen Klingeltöne der frühen 2000er Jahre denken ließ.

Nach der zweiten Stunde war er weniger amüsiert. Seine Knie schmerzten, weil sie gegen das Handschuhfach gequetscht waren, und seine Versuche, aus dem Fenster zu rauchen, hatten zu einer Aschewolke geführt, die sofort wie ein Bumerang in den Lieferwagen zurückwehte und Rens Notizen mit der sanften Beharrlichkeit von Vulkanasche bestreute. Sie funkelte ihn böse an, sagte aber nichts – eine Meisterleistung des stillen Leidens.

Er wand sich, knackte mit den Fingerknöcheln und riskierte einen Blick auf die Uhr am Armaturenbrett. »Bilde ich mir das nur ein, oder wird die Zeit tatsächlich langsamer?«

Ren blätterte unbeeindruckt eine Seite um. »Willkommen bei der Observierung. Der ganze Nervenkitzel, Gras beim Wachsen zuzusehen, aber mit einem höheren Risiko für Hämorrhoiden.«

Er schnaubte. »Ich könnte für eine Flasche Wein morden.«

Mrs Barley, die die Bar seit fast dreißig Minuten nicht aus den Augen gelassen hatte, antwortete: »Das könnten Sie, werden Sie aber nicht. Die Ratsvorschriften verbieten Trunkenheit während einer aktiven Überwachung.«

»Ich überwache nicht, ich observiere«, sagte Vincent mit der Zuversicht eines Mannes, der glaubte, Wortspiele seien eine legitime rechtliche Verteidigung.

»Semantik wird Sie nicht vor der Disziplin des Rates bewahren«, sagte Mrs Barley, nicht unfreundlich, aber mit der Endgültigkeit einer Bibliothekarin, die ein Kleinkind zum Schweigen bringt. »Und nun seien Sie bitte still.«

Vincent sackte in sich zusammen, was schwierig war, da der Sitz des Lieferwagens so konstruiert war, dass er dem Fahrer maximales Unbehagen und Wachsamkeit abverlangte. Er griff nach dem uralten Radio, aber Ren schlug ihm auf die Hand.

»Wenn du noch einmal diesen türkischen Rapsender anmachst, schwöre ich, dass ich eine Lärmbeschwerde einreiche.«

Er grinste. »Du lernst dazu.«

Rens Disziplin begann zu bröckeln. Die saubere Schrift ihrer Notizen war zackig geworden, und sie hatte das farbkodierte Schema irgendwo gegen halb elf aufgegeben. Stattdessen kritzelte sie an den Rand: Smileys mit Reißzähnen, winzige aufgespießte Fledermäuse, eine Karikatur von Vincent, dessen Kopf durch eine Weinflasche ersetzt war.

Er blickte ihr über die Schulter und kniff die Augen zusammen. »Du hast heute Abend drei verschiedene Rottöne benutzt. Gibt es ein Vampir-Farbrad, von dem ich wissen sollte?«

Sie verschloss den Stift, ohne ihm in die Augen zu sehen. »Ich halte mir gerne meine Optionen offen.«

Draußen lichtete sich die Menge in der Blutbar, als Mitternacht näher rückte, aber die letzten verbliebenen Modernisierer schienen entschlossen, dem Abend jeden Tropfen Drama abzuringen. Ein Paar stark tätowierter Blondinen inszenierte auf den Stufen eine vorgetäuschte Trennung, wobei eine der anderen einen handwerklich hergestellten Smoothie ins Gesicht warf, bevor sie unter Tränen davonstürmte. Vincent vergab Stilpunkte für den Bogen der Flüssigkeit und machte sich eine mentale Notiz, sie für zukünftige opernhafte Ablenkungen zu rekrutieren.

Rens Seufzer war hörbar, ebenso wie ihr Ärger. »Wenn wir eine Kamera hätten, könnten wir das einfach an den Rat livestreamen und wären fertig.«

»Genau das ist das Problem«, sagte Vincent. »Sie wollen beobachtet werden. Sie sind wie exhibitionistische Katzen, nur dass sie keine Sachen von Regalen stoßen, sondern Sekten gründen und bei Wohltätigkeitsläufen dazwischenfunken.«

Er bemerkte, dass Mrs Barley merkwürdig still geworden war. Er prüfte, ob sie schlief, aber ihre Augen waren offen und beobachteten das Innere von Hemogoblins, als wäre es eine Telenovela. Ihre Finger trommelten ein unregelmäßiges Tattoo auf ihre Thermoskanne, und ihr Papierkram lag unberührt da. Einen Moment lang dachte Vincent, ihr wären endlich die Kästchen zum Abkasten ausgegangen.

Ren fing seinen Blick auf und zuckte mit den Schultern. »Sie macht gerade dieses Ding, wo sie jede Sekunde der letzten drei Stunden im Kopf abspielt und nach Anomalien sucht.«

Vincent grunzte. »Das sollte sie abfüllen und als Schlafmittel verkaufen.«

Die Minuten schlichen dahin, und die Luft im Lieferwagen wurde dick vom Gestank alter Polster und existentieller Malaise. Draußen entfaltete sich der letzte Akt der Nacht: Drei Modernisiererinnen in passenden Retro-Windjacken stellten ein Stativ direkt vor dem Eingang der Bar auf. Sie arrangierten sich zu einer menschlichen Pyramide, eine hielt einen Smoothie in die Höhe, die anderen heulten den Mond an.

Vincent sah zu, seine Augenbrauen kletterten nach oben. »Welche neue Hölle ist das?«

Ren spähte durch das verschmierte Fenster. »Ich hab's dir doch gesagt, das ist so ein Thirst-Trap-Ding. Der neuste Trend ist es, ein ›versehentliches‹ Blutvergießen für maximale Likes zu inszenieren. Wenn du es auf den Mitternachtsschlag abstimmst, wird dein Account geboostet.«

Vincent schauderte. »Und ich dachte, die alten Zeiten wären schlimm gewesen.«

Die Pyramide brach zusammen, und alle drei landeten auf einem Haufen. Der Smoothie spritzte überall hin, rollte dann in die Gosse und wurde vergessen. Die Mädchen kreischten, machten Selfies mit dem Chaos und verschwanden in der Nacht.

Vincent blickte zurück zu Mrs Barley. »Wollen Sie das notieren oder ihnen einfach nur Punkte für ihre Kreativität geben?«

Sie blinzelte nicht. »Dokumentiert. Die einzige Anomalie ist das Fehlen von echtem Blut. Der Rat wird ... erleichtert sein.«

Er hatte fast Mitleid mit ihr.

Der Rest der Schicht verging mit der langsamen Qual eines Zeitdilatationsexperiments. Die Bar schloss, ihre Leuchtreklame erlosch mit einem Zischen und die umliegende Straße versank wieder in ihrem üblichen Mief aus Müllsäcken und Nieselregen. Erst dann sprach Mrs Barley wieder.

»Zeit, zusammenzupacken. Bitte beachten Sie das Abmeldeprotokoll des Rates.«

Vincent verdrehte die Augen. »Gibt es dafür ein Formular, oder können wir einfach einen kleinen Schwur leisten?«

Mrs Barley ignorierte den Seitenhieb und holte eine laminierte Checkliste aus ihrer Tasche. Ren sackte in ihrem Sitz zusammen und schlug ihr Notizbuch mit dem resignierten Geräusch einer misslungenen Prüfung zu.

Als Vincent aus dem Lieferwagen kletterte und seine Knie wie Luftpolsterfolie knackten, streckte er sich und musterte die Straße. Keine einzige übernatürliche Störung, keine Prophezeiungen in Flammen, nur ein Trio verkateter Modernisierer und ein verschütteter Smoothie, der langsam in der Gosse gerann.

Er blickte zurück zum Lieferwagen, zu Ren und Mrs Barley und dem Berg von Formularen, den sie in einer der sinnlosesten Nächte seines Unlebens produziert hatten.

»Hab ich dir doch gesagt«, sagte er zu Ren und fühlte sich sowohl bestätigt als auch vage selbstmordgefährdet. »Vampir-Babysitting.«

Sie zog ihre Mütze tief über die Augen. »Du bist der schlechteste Vorgesetzte, den ich je hatte.«

Mrs Barley schloss die Türen ab und stand auf, streckte ihren Rücken wie ein Drill-Sergeant bei der Parade. »Denken wir alle daran, unsere Einzelberichte vor Sonnenaufgang einzureichen«, sagte sie, »und versuchen Sie bitte, unnötige Ausschmückungen zu vermeiden.«

Vincent salutierte spöttisch. »Aye, aye, Rats-Mutti.«

Sie würdigte das keiner Antwort.

Sie gingen den Bürgersteig entlang, die drei in einer ungleichen Reihe, und überließen den Lieferwagen seinem Schicksal unter einer flackernden Straßenlaterne. Hemogoblins würde morgen wieder öffnen, und dieselbe Farce würde sich abspielen, und vielleicht, wenn der Rat Glück hatte, würden sie jemanden mit einem wirklich illegalen Smoothie erwischen.

Vincent freute sich nicht darauf. Er hatte ein plötzliches, unerklärliches Verlangen nach etwas Echtem: Rotwein, eine richtige Schlägerei oder einen Grund, sich um irgendetwas davon zu scheren.

Stattdessen schloss er zu Ren und Mrs Barley auf, während sich der Papierkram bereits in seinem Kopf vervielfachte. Sie machten sich auf den Heimweg durch die Nacht, ein Fuß vor den anderen, mit der unaufgeregten Resignation von Leuten, die wussten, dass ihre besten Jahre im Rückspiegel lagen.

An der Ecke fragte Ren: »Glaubst du, die Modernisierer wissen, dass wir sie beobachten?«

Vincent zuckte mit den Schultern. »Sie sind Narzissten. Natürlich wissen sie es.«

Mrs Barley klickte mit ihrem Stift, den Blick auf den Horizont gerichtet. »Gut. Vielleicht benehmen sie sich dann ausnahmsweise.«

Die drei verschwanden im Nieselregen, und hinter ihnen summte die Stadt weiter, gleichgültig und unverändert, und wartete auf den Beginn der nächsten Schicht.

# DREI

Drei Nächte, beinahe einen ganzen Tank Diesel und eine halbe Schachtel Marlboros hatte es Vincent gekostet, zu dem Schluss zu kommen, dass er Hemogoblins noch mehr hasste, als er seine eigene Verwandlung gehasst hatte. Die Moderniser-Blutbar hatte durch eine Art architektonischer Perversion eine ehemals geschmackvolle georgianische Druckerei in eine Kreuzung aus einem Schlachthof und einem Berliner Technoclub in der Endphase verwandelt. Selbst aus hundert Metern Entfernung spuckte die LED-Fassade genug photonisches Gift, um Nach-bilder auf der Innenseite seiner Augenlider zu hinterlassen, und der Subbass hämmerte mit der Hartnäckigkeit eines Gerichtsvoll-ziehers in einer Studenten-WG durch das Fahrgestell des Lieferwagens.

Er lümmelte auf dem Beifahrersitz, die Knie gegen das rampo-nierte Handschuhfach gepresst, die Arme verschränkt und die Augen geschlossen, als ob das den Schmerz lindern könnte. Die Lautsprecher in der Bar pulsierten so stark, dass er spürte, wie die Füllungen in seinen Zähnen versuchten, aus seinem Zahnfleisch zu tanzen. »Es ist wie Migräne«, sagte er nicht zum ersten Mal, »aber mit Soundtrack.«

Auf der Rückbank war Ren ganz bei der Sache: die Beine auf der fadenscheinigen Polsterung des Wagens verknotet, das Notizbuch auf ein Klemmbrett gestützt, das so mit Textmarker bespritzt war, als wäre es für eine Vivisektion verwendet worden. An ihrer Mütze hatte sie vier Stifte befestigt, von denen jeder einen anderen Status des Rats bezeichnete, und war mitten in einer detaillierten Zeittafel über das Kommen und Gehen der Moderniser in dieser Nacht.

Sie blickte von Vincents gequältem Gesichtsausdruck auf und schnaubte. »Tu nicht so, als würde es dir nicht gefallen. Ist es nicht das, wovon ihr Kerle in den Krypten geträumt habt? Blut vom Fass, bis Sonnenaufgang geöffnet, jede Nacht eine Party?«

Er kniff ein Auge auf und warf ihr einen Blick zu. »Wir haben auch von einer regelmäßigen Müllabfuhr und fließendem Wasser geträumt, aber das hat niemand als Fortschritt bezeichnet.«

Auf dem Fahrersitz bewahrte Mrs Barley eine so makellose aufrechte Haltung, dass Vincent sicher war, man hatte ihr bei der Geburt eine Titanstange eingesetzt. Sie trug ihre Uniform – anthrazitfarbener Anzug, weiße Handschuhe, silbernes Haar zu einem unverrückbaren Dutt gebunden –, als wäre dies eine UN-Friedensmission und keine Tour durch das Fegefeuer der Nachtschicht. Ihr Fernglas war auf den Haupteingang von Hemogoblins gerichtet, die Hände vollkommen ruhig, bis auf gelegentliche, chirurgische Korrekturen.

Sie räusperte sich, ohne das Fernglas zu senken. »Beobachtung erfordert Disziplin, Mr Lupo. Sie sollten in Erwägung ziehen, mit gutem Beispiel voranzugehen.«

Vincent unterdrückte den Drang zu salutieren. »Ich wäre disziplinierter, wenn ich mir nicht diese schreckliche Musik anhören müsste.«

Ren kritzelte eine Notiz und wandte sich dann an Mrs Barley.

»Wenn ich reingehen würde, nur um mich umzusehen, könnte ich aufzeichnen, was sie den Kunden sagen. Der Rat will Einzelheiten, nicht nur eine Kopfzahl.«

»Negativ«, erwiderte Mrs Barley und klopfte auf ein Formular, als ob die Tinte allein Ren zur Folgsamkeit zwingen könnte. »Gemäß Protokoll müssen Beobachter einen Mindestabstand von dreißig Metern einhalten. Wenn Sie eintreten, riskieren Sie, das Ereignisprofil zu verfälschen.«

Vincent verdrehte die Augen und fischte einen zerbeulten Flachmann aus seiner Manteltasche. »Die Logik des Rats: Lieber eine Apokalypse riskieren, als den Papierkram zu verpfuschen.«

Ren drehte sich zu ihm um. »Du bist kein bisschen neugierig. Ernsthaft, willst du nicht wissen, was die da drin wirklich tun?«

»Ich weiß genau, was sie tun«, sagte Vincent und nahm einen Schluck. »Bei einem Rave namens ›Bleed the Beat‹ ist noch nie etwas Gutes passiert.«

Er deutete durch die Windschutzscheibe, wo sich eine Schlange von Besuchern um den Block wand, halb in Kostümen, halb in dem, was Vincent insgeheim als »mittelmäßiges Cosplay für die schnell Gelangweilten« betrachtete. Einige von ihnen trugen weiße Papiermasken von Chirurgen mit ausgeschnittenen Reißzähnen, andere T-Shirts mit der Aufschrift »KEIN BLUT FÜR ÖL« oder »#THIRSTTRAP«. Hin und wieder kam einer der Moderniser aus der Bar, das Gesicht mit absichtlich verschmiertem Lippenstift bedeckt, und drehte eine Runde auf dem Bürgersteig, die Arme erhoben, als begrüße er den Beifall einer Menge, die in Wirklichkeit hauptsächlich wegen der Gratis-Getränkemarken da war.

Das Armaturenbrett des Lieferwagens war eine archäologische Aufzeichnung ihrer letzten drei Observationen: versteinerte Verpackungen vom Lieferservice (größtenteils von Ren), eine Auswahl von A4-Informationsblättern (Mrs Barley) und mindestens zwei leere Flaschen Malbec (eindeutig Vincent). Ein altes

Radio, das mit einer Ansammlung von Drähten, die jeden Moment einen Kurzschluss zu verursachen drohten, an den Zigarettenanzünder angeschlossen war, spielte eine Endlosschleife von Verkehrsmeldungen, die heute Abend mit italienischen Fußballkommentaren durchsetzt war.

Ren blickte auf ihr Handy, scrollte durch den Hashtag der Moderniser und murmelte: »Sie streamen wieder live. Willst du sehen?«

Mrs Barley sträubte sich. »Elektronische Kommunikation innerhalb des Beobachtungsbereichs ist ein Risiko der Klasse Vier.«

»Nur, wenn man sich Sorgen um Malware macht«, erwiderte Ren und verdrehte die Augen. »Und der Rat hat mir dieses Handy gegeben. Wahrscheinlich überwachen sie mich sowieso mehr als die Moderniser.«

Vincent machte eine vage Geste, die je nach Blickwinkel »mach schon« oder »verbrenn das Handy« hätte bedeuten können. Ren startete den Stream und legte das Handy für alle sichtbar auf das Armaturenbrett.

Die Kamera zitterte, schwenkte durch Stroboskope und sich windende Körper und blieb dann auf der Bühne stehen. Ein DJ in der Aufmachung eines Zahnchirurgen mischte hinter einem Pult, das aus wiederverwendeten MRT-Geräten zu bestehen schien, Tracks. Auf beiden Seiten tanzten Moderniser-Anhänger mit der Inbrunst von Leuten, die sich keine Sorgen um Elektrolytmangel oder die Langzeitfolgen von Ketamin machen mussten.

Über die Lautsprecheranlage wandte sich die Stimme einer Frau – verstärkt, mit Autotune versehen, aber unverkennbar die von Aurelia Voss – an die Menge.

»Heute Nacht«, sagte sie, »schreiben wir die Geschichte neu. Wir legen die Ketten der Geheimhaltung ab. Wir zeigen der Welt, was wahrer Appetit bedeutet!«

Die Menge heulte vor Zustimmung. Der Kommentar-Feed auf

Rens Handy scrollte so schnell, dass er zu einem verschwommenen Brei aus Herzen, Reißzähnen und Auberginen-Emojis wurde.

Vincent legte den Kopf in den Nacken und ließ ihn sanft gegen das Seitenfenster des Wagens pochen. »Dafür war ich in Oxford«, sagte er, »zweimal.«

Mrs Barley machte ungerührt eine weitere Notiz in ihr Hauptbuch. »Der Inhalt bewegt sich innerhalb der festgelegten Parameter. Sie sind noch nicht von den genehmigten Ritualen abgewichen.«

»Abgesehen davon, dass sie es hunderttausend Followern verkünden«, sagte Ren.

»Das ist nicht die Anomalie«, erwiderte Mrs Barley. »Die Anomalie ist, dass noch niemand versucht hat, es zu Geld zu machen.«

Ren öffnete den Mund, um zu erwidern, wurde aber durch einen plötzlichen atmosphärischen Temperaturabfall im Wagen unterbrochen, von der Art, die einen Eisbären nach einem Pullover greifen ließe. Ein Nebelschleier verdichtete sich aus den Lüftungsschlitzen des Armaturenbretts und nahm mit theatralischem Flair die Gestalt von Zara an – immer noch geisterhaft, immer noch übertrieben gekleidet und immer noch ein Quell existenzieller Pein für Vincent.

Sie schwebte wie das sarkastischste Navi der Welt über dem Armaturenbrett und blickte von Vincent zu Mrs Barley, zu Ren und wieder zurück.

»Gott, ihr seid immer noch hier drin?«, fragte sie mit dieser seltsamen, doppellagigen Stimme, die Geister bevorzugten. »Wenn ich einen Körper hätte, würde ich schon längst drinnen tanzen.«

Vincent schreckte auf und verschüttete ein wenig aus seinem Flachmann auf seine Hose. »Zara. Du sollst eine Prüfung durchführen. Nicht spuken.«

»Ich führe eine Prüfung durch«, sagte sie. »Aus sicherer Entfernung. Außerdem gibt es da drin nur Stehplätze, und ich würde mir nur ungern eine virtuelle Geschlechtskrankheit einfangen.«

Mrs Barley sah aus, als hätte sie in eine Zitrone gebissen. »Können Sie bitte nicht durch Eigentum des Rats materialisieren? Das lässt die Garantie erlöschen.«

Zara grinste. »Sagen Sie das den letzten drei Fahrern, die versucht haben, dieses Ding im Halteverbot zu parken. Sie erleben es immer noch im Schlaf.«

Ren richtete erfreut ihr Handy auf Zara. »Willst du einen Blick riskieren? Sie machen wieder die Thirst-Trap-Challenge.«

Zara schaute zu, ihr Gesicht verzog sich vor Belustigung und ein wenig Nostalgie. »Oh, die hier kenne ich. Warte, halt an – da. Siehst du die Setlist des DJs?«

Ren kniff die Augen zusammen und zog dann das Bild größer. »Sieht aus wie ... eine Standard-Playlist? Viel Neunziger-Pop, abgemischt mit seltsamen gregorianischen Gesängen.«

»Nicht die Titel«, sagte Zara, während ihr Finger durch das Telefon phaste. »Der Text. Das ist ... vertraut.«

Vincent nahm das Telefon und schaute auf den Bildschirm. Der Text, der im Takt des Beats scrollte, war eine Mischung aus lateinischen Phrasen, New-Age-Plattitüden und – hin und wieder – einer Zeile, die ihm ein scharfes, unangenehmes Gefühl der Wiedererkennung verschaffte.

Ren bemerkte seine Reaktion. »Was ist los?«

Er reichte das Handy an Mrs Barley weiter, die das Display mit professioneller Distanziertheit überflog. Dann, ganz langsam, legte sie das Handy weg.

»Es ist eine Ableitung«, sagte sie, »von Carmines Prophezeiung. Jemand hat den Text in eine Rave-Hymne verwoben.«

Zara zuckte mit den Schultern. »Kunst ahmt das Unleben nach.«

Ren blinzelte, plötzlich ernst. »Bedeutet das – wir haben die Prophezeiung nicht zerstört? Oder treibt nur jemand einen Scherz mit uns?«

»Schwer zu sagen«, antwortete Vincent und rieb sich die Schläfen. »So oder so, das wird nicht mit einer Polonaise enden.«

Während sie zusahen, schwoll die Menge in Hemogoblins zu einem Fieberwahn an. Der Beat verdoppelte sein Tempo, und die LEDs blitzten so schnell, dass Ren wegschauen musste. Auf dem Bildschirm begannen sich die Moderniser synchron zu bewegen, die Arme erhoben, die Gesichter durch das schwache Licht und die billigen Kamerafilter verzerrt.

Vincent spürte, wie ein langsames, kaltes Grauen in seinem Bauch aufstieg. Er hatte so etwas schon einmal gesehen: der Moment, in dem eine Party von »Ausschweifung« in »Massenpsychose« überging. Es endete immer auf eine von zwei Weisen, und beide erforderten eine professionelle Reinigung.

Zara stieß einen leisen, anerkennenden Pfiff aus. »Das ist keine Choreografie. Das ist eine Beschwörung.«

Mrs Barley klappte ihr Notizbuch mit einem Schnappen zu. »Der Rat muss das sehen.«

Vincent starrte auf das Handy, wo der Text nun in Großbuchstaben scrollte: »NÄHRT DIE ZUKUNFT. LASST DIE VERGANGENHEIT BLUTEN. GESCHICHTE WIRD IN BLUT GESCHRIEBEN.«

Er legte das Handy weg und sagte, hauptsächlich zu sich selbst: »Und sie sagen, ich sei der Dramatische.«

Sie saßen schweigend da und lauschten der Musik, die lauter, schneller, verzerrter wurde. Irgendwo auf der anderen Straßenseite zerbarst ein Fenster in perfektem Gleichklang mit dem Bass.«

»Sollen wir ... eingreifen?«, fragte Ren mit ganz leiser Stimme.

Mrs Barley überlegte, dann schüttelte sie den Kopf. »Noch nicht. Nur beobachten.«

Vincent schüttete den Rest aus seinem Flachmann in den

Fußraum und sah zu, wie die Menge auf dem Bildschirm zu verschwimmen begann, ihre Umrisse sich verzerrten und ineinandergriffen, bis es weniger wie eine Party und mehr wie ein Fressgelage aussah.

»Nur beobachten«, wiederholte er. Aber er glaubte keine Sekunde daran.

Hemogoblins stanken aus der Nähe nach Antiseptikum, Körperspray und dem süßlichen Hauch von synthetischem Plasma. Die Türsteher sahen aus, als wären sie direkt aus der olympischen Kugelstoß-Szene rekrutiert worden, aber drinnen bestand die einzige wirkliche Sicherheit aus einer einzelnen polierten Messingstange und einem Schild mit der Aufschrift »Kein animalisches Verhalten«, das noch nie jemand gelesen, geschweige denn durchgesetzt hatte.

Ren ging voran, Vincent dicht auf ihren Fersen, und Mrs Barley bildete mit der zügigen Effizienz einer Bestatterin die Nachhut. Die Musik war, wenn möglich, persönlich noch lauter, eine Lärmwand, die gegen die Innenseite von Vincents Schädel drückte, bis seine Gedanken in kurzen, abgehackten Fragmenten heraussickerten.

Er musterte die Menge und versuchte, die Population der Moderniser einzuschätzen. Es war ein Meer aus blassen Gesichtern, Paillettenjacken und aggressiv unauffälligen Frisuren, die sich alle synchron wanden, als teilten sie sich ein einziges, fehlerhaftes Nervensystem. Der DJ – der jetzt auf der Bühne stand – trug immer noch seine Chirurgen-Aufmachung, das Gesicht eine weiße Maske mit Plastikblutspritzern, aber er schien nicht viel zu tun. Das Mischpult lief auf Autopilot und seine Hände zitterten an seinen Seiten, die Finger zuckten wie die Beine eines auf den Rücken gefallenen Insekts.

Vincent beugte sich zu Ren, seine Lippen streiften ihr Ohr. »Kriegst du irgendwas Nützliches rein?«

Sie schüttelte mit aufgerissenen Augen den Kopf. »Das ist alles seltsam. Alle sind zu koordiniert.«

Er beobachtete, wie die Menge sich bewegte. Jede Welle des Basses löste eine Reaktion aus, die sich wie eine sympathische Konvulsion von Wand zu Wand ausbreitete. Niemand blinzelte. Niemand lachte, schaute auf sein Handy oder tat irgendetwas von den üblichen Dingen, die junge Leute in einer Bar taten.

»Ist das eine Trance?«, fragte Ren und schrie gegen den Lärm an.

»Keine, die ich kenne«, erwiderte Vincent. Er riskierte einen Blick auf die Spiegelwand hinter der Bar und wünschte sofort, er hätte es nicht getan: einhundertfünfzig Gesichter, jedes leicht asynchron zu seinem Besitzer, die ihn alle anstarrten.

Er stieß Ren an, und gemeinsam schoben sie sich durch die Tänzer. Mrs Barley folgte, den Schirm wie ein Katana unter den Arm geklemmt, das Gesicht zu grimmiger Entschlossenheit verzogen.

Sie schafften es bis zur erhöhten Plattform im hinteren Teil, als die Musik mitten im Takt abbrach und ein so totales Vakuum hinterließ, dass Vincents Ohren klingelten. Für einen Sekundenbruchteil war der ganze Raum erstarrt. Dann flackerten die Bildschirme über der DJ-Kanzel auf und eine Textzeile lief darüber, in so großer Schrift, dass selbst die Kneipenhocker sie lesen konnten:

BLUT IST ERINNERUNG. BLUT IST ZUKUNFT. LASST DIE VERGANGENHEIT BLUTEN.

Die Worte wiederholten sich, blitzten synchron zu einer neuen, seltsameren Hintergrundmusik auf: einem vielschichtigen Singsang, der klang, als wäre er durch einen Industriemixer gejagt worden. Die Menge begann im Einklang zu heulen, tief und animalisch, und dann begannen die Moderniser sich zu verändern.

Zuerst war es subtil – eine Verlängerung der Eckzähne, ein roter Schimmer in den Augen, eine Verflachung der Gefühlsregungen. Aber als der Singsang sein erstes Crescendo erreichte, beschleunigten sich die Veränderungen. Die Glamours versagten und die Influencer auf der Tanzfläche verloren ihre sorgfältig kuratierte Normalität. Jetzt sahen sie aus wie das, was sie wirklich waren: halb verhungerte Jungblüter, die nie gelernt hatten, cool zu bleiben.

Eine Panik begann sich auszubreiten, erst langsam, dann mit wachsender Dringlichkeit, als die zerbrechlicheren Menschen merkten, dass etwas nicht stimmte. Handys wurden gezückt, Taschenlampen aktiviert, und jede Ecke des Clubs lag augenblicklich unter einem Millionen-Lumen-Blick.

Vincent sah, wie Zara am Bühnenrand erschien, ihre geisterhafte Gestalt flackerte im umgebenden elektromagnetischen Rauschen. Sie formte mit den Lippen etwas zu ihm – es hätte »in Deckung« oder »lauf« sein können –, aber bevor er reagieren konnte, sprang der erste Moderniser auf die Bar, ließ ein Bierglas fallen und stieß einen Schrei aus, der puren Hunger verriet.

Die Menge versank im Chaos. Einige versuchten zu fliehen, andere erstarrten, und eine Handvoll begann zu filmen, als ob das Ende der Welt ihnen einen blauen Haken einbringen könnte. Auf den Hauptbildschirmen war die Prophezeiung in Großbuchstaben übergegangen:

GESCHICHTE WIRD IN BLUT GESCHRIEBEN.

Aurelia Voss, die den Singsang von einem Podium herab anführte, war jetzt vollständig verwandelt. Ihr Gesicht war eine Maske räuberischer Schadenfreude, die Reißzähne entblößt, die Augen von einer Art dämonischem Charisma erleuchtet. Sie sprach zum Raum, als hielte sie einen TED-Vortrag über die Vorteile der Massenhysterie.

»Heute Nacht«, verkündete sie, »durchbrechen wir das Narrativ. Kein Verstecken mehr. Keine Scham mehr. Wir sind die neuen Unsterblichen!«

Es war, dachte Vincent, genau die Art von Sache, die Carmine arrangiert hätte, wenn er einen Sinn für Performancekunst gehabt hätte.

Ren hatte ihr Handy gezückt und filmte, selbst als sich der Club um sie herum auflöste. Mrs Barley versuchte, sie zum Ausgang zu zerren, aber Ren wehrte sich und beharrte darauf, sie brauche »harte Beweise«.

»Du bekommst harte Beweise, wenn du dich nicht bewegst«, zischte Mrs Barley und zerrte sie an der Kapuze.

Vincent blieb einen Moment länger und schätzte den Fluss der Körper ein. Er entdeckte drei Moderniser, die auf die nächste Gruppe panischer Menschen zusteuerten, ganz Reißzahn und Klaue und Nachtclub-Aggression. Ohne nachzudenken, trat er zwischen sie und die Zivilisten.

»Nicht heute Abend«, sagte er und packte den ersten am Hals. Es war eigentlich noch ein Kind, nicht älter als Ren. Er fuchtelte, schrie, dann brach er zusammen, als Vincent gerade so stark zudrückte, dass er den Blutfluss unterbrach.

Die nächsten beiden waren schneller, aber Vincent hatte jahrhundertelange Erfahrung und eine bedauerliche Bereitschaft, sie zu nutzen. Er schmetterte einen gegen eine Stützsäule und den anderen gegen die Spiegelwand, die in einem Schauer aus Sicherheitsglas zerbarst.

Hinter ihm begann jemand zu schreien. Er drehte sich um und sah, wie Mrs Barley mit ihrem Schirm beschäftigt war und ihn mit der Präzision einer Fechtmeisterin schwang. Jeder Stoß landete mit einem perkussiven Wummern, und innerhalb von Sekunden hatte sie zwei weitere Moderniser erledigt und rückte auf einen dritten vor.

Ren, die immer noch filmte, schrie: »Vincent! Der Feed – sieh dir den Feed an!«

Er warf einen Blick auf ihr Handy und sah, dass jeder einzelne Livestream jetzt die Prophezeiung zeigte, rot über die sich windende, blutgetränkte Tanzfläche gelegt. Der Text flackerte und formte sich dann zu einem Gesicht: Carmines, in pixeligem Monochrom wiedergegeben, wie er die Worte in perfekter Synchronisation mit dem Gesang formte.

Vincent fluchte. »Das ist Carmine. Er hat die Übertragung gekapert.«

Ren sah zu ihm auf, verängstigt, aber auch beeindruckt. »Kann er das?«

»Wenn man Carmine kennt, ist es seltsamer, dass er es nicht schon früher getan hat.«

Der Singsang erreichte ein letztes, brutales Crescendo, und dann fielen die Moderniser auf einmal zu Boden wie Marionetten, deren Fäden durchgeschnitten worden waren. Einen Herzschlag lang rührte sich niemand. Dann, mit einem kollektiven Stöhnen, rappelten sich die Überlebenden auf, blinzelten und waren benommen.

Aurelia Voss, wieder auf den Beinen, taumelte an die Bühnenfront. Ihr Gesicht war mit Blut verschmiert – ihrem oder dem von jemand anderem, es war schwer zu sagen. Sie zeigte direkt auf die Kamera und verkündete mit heiserer, aber ungebrochener Stimme:

»Das ist unsere Zukunft. Seht sie brennen.«

Die Musik verstummte, und die Bildschirme wurden dunkel.

Eine lange Stille folgte, nur unterbrochen durch das Tropfen von Kunstblut von den Deckenleuchten.

Vincent fand Mrs Barley, die ihren Schirm am Rock einer umgestürzten Influencerin abwischte. Sie sah ihn mit leiser Anerkennung an. »Sie haben sich gut geschlagen.«

»Ich habe eine Menge Möbel zerbrochen.«

»Es war ein kalkuliertes Risiko.«

Er nickte, dann wandte er sich Ren zu, die mit zitternden Händen immer noch streamte. »Alles okay bei dir?«

Sie nickte, die Lippen weiß. »Hast du gesehen, was da passiert ist? Mit dem Gesicht? Das war ...«

»Carmine«, beendete Vincent den Satz. »Er ist zurück und er eskaliert.«

Sie machten sich auf den Weg zur Tür und stiegen über Haufen von bewusstlosen Modernisern und die gelegentliche Pfütze auslaufenden Plasmas. Draußen hatte sich die Schlange größtenteils zerstreut, aber eine Handvoll treuer Fans drängte sich immer noch unter dem Vordach und filmte die Nachwirkungen.

»Wie sehe ich aus?«, fragte Vincent, als sie die Schwelle zurück auf die Straße überquerten.

Mrs Barley musterte ihn von oben bis unten. »Keine Reißzähne, keine glühenden Augen, nur ein ramponierter, verkatert aussehender Mann in einem geliehenen Mantel.«

»Das ist wahrscheinlich das Netteste, was Sie je zu mir gesagt haben. Danke.«

Hinter ihnen sprangen die Feuermelder des Clubs an, und eine Flut roter Lichter malte die Straße an. In der Ferne heulten Sirenen, obwohl es unmöglich war zu sagen, ob sie für diese Katastrophe oder die halbe Dutzend anderen waren, die an einem Samstagabend in Soho passierten.

Sie sammelten sich am Lieferwagen, atemlos und von Adrenalin vibrierend. Ren schaute auf ihr Handy und sah, dass der Hashtag #BleedTheFuture bereits trendete, neben #ZombieRave und #VampireCult. Clips aus dem Inneren von Hemogoblins wurden rund um den Globus weiterverbreitet, jeder manipulierter und verrückter als der letzte.

Vincent sackte auf dem Beifahrersitz zusammen, den Kopf in den Händen. »Es ist raus. Die ganze Sache ist raus.«

Mrs Barley kletterte hinters Steuer, den Schirm wie einen Amtsstab auf ihrem Schoß. »Der Rat wird fuchsteufelswild sein.«

Ren, immer noch blass, brachte ein Lachen zustande. »Vielleicht schicken sie nächstes Mal jemanden, der tatsächlich hilft.«

»Unwahrscheinlich«, erwiderte Mrs Barley. »Aber wir werden überleben.«

Vincent betrachtete seine Hände und beugte seine Finger. »Vorerst.«

Sie saßen schweigend da und ließen die Musik und das Chaos hinter sich verblassen. Nach einer Weile sagte Ren: »Und was passiert jetzt?«

Vincent sah sie an und hatte ausnahmsweise keine sarkastische Antwort parat. »Wir beobachten. Wir warten. Und wir hoffen, dass Carmine keinen zweiten Teil hat.«

Mrs Barley startete den Lieferwagen, und mit einem Ruckeln fuhren sie vom Bordstein weg. Als sie um die Ecke bogen, phaste Zara durchs Fenster, hockte sich aufs Armaturenbrett und sagte: »Ich gebe dem Ganzen vierundzwanzig Stunden, bevor es jemand zu Hause ausprobiert.«

Ren stöhnte, widersprach aber nicht.

Vincent beobachtete den Rückspiegel und erwartete halb, dass der Club in Flammen aufgehen würde, aber er blieb hartnäckig intakt, das Neonschild flackerte im Nieselregen.

# VIER

Wenn der Hof der Blassen Angelegenheiten eine architektonische Warnung war, dann war die Disziplinarkammer des Rates seine Ultima Ratio. Vier Stockwerke unter der Straße vergraben, verband die Kammer die Düsternis eines Massengrabes mit der Akustik eines Schwimmbads. Irgendein kreativer Kopf hatte versucht, diesen Effekt mit eisernen Wandleuchtern und Kunstlederbänken zu kaschieren, doch das Ergebnis ließ lediglich an ein Tribunal nach Feierabend in einem maroden Krematorium denken. Unbequem gestufte Sitzreihen, bezogen mit etwas, das wie Haifischhaut aussah, blickten auf eine zentrale Grube, in der die Verurteilten ihre Reue zur Schau stellen sollten.

Heute Nacht gab es drei Verurteilte, und nur eine von ihnen hatte sich die Mühe gemacht, ihre Bluse zu bügeln.

Mrs Barley nahm ihren Platz in der Grube ein, das Haar perfekt aufgesteckt, das Tablet in den weiß behandschuhten Händen umklammert wie ein kirchliches Artefakt. Ren schwebte zu ihrer Rechten, von dem ganzen Spektakel zutiefst unbeeindruckt, der Ärmel ihres Pullovers am Bündchen zerrupft. Vincent hatte natürlich die Reihe der bereitgestellten Stühle verschmäht und lehnte stattdessen an einer Tragsäule, die Arme verschränkt, der Gesichtsausdruck auf »Zeigt mir die Todesfalle« gestellt.

Am höchsten Punkt des Raumes thronte Ältester Mortimer Blackthorn auf einem Sitz, der so protzig war, dass er die Habsburger beschämt hätte. Er trug die Roben seines Ordens wie eine Hautkrankheit, jede Falte darauf berechnet, einen allgemeinen Eindruck pestartiger Missbilligung zu unterstreichen. Seine Finger, lang wie Spinnenbeine, trommelten in einem beunruhigenden Rhythmus auf die Armlehne.

»Fahren Sie fort, Mrs Barley«, intonierte er, als spräche er das letzte Wort bei einer besonders feindseligen Beerdigung.

Sie nickte und begann ohne Umschweife ihre Präsentation. Der Bildschirm hinter ihr flackerte auf und zeigte eine Collage digitaler Beweismittel: Screenshots mit Zeitstempel, verpixelte Bilder von der Tanzfläche des Hemogoblins, Überlagerungen von Chatprotokollen und Kommentarspalten, die ein alles andere als rosiges Bild der vampirischen Diskretion zeichneten.

»Rat, ich reiche zu Protokoll ein: Um 22:19 Uhr wurde der erste einer Reihe von Livestreams der Modernisierer öffentlich und zog in den ersten zehn Minuten über neunzigtausend gleichzeitige Zuschauer an. Innerhalb von fünf Minuten hatte die Anführerin der Modernisierer – Aurelia Voss – eine öffentliche Loyalitätsbekundung zu den Unseelie inszeniert. Das Ereignis eskalierte um 22:33 Uhr, als die Menge in eine kollektive Trance verfiel, und um 22:41 Uhr versagten alle physischen und digitalen Illusionen. Mehrere menschliche Zeugen waren anwesend. Mindestens vier Nachrichtenagenturen und siebzehn Social-Media-Influencer haben das Filmmaterial seither weiterverbreitet. Die vollständigen, unzensierten Videos sind derzeit an dreiundachtzig verschiedenen Orten verfügbar, darunter Reddit, TikTok und, aus unerklärlichen Gründen, auf der Website eines Fischhändlers aus Sunderland.«

Blackthorn blinzelte nicht. »Und die Elemente der Prophezeiung?«

Mrs Barley wischte weiter. Eine neue Folie erschien: verschwommene Standbilder der Bühne, der DJ mitten im Zusammenbruch, die Arme ausgebreitet wie ein Märtyrer in einem billigen Horrorfilm. In einem der Bilder war der durchlaufende Liedtext – blutrot und hektisch – hinter seinem Kopf zu sehen.

»Der Rat wird die Verwendung von ›lasst die Vergangenheit bluten‹ und ›Geschichte wird mit Blut geschrieben‹ in allem skandierten Material zur Kenntnis nehmen. Das Porträt des Verdächtigen Carmine erscheint als Avatar in mehreren Raubkopie-Streams, was die Botschaft weiter verstärkt.«

Ein Anflug gelangweilter Verärgerung ging durch die höheren Ränge. Die jüngeren Vampire flüsterten untereinander und unterdrückten ihr Lachen hinter lackierten Händen. Ein paar der Stellvertreter – deren Fleisch irgendwo zwischen Knetmasse und Kerzenwachs angesiedelt war – sahen sich an, als versuchten sie herauszufinden, was ein DJ war.

Vincent konnte nicht an sich halten. »Ich hab's euch doch gesagt. Der DJ hat den vollen Prophezeiungs-Remix durchgezogen. Vielleicht kann der Rat die Bedrohung nächstes Mal einfach auf einen gebrandeten Jutebeutel drucken.«

Blackthorns Gesicht verzog sich um einen Bruchteil, der bloße Hauch eines Lächelns, doch er fuhr fort. »Es sei zu Protokoll genommen: Die beschuldigte Partei zeigt weiterhin einen Mangel an Anstand. Ren, Ihre Aussage?«

Ren, mitten im Zupfen ertappt, zuckte aggressiv mit den Schultern. »Alles, was sie gesagt hat. Nur war es live noch schlimmer. Niemand hat etwas vorgetäuscht. Die Modernisierer wollten gesehen werden. Selbst die Menschen hatten bis ganz zum Schluss keine Angst – sie dachten, es wäre nur virales Marketing für einen Horrorfilm. Da gibt es nichts zu bereinigen. Alle glauben es bereits.«

Eine der anderen Ältesten, eine welke Frau, deren gesamter Schädel durch ihre Haut sichtbar war, beugte sich vor. »Und was ist mit den Protokollen des Rates selbst? Haben Sie Ihren Bericht gemäß Abschnitt B, Unterabschnitt Zwölf, eingereicht?«

Mrs Barley antwortete, bevor Ren mit den kreativen Flüchen beginnen konnte. »Der Bericht wurde innerhalb einer Stunde eingereicht, einschließlich vollständiger digitaler und physischer Protokolle sowie dreifacher Authentifizierung durch mich, Ms Delacourt und Mr Lupo. Ich habe die letzten sieben Direktiven des Rates bezüglich der Propaganda der Modernisierer angehängt. Der Rat scheint sie alle ignoriert zu haben.«

Es folgte ein Rascheln von Papieren und eine lange Pause, die nur durch das Klicken von Blackthorns Fingernägeln auf lackiertem Eichenholz unterbrochen wurde. »Also. Was genau empfehlen Sie?«

Mrs Barley richtete ihr Revers auf, obwohl es nie schief gesessen hatte. »Sofortige Eskalation. Die Modernisierer versuchen nicht länger, den Schleier aufrechtzuerhalten. Ihre nächste Aktion wird offener sein, möglicherweise gewalttätig. Wir benötigen die Befugnis, direkt einzugreifen, oder zumindest verstärkte taktische Unterstützung.«

Ein anderer Ältester ergriff das Wort, dieser hier geformt wie ein ausgehungerter Pinguin und mit ebenso viel Wärme ausgestattet. »Oder vielleicht hätte Ihre Gruppe die Angelegenheit eindämmen können, bevor sie zu einem öffentlichen Spektakel wurde. Hatten Sie nicht drei aufeinanderfolgende Nächte lang eine physische Präsenz vor Ort?«

Vincent sträubte sich. »Hatten wir. Wir reden hier von einer Menschenmenge von über einhundert und keinerlei Unterstützung. Es sei denn, Sie zählen einen Poltergeist und einen Regenschirm dazu.«

Blackthorn hob eine Hand, um Schweigen zu gebieten.

»Danke, Mr Lupo, dass Sie uns an die … improvisatorischen Fähigkeiten Ihres Teams erinnern.«

Er wandte sich an den gesamten Raum. »Nach Ansicht des Rates stellen die Handlungen der Modernisierer-Subkoterie zwar ein bedauerliches, aber kalkuliertes Versagen der Illusionen dar, keinen echten Bruch. Des Weiteren sind die sogenannten Prophezeiungselemente leicht der Internet-Meme-Kultur und der postmodernen Tendenz zur Selbstparodie zuzuschreiben. Kurzum: Es ist kein wirklicher Schaden entstanden.«

Mrs Barleys Kiefermuskeln zuckten, aber sie schwieg.

»Jedoch«, fuhr Blackthorn fort, »hat das Versäumnis des Teams, den ursprünglichen Vorfall einzudämmen, zu einem erheblichen Imageschaden geführt. Mit sofortiger Wirkung werden Ihre Überwachungsaufgaben verdoppelt. Sie werden alle Aktivitäten der Modernisierer im Nord- und Zentralsektor überwachen, und zwar unter direkter Aufsicht des Rates.«

Ren starrte ihn wütend an. »Also dürfen wir wieder die virale Polizei spielen.«

Blackthorn ignorierte sie. »Sollten Sie es versäumen, weitere öffentliche Blamagen zu verhindern, werden die Konsequenzen … nicht-administrativer Natur sein.«

Vincent murmelte: »Also, so was wie eine scharf formulierte Hinrichtung?«

Der Rat würdigte dies keiner Antwort.

»Noch Fragen?«, fragte Blackthorn, obwohl sein Tonfall andeutete, dass es besser wäre, wenn es keine gäbe.

Mrs Barley neigte den Kopf. »Nein, Ältester. Wir akzeptieren das Urteil.«

Ren schnaubte, nickte aber.

Vincent salutierte so sarkastisch, dass es praktisch eine Drohung war.

Die Sitzung endete nicht mit einem Knall, sondern mit schlurfenden Füßen und einem unterschwelligen psychischen Unbehagen, das die gesamte Kammer um zwei Grad kälter wirken ließ.

Als sie hinausgingen, verweilte Mrs Barley einen Moment am Fuß der Treppe, ihr Gesichtsausdruck starr, aber ihre Hände zitterten ganz leicht, als sie ihr Tablet schloss. Ren holte sie ein, der Atem von unterdrückter Wut noch immer flach.

»Die werden uns nie glauben«, sagte sie, »nicht einmal, wenn es ihnen um die Ohren fliegt.«

Vincent stieß sich von seiner Säule ab und schloss sich ihnen an. »Sie müssen es nicht glauben. Sie dürfen nur nicht die Schuldigen sein.«

Mrs Barleys Lippen pressten sich zu einem Strich zusammen. »Ihr habt beide recht.«

Ren blieb am Ausgang stehen und blickte über ihre Schulter zum Podium des Rates zurück. »Und was jetzt?«

»Wir beobachten«, sagte Mrs Barley, ihre Stimme leise, aber fest. »Wir warten. Und wir machen unsere Arbeit bis zum Ende der Welt.«

Vincent lächelte dünn. »Und wenn wir Glück haben, leben wir lange genug, um zu sehen, wie sie ihren eigenen Dreck wegmachen.«

Sie ließen das Mausoleum hinter sich, das Echo des Ratsurteils folgte ihnen die Treppe hinauf in die ewige Dunkelheit der Stadt über ihnen.

Zaras Wohnung, die nun Rens Wohnung war, war das, was Immobilienmakler »charmant bewohnt« nannten und was jeder mit Augen als »das Mausoleum eines Messies mit Charakter« bezeichnen würde. Sie befand sich im obersten Stockwerk eines viktorianischen Reihenhauses, das einst ein Einfamilienhaus, dann ein besetztes Haus und schließlich ein Flickenteppich aus möblierten Zimmern gewesen war. Jeder Zentimeter Wand war von Regalen, Whiteboards und jener Art von gerahmten Diplomen verdeckt, die sich nach dem Tod nur zu vermehren schienen. Inmitten all dessen konkurrierte eine Ansammlung ungleicher Sitzgelegenheiten mit Stapeln von Lieferdienst-Verpackungen, einer zusammengefallenen Luftmatratze und einer Überwachungsanlage, die nur eine Neuverkabelung von der Heraufbeschwörung Außerirdischer entfernt schien.

Ren schritt zwischen den Stapeln auf und ab, die Arme fest verschränkt, die Körpersprache auf »kurz vor der Explosion« gestellt. Sie ratterte ihre Beschwerden mit der abgehackten Vortragsweise von jemandem herunter, der jeden Satz einstudiert hatte.

»Der Rat ist nicht nur blind, er ist aktiv bösartig«, sagte sie und trat einen Haufen loser Kabel beiseite. »Es ist, als wollten sie, dass die Prophezeiung eintritt. Oder vielleicht denken sie, wenn sie sie nur lange genug ignorieren, wird sie sich von selbst erledigen.«

Vincent, sternförmig auf dem Sofa ausgebreitet, schwenkte ein Glas Rotwein und beobachtete, wie der Wein widerstrebende Bögen am angeschlagenen Rand hinterließ. »Der Rat hat jahrhundertelange Übung in der Kunst, Probleme zu denen anderer Leute zu machen«, sagte er. »Das ist im Grunde ihr Gründungsprinzip.«

Er hob das Glas zu einem Trinkspruch auf niemanden, dann trank er, als wollte er sein gesamtes Nervensystem betäuben.

Am winzigen Küchentisch saß Mrs Barley über ihren Laptop gebeugt, dessen Glühen tiefe Schatten auf ihr Gesicht warf. Sie tippte mit der gemessenen Ruhe einer professionellen Pianistin, doch ab und zu zitterten ihre Hände, und sie musste sie mit einem Atemzug beruhigen. Neben ihr wurde ein ordentlicher Stapel erledigter Berichte von einem Glas eingelegter Zwiebeln beschwert. Eine ganze Akte voller Beweise, die, wenn sie ehrlich war, nie jemand lesen würde.

Ein Knistern von Ozon, und Zara selbst flackerte ins Dasein, trat aus einer Stehlampe hervor und warf einen vielfarbigen Heiligenschein an die gegenüberliegende Wand. Sie musterte ihre eigene geisterhafte Handfläche, machte ein Geräusch irgendwo zwischen Schnauben und Schnurren und schwebte wie ein gelangweilter Wetterballon durchs Wohnzimmer.

»Entspannt euch doch mal alle«, sagte sie und schlängelte sich um den Fernseher. »Ihr macht ja alle einen auf Hamlet, und es ist noch nicht mal Mitternacht. Die Livestreams sind raus. Der Schaden ist angerichtet.«

Sie glitschte leicht, als sie durch den Kaffeetisch hindurchging, und wirbelte dabei eine kleine Flut von Worcester-Sauce-Chips in die Luft. »Ehrlich«, sagte sie, »man kann TikTok nicht mit Illusionen belegen. Nicht mal mit einem Rat voller Gruftwächter.«

Ren hielt gerade lange genug im Auf- und Abgehen inne, um finster zu blicken. »Das war's also? Wir sehen einfach zu, wie sie sich in die Apokalypse memen?«

Zara zuckte mit den Schultern, eine Nebelschwade, die durch ihre Schultern zog. »Das, oder ihr startet euer eigenes Meme. Gewinnt die Deutungshoheit. Es geht jetzt alles nur noch um die öffentliche Wahrnehmung, Darling. Existenz ist Branding.«

Vincent schnaubte. »Der erste Vampirkrieg, der ausschließlich mit Influencer-Kampagnen ausgetragen wird. Carmine wäre so stolz.«

Mrs Barleys Tippen verstummte. Sie saß einen Moment da, die Hände wie im Gebet gefaltet, dann blickte sie zu der Gruppe auf. Ihr Gesicht war müde, aber ihre Augen waren scharf. »Das ist keine Eindämmung. Das ist Triage. Dem Rat ist es egal, wer ins Kreuzfeuer gerät, solange der Vorhang geschlossen bleibt.«

Ren ließ sich auf einen abgenutzten Sessel fallen, dessen Polsterung durch die Armlehne sichtbar war. »Warum machen wir das dann? Was nützt die Überwachung, wenn die einzige Regel lautet: ›Lass dich nicht erwischen‹?«

Mrs Barley lächelte, aber es lag keine Freude darin. »Weil nichts mehr zwischen ihnen und einem offenen Krieg steht, wenn wir aufhören.«

Der Raum versank in Stille, nur unterbrochen vom Summen des Kühlschranks und Zaras sanftem Schweben am Erkerfenster.

Vincent leerte sein Glas und hielt dann die Flasche gegen das Licht. »Unsere Vorräte gehen zur Neige«, sagte er mit flacher Stimme. »Der Rat erstattet uns auch nichts für moralsteigernde Maßnahmen.«

Zara glitt am Fensterbrett entlang und warf prismatische Bänder an die Wand. »Ich könnte ja immer noch den Schnapsladen heimsuchen«, bot sie an. »Geisterhafter Diebstahl ist risikoarm und sehr ertragreich.«

Ren, endlich erschöpft, zog die Knie an die Brust und sah Vincent an. »Wenn der Rat Carmine nicht aufhält, wer dann?«

Er antwortete nicht. Stattdessen schenkte er sich einen Fingerbreit Wein ein, stellte die Flasche ab und starrte in das Glas, als enthielte es das Geheimnis, wie man sich nicht schert.

Mrs Barley begann wieder zu tippen, jetzt langsamer. »Ich werde weiter Berichte schreiben. Ich bezweifle, dass es etwas nützt, aber es ist besser als nichts.«

Zara hockte sich für einen Moment auf die Armlehne des Sofas, bevor sie sich ins Nebenzimmer auflöste. »Die Welt geht unter, aber ihr seid alle so förmlich dabei«, sagte sie, ihre Stimme hallte von den Küchenfliesen wider. »Das macht einen Geist stolz.«

Sie saßen bei ihren Aufgaben: Ren schmollte, Mrs Barley protokollierte, Vincent kultivierte eine Aura chemischer Gelassenheit. Draußen vibrierte die Stadt vom Verkehr, von tausend Partys und mindestens einer viralen Prophezeiung. Drinnen warteten sie auf die nächste Katastrophe oder vielleicht darauf, dass der Rat einen neuen Sündenbock fand. Bis dahin teilten sie sich die Flasche, die Stille und die Gewissheit, dass, was auch immer als Nächstes geschah, niemand kommen würde, um sie zu retten.

Und über allem tickte die Prophezeiung weiter, niedergeschrieben in Blut und Datenpaketen, während drei Beinahe-Fremde von einem Wohnzimmer in Nord-London aus zusahen, wie sich die Geschichte wiederholte.

# FÜNF

Ren erwachte, als hätte man ihr kalte Bleiche die Wirbelsäule hinuntergegossen, und die Welt um sie herum wurde mit einer Klarheit scharf, die darauf hindeutete, dass etwas nicht stimmte. Einen Moment lang wusste sie nicht, wo sie war – nur, dass sie schwitzte, ihr Herz im Takt einer Kriegstrommel schlug und ihr linker Arm in Flammen stand.

Sie setzte sich zu schnell auf. Der stählerne Bettrahmen biss ihr in den Oberschenkel, und die Luft um sie herum schien in Doppelbildern zu flimmern. Das Zimmer war, mangels eines besseren Wortes, gespenstisch: Auf jeder Oberfläche in Zaras Wohnung türmten sich die Überreste alter Forschungsausdrucke, Wäsche und der unbenennbare Schlamm von Monaten, die sie mit Notrationen und Adrenalin überlebt hatte. Draußen auf der Straße blinkte ein schwaches Stroboskoplicht und verlieh allem die Unwirklichkeit eines eingefrorenen Tatorts.

Ren presste ihre gesunde Hand auf ihre Nase, die wieder zu bluten begonnen hatte – und genau wie zuvor war das Blut schwarz und hinterließ auf dem Kissen einen Schatten, der nach Eisenspänen und verbranntem Toast stank. Sie versuchte, nach einem Taschentuch zu greifen, doch ihr linker Arm weigerte sich, mitzumachen.

Es dauerte eine Sekunde, bis sie den Grund dafür erkannte: Das Lektorenmal, das seit dem Einsturz des Orpheum Theatre größtenteils untätig auf ihrem Unterarm geruht hatte, pulsierte jetzt in einem Blaugrün, das ihre Haut wie das Zifferblatt einer billigen Digitaluhr aussehen ließ. Das Mal war gewachsen, wurde ihr bewusst, und erstreckte sich nun vom Handgelenk bis zum Ellbogen in einem Netz von Siegeln, das bei allem auf der Welt wie ein Plan der Northern Line aussah, wenn die Northern Line von einem Soziopathen mit einer Vorliebe für keltische Knotenmuster entworfen worden wäre. Das Leuchten warf bewegte Schatten über die Stapel von Essensbehältern und beleuchtete jeden Fingerabdruck auf der Tasse neben dem Sofa.

Sie fluchte, erst leise, dann zur Sicherheit etwas lauter. Ihr Handy hatte sich vom Couchtisch vibriert und war zwischen zwei Taschenbüchern über kritische Theorie und etwas, das verdächtig wie ein altes Pornoheft aussah, gelandet. Sie fischte es hervor, wischte sich die Hand an der Rückseite ihrer Jogginghose ab und sah auf die Uhr: 3 Uhr 11. Natürlich.

Sie musste nicht nachsehen, um zu wissen, dass sie geträumt hatte, denn der Geschmack von Kupfer und Tinte lag ihr noch frisch auf der Zunge, und ihre Gedanken waren voller Geschichten, die nicht ihre eigenen waren. Im Traum war sie durch ein knochentrockenes Feld gegangen und hatte einem Mädchen mit ihrem eigenen Gesicht zugesehen, wie es Salz in die Erde streute und damit Worte schrieb, die verschwanden, wenn man sie direkt ansah. Hinter ihr war die Welt blau und weiß verbrannt, und Vincent war da, aber sein Gesicht hatte immer wieder Störungen und wurde durch eine flackernde Silhouette ersetzt, bei der sie am liebsten geweint hätte.

Sie ließ ihren Kopf mit einem dumpfen Geräusch zurück auf das Sofa fallen. Eine Feder der Panik schwebte am Rande ihres

Sichtfelds, wie das Nachbild eines Blitzlichts. »Fick dich«, murmelte sie, an das Mal, die Prophezeiung oder beide gerichtet.

Etwas Weiches, Papierartiges schwebte auf ihr Knie herab. Sie zuckte zusammen, denn es war nirgends in der Nähe ihres eigenen Notizstapels, und es war vorher nicht da gewesen.

Es war ein Zettel, oben ungleichmäßig abgerissen, wie ein Erpresserbrief in einem Film. Die Schrift darauf war nicht ihre, nicht Zaras und auch von niemandem, den sie kannte, aber sie zog sich in selbstbewusstem Schwarz über die Seite:

*Das Mädchen wird sich fügen, oder es wird zerbrechen.*

Ren starrte darauf, dann auf ihren Arm, dann wieder auf den Zettel. Das Leuchten des Mals hatte sich verstärkt, als wollte es sich selbstgefällig gratulieren.

»Ach, verpiss dich doch«, sagte sie, aber das Papier lag einfach da und strahlte eine Bedrohung aus.

Vincent erschien in der Tür zum Schlafzimmer, eine Tasse Blutkaffee in der einen Hand und einen Ausdruck kalkulierter Lässigkeit im Gesicht. Er war barfuß und trug nur ein T-Shirt und was auch immer er aus dem Wäschehaufen gerettet hatte, aber selbst im Halbschlaf bewegte er sich mit der unbeholfenen Anmut von jemandem, der Jahrhunderte damit verbracht hatte, zu vergessen, wie man entspannt aussah.

Er erfasste die Szene sofort: Ren auf dem Bett, die Nase, aus der schwarzes Blut auf das Kissen lief, der leuchtende Arm und ein mysteriöser Zettel auf ihrem Knie.

»Gut geschlafen?«, fragte er, seine Stimme leicht wie ein abgebranntes Streichholz.

Sie grunzte, und für einen Moment war das einzige Geräusch das verständnisvolle Grollen der alten Rohre des Gebäudes.

Vincent ging zum Bett, stellte die Tasse mit einer Sorgfalt ab, die darauf hindeutete, dass es die letzte saubere in der Wohnung war, und zögerte dann. »Das sieht ... lebhaft aus«, sagte er und nickte zu ihrem Arm.

Ren wischte sich die Nase, aus der nun eine Art zähflüssiges, teerartiges Blau sickerte. »Hast du jemals in der dritten Person allwissend geträumt?«, fragte sie mit zusammengebissenen Zähnen.

Er verzog das Gesicht. »Ich schlafe in letzter Zeit nicht viel. Es sei denn, du zählst die Disziplinaranhörungen des Rates dazu. Da bin ich weg wie nichts.«

Ren hielt den Zettel hoch. »Das hier ist neu.«

Er schnappte ihn ihr aus den Fingern und untersuchte ihn mit einer forensischen Intensität, die er normalerweise für Goodreads-Rezensionen seiner Bücher oder Weinetiketten reservierte. »Handschriftenanalyse?«, bot er nur halb im Scherz an.

Sie schüttelte den Kopf. »Nie gesehen. Er war vorher nicht da.«

Vincents Blick wanderte vom Zettel zu ihrem Arm, zu ihrem Gesicht und dann wieder zurück. »Willst du …« Er brach ab, und die Maske des Sarkasmus verrutschte gerade so weit, dass die Sorge darunter zum Vorschein kam. Er versuchte es noch einmal, sanfter: »Tut es weh?«

Ren beugte ihre Hand. Das Mal antwortete mit einem weiteren Pulsieren und verblasste dann zu einem matten, widerwilligen Schimmern. »Es ist wie die beschissenste Tätowierung der Welt. Ich kann es spüren, selbst wenn ich nicht hinsehe.«

Vincent machte ein unverbindliches Geräusch. Er setzte sich nicht, aber er lehnte eine Hüfte an die Bettkante, gerade weit genug in ihren persönlichen Bereich hinein, um beschützend zu wirken, aber nicht so nah, dass sie ihn am liebsten geschlagen hätte.

Er las den Zettel laut vor: »*Das Mädchen wird sich fügen, oder es wird zerbrechen.*« Er grinste spöttisch, aber es erreichte seine Augen nicht. »Subtil wie immer.«

Ren starrte das Mal an und wünschte sich, es würde aufhören zu leuchten oder sie vielleicht einfach auf eine Weise zur

Kenntnis nehmen, die nicht »Vorbote des totalen Zusammenbruchs« war. »Es hat es auf mich abgesehen«, sagte sie. »Nicht auf dich. Nicht auf Mrs Barley. Nur ... auf mich. Wieder.«

Vincent zuckte mit den Schultern, aber sie konnte sehen, wie viel Mühe es ihn kostete, es herunterzuspielen. »Vielleicht bist du einfach interessanter.«

Sie schnaubte. »Das wünschst du dir wohl. Wenn hier jemand ein Köder für Prophezeiungen ist, dann du.«

Er lächelte, aber sie sah die Reißzähne – kaum entblößt, die Spitzen weiß und scharf unter seiner Lippe. »Ich war eher die Kontrollgruppe. Du bist eindeutig der bessere Testfall.«

Ren ballte ihre gesunde Hand zu einer Faust. »Warum jetzt? Es war wochenlang inaktiv.«

Er überlegte, dann sagte er: »Vielleicht hat Carmine die Dosis erhöht. Oder vielleicht reagiert es auf ... äußere Reize.«

Sie verdrehte die Augen. »Du meinst, dass ich den ganzen Tag schlafe und nichts außer Jaffa Cakes und Trauma zu mir nehme?«

Er zuckte erneut mit den Schultern, aber diesmal war es beinahe eine Geste der Entschuldigung. »Könnte sein. Oder es reagiert auf etwas Größeres.«

Sie saßen schweigend da, das Licht von ihrem Arm malte das Bett in sich überlappenden, kränklichen Lichthöfen. Ren bemerkte, dass sie zitterte, aber nicht vor Kälte.

Vincent griff erneut nach dem Zettel, diesmal drehte er ihn um, als ob die Antwort auf der Rückseite stehen könnte. Sie war leer.

Er presste den Zettel mit zwei Fingern auf den Nachttisch und hielt ihn fest. »Wenn du willst, kann ich Zara anrufen. Sie hat ihre eigenen Methoden für so etwas.«

Ren schüttelte den Kopf. »Lass sie in Frieden spuken. Sie wird es nur seltsam machen.«

Er grinste, und diesmal war es echt. »Du sagst das, als ob es etwas Schlechtes wäre.«

Ren schloss die Augen. Das Mal juckte, und sie versuchte, es zu ignorieren, aber das Jucken war zu einem Druck geworden, wie eine Hand, die sich langsam um ihr Handgelenk schloss. »Was, wenn es keine Prophezeiung mehr ist?«, fragte sie so leise, dass sie nicht sicher war, ob sie es tatsächlich laut gesagt hatte.

Vincent überlegte, dann sagte er: »Dann ist es etwas Schlimmeres.«

Sie nickte mit immer noch geschlossenen Augen und ließ sich gerade so weit zurück ins Sofa sinken, dass sie darauf vertrauen konnte, dass die Welt sie in den nächsten fünf Sekunden nicht verschlucken würde. »Hast du jemals Angst?«, fragte sie.

Vincent nippte an seiner Tasse, und als er antwortete, war seine Stimme fast sanft. »Jeden Tag. Ich versuche nur, es nicht zu zeigen.«

Ren öffnete die Augen und sah, dass er sie beobachtete, die Sorge nun völlig unverhüllt.

»Nächstes Mal«, sagte sie, »bring mir einen Kaffee mit. Und … danke, dass du da bist, ich weiß das zu schätzen.«

Er hob seine Tasse zu einem Trinkspruch. »Nächstes Mal bringe ich das gute Zeug mit. Versprochen.«

Sie saßen schweigend da, das Mal pulsierte leise, der Zettel lag flach und unbeweglich auf dem Tisch, und beide taten so, als hätte sich die Welt nicht gerade unter ihren Füßen verschoben.

In der Küche schaltete der Kühlschrank um und summte seine eigene kleine Prophezeiung, und die Stadt draußen blinkte weiter, ahnungslos, dem Ende aller Dinge entgegen.

Zara erschien in der Küche, schon mitten in einer Diagnose, ihre geisterhafte Gestalt flackerte an den Rändern wie ein wackeliges WLAN-Signal. Sie schwebte knapp über dem Fliesenboden, die

Arme verschränkt, ein Ausdruck klinischen Interesses auf ihrem durchsichtigen Gesicht.

»Dann wollen wir mal sehen«, sagte sie und deutete Ren an, den Stuhl am Fenster zu nehmen.

Ren beäugte die Oberfläche misstrauisch. Sie hatte Zara in der Nacht zuvor dabei zugesehen, wie sie durch sie hindurchgephast war, und war sich zu neunzig Prozent sicher, dass sie einen Quantenabdruck ihres Hinterns hinterlassen hatte, aber sie setzte sich trotzdem. Das Mal leuchtete immer noch, aber jetzt, da der erste Schock verflogen war, fühlte es sich weniger wie ein Notfall und mehr wie eine sehr hartnäckige Benachrichtigung an.

Vincent ragte hinter ihr auf, die Tasse wieder gefüllt und der Kiefer so angespannt, dass es bedeutete, entweder war er auf einen Kampf aus oder konnte sich kaum noch zusammenreißen. Mrs Barley kam als Nächste herein, ihre Haltung selbst im Pyjama perfekt, ein Klemmbrett unter einen Arm geklemmt und einen frischen Kugelschreiber bereits schussbereit.

Zara wurde scharf und zauberte eine Juwelierlupe und eine Stiftlampe aus dem Äther herbei. Sie wandte sich mit einem knappen »Halt still« an Rens Arm und begann, mit der Lupe eine Reihe von Untersuchungen durchzuführen, wobei sie bei jeder Windung des Mals leise zischte.

»Das ist kein einfaches Lektorensiegel mehr«, sagte sie. »Und auch keine Anfertigung des Rates. Sieh mal hier ...« Sie hielt Rens Arm knapp über dem Handgelenk, überraschend fest für einen Geist, und neigte die Lupe so, dass die anderen es sehen konnten. »Es ist iterativ. Es entwickelt sich weiter. Wer auch immer das gebaut hat, führt einen Live-Code aus, keinen statischen Fluch.«

Rens Haut prickelte, das Mal juckte, als ob es sich darüber ärgerte, beobachtet zu werden. »Also, es ... was, lernt es?«

»Oder es aktualisiert sich«, erwiderte Zara. »Könnte Feedback aus dem Netzwerk sein, könnte eine direkte Verbindung zu demjenigen sein, der es gelegt hat. So oder so, es schreibt sich als Reaktion auf dich selbst neu.«

Vincent sah aus, als hätte er eine Batterie verschluckt. »Aber wir haben die Prophezeiung, die Entwürfe, die Worte zerstört. Willst du damit sagen, jemand kann sie aus der Ferne bearbeiten?«

Zara reichte die Lupe an Mrs Barley weiter, die das Muster untersuchte und sich eine Notiz machte. »Es ist eine maßgeschneiderte Nutzlast, Vincent«, sagte Zara. »Sie können eskalieren, iterieren oder ausbrennen, wann immer sie wollen. Der einzige Grund, warum es nicht kritisch geworden ist, bist ...« Sie hielt inne und neigte den Kopf. »... wahrscheinlich du. Du störst den Prozess.«

Ren versuchte es mit Angeberei. »Vielleicht bin ich endlich interessant«, sagte sie, aber ihre Hand zitterte, als sie sie in die Tasche ihres Kapuzenpullis steckte.

Zara lehnte sich zurück – ihre Art, Abstand zu gewähren – und erlaubte Mrs Barley, eine genaue Inspektion abzuschließen. »Du bist noch nicht in Gefahr«, sagte Zara. »Aber wer auch immer das hier betreibt, hat einen Plan, und ich würde den Inhalt meiner Festplatte darauf verwetten, dass sie zusehen.«

Die Stille war sofort und absolut.

Es war Mrs Barley, die sie mit leiser, präziser Stimme brach. »Wir müssen das Signal isolieren. Wenn es vernetzt ist, können wir die Verbindung kappen. Oder zumindest das nächste Update spoofen.«

Vincent sank gegen die Anrichte, die Tasse mit weißknöcheliger Anspannung umklammert, unfähig, das Techno-Kauderwelsch ganz zu verstehen. »Schaffst du das?«

Mrs Barley nickte, aber ihr Gesicht verriet, dass es mehr als nur Schlaf kosten würde. »Ich werde Zeit und Zaras Hilfe brauchen. Das ist nicht so, als würde man ein undichtes Dach flicken.«

Ren atmete aus. Sie hatte nicht bemerkt, dass sie die Luft

angehalten hatte. Das Leuchten des Mals verblasste, warf aber immer noch einen kränklichen Schatten über ihren Schoß.

Zara wandte sich mit gehobener Augenbraue an Vincent. »Bist du sicher, dass du dem gewachsen bist? Im Theater wärst du am Ende – nun ja, fast tot gewesen.«

Er fletschte die Zähne in etwas, das ein Lächeln hätte sein können, aber die Ränder waren ausgefranst. »Ich bin bereit für Carmine.«

Mrs Barley verschwand im anderen Zimmer und kehrte Momente später mit einem Tablett zurück: Wasser für Ren, Kaffee für sich selbst, ein Blutbeutel für Vincent. Sie stellte alles mit der Feierlichkeit eines Priesters am Altar ab. Die Geste war so gewöhnlich, so alltäglich, dass sie den Albtraum noch dauerhafter erscheinen ließ.

Ren nahm das Wasser und nippte daran, während sie versuchte, nicht auf ihren Arm zu schauen. »Ich hatte auf eine normale Nacht gehofft«, sagte sie. »Wisst ihr. Ein bisschen fernsehen, ein Sandwich essen, keine Chiffre für das Ende der Welt sein.«

Zara schnaubte. »Normal ist überbewertet. Außerdem, wenn der Rat das jemals herausfindet, wirst du berühmt sein. Oder archiviert.«

Ren schaffte ein schiefes Lächeln, aber das Mal loderte in diesem Moment auf, plötzlich und heftig, als hätte sie jemand mit einem blanken Draht gestochen. Sie unterdrückte einen Schmerzensschrei, als sich das Muster auf ihrer Haut verdrehte und sich dann in drei neuen Segmenten neu schrieb, die sich zum Ellbogen hinauf verzweigten.

Das Licht im Zimmer flackerte verständnisvoll. Der Kühlschrank in der Küche stieß ein gequältes Wimmern aus.

Vincent stellte seine Tasse ab, seine Hand zitterte nur ein wenig. »Das passiert nicht nur wieder«, sagte er mit heiserer Stimme. »Es mutiert.«

Sie starrten alle auf das Mal und sahen zu, wie es über Rens Haut kroch und sich spiralförmig ausbreitete. Selbst Zara, die einst zugesehen hatte, wie sich ihr eigener Körper auflöste, wirkte beunruhigt.

Mrs Barley notierte die Veränderungen und sah dann auf. »Wir werden es weiter beobachten. Niemand schläft allein, bis wir den Update-Zeitplan herausgefunden haben.«

Ren nickte wie betäubt. Zara schwebte näher, die Hand ausgestreckt, aber nicht ganz berührend. Vincent, der immer noch stand, sah aus, als würde er gleich anfangen auf und ab zu gehen, aber die Wohnung war selbst für diesen Trost zu klein.

Lange Zeit schauten sie einfach nur zu, vier Wesen am Schnittpunkt von Geschichte, Prophezeiung und schlechten Entscheidungen, und warteten darauf, dass die nächste Iteration eintraf.

Das Mal leuchtete weiter, und draußen drängte die Nacht herein, still und unendlich, als ob die Welt darauf wartete, zu sehen, wer zuerst blinzeln würde.

# SECHS

**SECHS**

Der Highgate-Friedhof, in der Stunde nach Sonnenuntergang, war ein Ort mit einer Vorliebe für Melodramen. Die Luft troff vor so viel Feuchtigkeit, dass sie ganze neue Stämme von Moos hätte hervorbringen können, und jeder dritte Baum wusste eine Anekdote über Jack the Ripper zu erzählen. Nach Vincents Einschätzung war dies der einzige Ort in Nordlondon, an dem der Wettbewerb um den dramatischsten Auftritt hart genug umkämpft war, um selbst den Vampirrat in den Schatten zu stellen.

Er bahnte sich seinen Weg den Kiesweg entlang, sein Trenchcoat schleifte ihm wie ein Bühnenvorhang hinterher, und steuerte auf den Statuengarten im Zentrum des älteren Friedhofsteils zu. Der Himmel hatte ein kränkliches Dunkelblau, die Farbe alter Venen, und der Nebel war mit der Pünktlichkeit eines Staatsbegräbnisses hereingezogen. Um ihn herum trauerten Marmor-Cherubim und Engel in allen erdenklichen Posen, ihre leeren Steinaugen boten tausend willkommene Stellen, um nicht auf die Lebenden blicken zu müssen.

Nicht, dass viele Lebende zugegen gewesen wären, es sei denn, man zählte die beiden Seelen dazu, die sich im Rahmen der »Nächtlichen Kontaktpflege« des Rates mit Vincent trafen. Vincent war natürlich der Erste, der eintraf, wenn auch nur, weil Schlaflosigkeit und vom Rat angeordnete Feldarbeit das Einzige waren, was ihn im Winter aus der Wärme seiner Wohnung locken konnte.

Er fand seinen Posten: ein bröckelnder Sockel, gekrönt von einem Engel mit herabhängenden Schultern, dessen Gesicht auf ewig in einem Zustand erlesenen Bedauerns erstarrt war. Vincent lehnte sich an dessen Basis, zündete sich eine Zigarette an und tat demonstrativ so, als würde er auf seine Uhr sehen, die seit der Thatcher-Ära nicht mehr die Wahrheit gesagt hatte.

Als Nächste traf Mrs Barley ein, die beim Anblick von Vincents glimmender Zigarette die Lippen schürzte und sie dann sofort zugunsten der Checkliste für den nächtlichen Einsatz ignorierte. Sie trug ihre Standard-Überwachungsausrüstung – eine marineblaue Caban-Jacke, graue Handschuhe, einen Schal, der mit einem unauffälligen Siegel des Rates festgesteckt war – und einen ramponierten Picknickkorb, der eine große Thermoskanne und eine übermäßige Menge an Schreibwaren enthielt. Ein Fernglas baumelte um ihren Hals und ihr Haar war, wie immer, ein architektonisches Meisterwerk aus Haarnadeln und Styling-produkten.

Sie verschwendete keine Zeit damit, ihr Revier abzustecken: eine praktischerweise trockene Granitbank, die so positioniert war, dass sie eine optimale Sicht sowohl auf die südliche Allee als auch auf den offenen Bereich bot, wo das »Ereignis« vermutlich stattfinden würde.

Ren kam als Letzte, sprintete durch das Seitentor und duckte sich hinter ein Keltenkreuz, um wieder zu Atem zu kommen. Ihre Wangen waren von der Kälte gerötet, ihre Locken wurden kaum von einer Beanie-Mütze gebändigt. Sie presste ein Spiralnotizbuch an ihre Brust und versuchte tapfer, wie jemand auszusehen, der routinemäßig um diese Uhrzeit übernatürliche Subkulturen überwachte.

Vincent begrüßte sie mit einem Winken, das sie mit zwei erhobenen Fingern erwiderte, wobei unklar blieb, ob es sich um ein Friedenszeichen oder eine Beleidigung handelte.

»Ich war mir nicht sicher, ob du auftauchst«, sagte er, als sie sich zu ihm an die Statue gesellte.

Ren grunzte. »Sie haben gedroht, mich zur Nephilim-Wache in Camden zu versetzen, wenn ich nicht auftauche. Ich weiß nicht mal, was ein Nephilim ist.«

Vincent deutete auf das niedergeschlagene Gesicht des Engels. »Die da, nur mit weniger Skrupeln und schlechterem Schuhgeschmack.«

Mrs Barley, die bereits ihr Arsenal an Einsatzformularen und Checklisten auspackte, schaltete sich ein. »Wenn Sie mit dem Geplänkel fertig sind, schlage ich vor, dass wir unsere Ziele noch einmal durchgehen. Das Kontingent der Modernisierer hat für exakt 19:51 Uhr eine Übertragung angesetzt. Wenn sich die bisherigen Muster wiederholen, werden sie versuchen, die lokale Ästhetik für eine neue Runde von ›Gothic Night Watch‹-Streams zu vereinnahmen.«

Ren schlich sich näher, um einen Blick auf die Einsatznotizen zu werfen. »Gibt es das wirklich? Schauen sich Leute tatsächlich Vampire auf YouTube an?«

»Es ist nicht YouTube«, sagte Vincent. »Es ist eine eigene Plattform. Etwas, das sie zusammengeflickt haben, damit sie ›authentische untote Inhalte‹ monetarisieren können, ohne sich mit den Copyright-Anwälten des Rates anzulegen.«

Ren verzog das Gesicht. »Es gibt ein Urheberrechtsgesetz für Blutsauger?«

»Es gibt für alles ein Urheberrechtsgesetz«, erwiderte Mrs Barley, ohne aufzusehen. Sie reichte Ren ein zweites Fernglas und eine Packung Butterkekse. »Stellen Sie Ihr Telefon auf lautlos und behalten Sie die Hauptziele im Auge. Wir greifen nicht ein, wir beobachten und protokollieren nur. Verstanden?«

Vincent salutierte, da er wusste, dass es sie ärgern würde. Ren nickte, den Mund bereits halb voll mit Keks.

Sie machten es sich bequem und warteten. Der Nebel wurde dichter und überzog die Statuen mit Schichten aus Perlmutt und Schmutz. Das einzige Geräusch war das leise Gekritzel von Rens Stift in ihrem Notizbuch und das noch leisere Plätschern von Vincents Sarkasmus, während er jeden vorbeihuschenden Eichhörnchen, Raben oder Plastiksack kommentierte.

Fünf Minuten vor Sendebeginn trafen die Modernisierer ein: ein halbes Dutzend Jungblüter in kunstvoll zerfetztem Schwarz, ihre Haare und ihr Make-up so makellos, dass es nur das Ergebnis von kollektivem Narzissmus oder einem Sponsorenvertrag mit einem Bestattungsinstitut sein konnte. Sie stellten Ringleuchten und Klappstative zwischen den Gräbern auf und bewegten sich mit der choreografierten Sicherheit von Leuten, die dies aller Wahrscheinlichkeit nach in einem Proberaum geübt hatten.

Vincent schnaubte, als einer der Vampire, ein geschmeidiger Blonder mit dem guten Aussehen eines Boyband-Mitglieds, an der Ausrichtung einer Reflektorschale herumfummelte. »Influencer mit besseren Wangenknochen als Überlebensinstinkten babysitten. Meine Karriere in Kurzform.«

Ren machte sich Notizen und hielt inne, um ein schnelles Foto mit ihrem Handy zu machen, das sie sofort versteckte, als einer der Modernisierer in ihre Richtung blickte.

»Ich verstehe es nicht«, flüsterte sie. »Wenn sie doch eigentlich nicht existieren dürfen, warum dann die Live-Übertragung?«

»Aus demselben Grund, aus dem ein Pilz Sporen freisetzt«, erwiderte Vincent. »Es geht nicht ums Überleben, es geht darum, unmöglich auszurotten zu sein.«

Mrs Barley beobachtete die Ziele mit zusammengekniffenen

Augen, vollkommen konzentriert. »Sie positionieren sich so, dass der Vollmond im Bild ist. Mindestens vier Geräte, möglicherweise eine Drohne in Bereitschaft. Wenn es hier um Blendwerk gehen soll, ist das übertrieben.«

»Es sind Modernisierer«, sagte Vincent. »Übertrieben ist bei denen der Standard.«

Die Anführerin der Modernisierer, Aurelia Voss, trat auf einem besonders barocken Grabmal ins Zentrum der Bühne. Ihr Outfit war eine exquisite Mischung aus Haute Couture und Trauerkleidung, der Saum schleifte dramatisch über die Flechten. Sie hielt eine kurze Ansprache, die der Tontechniker (ein mürrisch aussehender Brünetter mit Nasenring) auf die Telefone ihrer treuen Zuschauer übertrug.

»Zitiert sie gerade Byron?«, fragte Ren und kniff die Augen zusammen, um den Livestream besser zu erkennen.

Vincent beugte sich vor. »Nein, das ist aus ihren eigenen Memoiren. Sie hat sie letztes Jahr per Crowdfunding finanziert. Hardcover, foliengeprägter Titel und Farbschnitt. Zweihundert Seiten Geschwafel, durchsetzt mit einer Auswahl an veganen Rezepten, von denen vier essbar sind.«

Die Modernisierer schwärmten aus und filmten sich abwechselnd gegenseitig. Das unechte Tageslicht der Ringleuchten färbte alles in der Farbe von gebleichten Knochen. Ab und zu nahm einer von ihnen eine Pose mit den Statuen ein oder lümmelte sich gegen eine viktorianische Urne, als wolle er jeden herausfordern, »Nekro-Chic« ohne Ironie zu sagen.

Am Rande des Geschehens flackerte Zara Delacourts Geist auf und schwebte knapp über der Reihe der Grabsteine. Sie sank durch ein Marmorlamm und tauchte dann auf einer Gruft wieder auf, die Arme verschränkt, und sah aus wie eine sehr gelangweilte Todesfee.

Sie schwebte auf Vincents Trio zu, ihre Stimme hallte gerade so stark, dass es die weniger Abgebrühten beunruhigte. »Euch ist klar, dass ihr von mindestens drei anderen Teams beobachtet werdet, oder? Beim Rat läuft eine Nebenwette, wer zuerst durchdreht und den ganzen Haufen einfach umbringt.«

Mrs Barley spannte sich kaum merklich an. »Wir sind hier, um zu beobachten, nicht um einzugreifen.«

Zara grinste, ein Leuchtfeuer im Dunst. »Natürlich. Ich bin nur wegen des Todestourismus hier. Alte Gewohnheiten.«

Vincent sprach sie über seine Schulter an, ohne den Blick von den Modernisierern abzuwenden. »Du hättest wenigstens Gebäck mitbringen können. Wir sterben hier draußen.«

Zara schwebte näher und warf ihr geisterhaftes Haar zurück. »Glaubst du, es ist einfach, Mandelcroissants zu kaufen, wenn man tot ist? Ist doch alles glutenfreies Jenseits heutzutage.«

Ren unterdrückte ein Lachen und verlor beinahe den Halt am Fernglas. »Du bist nicht gerade eine Motivationsrednerin, was?«

Zara zuckte mit den Schultern. »Ich motiviere Leute, die Party zu verlassen, bevor es komisch wird. Du solltest auf mich hören.«

Die Modernisierer waren unterdessen völlig in ihre Darbietung vertieft. Auf dem Bildschirm hob Aurelia die Hände in einer beschwörenden Geste, und die Kamera schwenkte, um das Drama des Augenblicks festzuhalten: eine einzelne, perfekte Träne, die ihr Gesicht hinabrollte und die der Produktionsassistent zwischen den Aufnahmen abtupfte.

Vincent stieß ein Geräusch aus, das halb belustigt, halb angewidert klang. »In diesem Livestream steckt mehr Schauspiel als in ganz Shakespeare.«

»Nicht mehr lange«, sagte Mrs Barley und justierte ihr Fernglas. »Sie beginnen mit dem Ritualteil.«

Die nächsten drei Minuten verliefen mit der ganzen Feierlichkeit einer Dankesrede bei einer Musikpreisverleihung. Die Modernisierer rezitierten jeweils eine Zeile eines vorbereiteten Skripts – etwas über die Erinnerung an die alten Wege und die Ehrung der Vergangenheit – und öffneten dann eine Flasche Kunstblut, die sie über ein Grab gossen, als würden sie ein besonders unglückliches Schiff taufen.

Ren machte sich wie wild Notizen. »Das ist ... nicht, was ich erwartet habe.«

Vincent grinste. »Es ist immer eine kleine Enttäuschung, wenn die vermeintlichen Meister der Finsternis nicht mal einen Grabstein ohne Produktplatzierung vandalisieren können.«

»Phase zwei«, murmelte Mrs Barley, »ist die, wo es normalerweise schiefgeht.«

Und das tat es. Als die Modernisierer für die Schlusseinstellung das Grab umrundeten, geschah etwas im Livestream. Die Bildunterschriften, die zuvor harmlose Hashtags und Witze angezeigt hatten, flackerten. Der Bildschirm zuckte, dann überlagerte ihn ein karmesinroter Text, der weder zur Schriftart noch zum Branding der Modernisierer-Verantwortlichen passte.

Vincent stockte der Atem, eine kalte, vertraute Furcht kroch ihm den Rücken hinauf. »Das ist nicht ihr Skript«, sagte er mit verengten Augen. »Das ist ...«

Auf dem Handy des Zuschauers liefen neue Untertitel über den Bildschirm:

DIE ZUKUNFT NÄHRT SICH VOM BLUT DER VERGESSENEN. ALLE GESCHICHTEN WIEDERHOLEN SICH. GESCHICHTE WIRD IN KNOCHEN GESCHRIEBEN.

Ren spürte, wie sich ihr Magen umdrehte. »Was ist das?«

»Carmine«, sagte Vincent mit tonloser Stimme. »Oder besser gesagt, Carmines Prophezeiung. Aber sie ... sickert durch.«

Mrs Barley, ganz Profi, klickte ihren Kugelschreiber und begann, die Anomalie aufzuzeichnen, doch ihre Hand erstarrte mitten im Satz. Auf ihrem eigenen Tablet begann die vom Rat ausgegebene Überwachungs-App zu flackern. Der Bildschirm blitzte auf und zeigte dann denselben Text, immer und immer wieder, jede Wiederholung ein wenig hektischer, ein wenig eindringlicher.

DIE ZUKUNFT NÄHRT SICH. DIE ZUKUNFT NÄHRT SICH. DIE ZUKUNFT NÄHRT SICH.

Ren überprüfte ihr Handy, nur um festzustellen, dass jede App, jedes Fenster, jede erdenkliche Möglichkeit, mit der Außenwelt in Kontakt zu treten, von derselben blutroten, nicht schließbaren Nachricht gekapert worden war.

Vincent spie einen Fluch aus und schnippte seine Zigarette ins Gras. »Er hat die digitale Welt durchbrochen. Es betrifft nicht mehr nur uns.«

Zara schwebte knapp über dem Boden, ihre Stimme kaum mehr als ein Flüstern. »Ich hab's euch doch gesagt. Die Party endet immer komisch.«

Sie alle sahen hilflos zu, wie die Modernisierer ihre Vorstellung fortsetzten, ohne zu ahnen, dass die eigentliche Show bereits begonnen hatte und das Publikum nun die gesamte wache Welt war.

Der Mond erreichte seinen Zenit und tauchte den Friedhof in ein kränkliches, unwirkliches Licht. Die Statuen weinten ihre steinernen Tränen, der Nebel klammerte sich an alles, und über allem lief die Prophezeiung weiter, hell und schrecklich und unaufhaltsam.

Vincent schloss die Augen, nur für eine Sekunde, und stellte sich vor, was Carmine gesagt hätte.

Wahrscheinlich: »Hab ich's dir nicht gesagt.«

Er öffnete die Augen, straffte die Schultern und sah zu Mrs Barley und Ren. »Wir müssen den Rat warnen. Sofort.«

Mrs Barley war schon dabei, hämmerte mit dem Daumen auf den Notfallkontakt, das Kinn entschlossen vorgeschoben. Ren, blass, nickte nur und griff dann wieder nach ihrem Handy, als ob die nächste Nachricht weniger furchterregend sein könnte.

Zara beobachtete sie mit einem halben Lächeln auf ihrem

nicht ganz anwesenden Gesicht. »Viel Glück«, sagte sie und schwebte bereits rückwärts in den Nebel. »Ihr werdet es brauchen.«

Die ersten Benachrichtigungen begannen, in der Stadt unter ihnen aufzuleuchten. Hashtags explodierten. Videos gingen viral. Und auf dem Friedhof, unter dem ersten gleichgültigen Mondlicht, filmten die Modernisierer weiter, im Glauben, sie hätten die Zukunft eingeläutet.

Das hatten sie. Nur nicht die, die irgendjemand gewollt hatte.

In dem Augenblick, in dem die Modernisierer ihr »rituelles Segment« abschlossen, durchzog eine Veränderung den Friedhof, die nichts mit Beleuchtung oder Wetter zu tun hatte. Es begann als ein Flimmern im Augenwinkel; die Art von subtiler Verzerrung, die jeden steinernen Engel einen Hauch zu lebendig und jedes flechtenbefleckte Kreuz ein Grad schräger aussehen ließ.

Dann begannen die Grabinschriften zu leuchten.

Zuerst war es subtil – ein schwacher, infraroter Schimmer in den eingravierten Buchstaben jedes Grabsteins in Sichtweite. Doch innerhalb von Sekunden verstärkte sich das Licht, sickerte durch die Risse und das Moos empor, bis jedes Grab auf dem Friedhof in einem unheiligen Scharlachrot loderte, als hätte die gesamte Nekropole beschlossen, ihre Warnblinkanlage einzuschalten.

Ren, die sonst so unerschütterlich war, ließ ihr Notizbuch fallen. Der Aufprall hallte in der Stille wider und zog die Blicke der Modernisierer und ihrer Kameraleute auf sich, die alle gleichzeitig innehielten, um das Phänomen anzugaffen.

Vincent sah zu, während sich ein langsames Lächeln auf

seinem Gesicht ausbreitete. »Showtime«, sagte er, fast zu sich selbst.

Wie auf ein Stichwort hin begannen sich die Grabinschriften zu verflüssigen. Gemeißelte Buchstaben sackten ab und lösten sich wie Wachs auf einem Heizkörper, sammelten sich in den Rillen und rannen dann die Vorderseite des Steins hinab. Ganze drei Sekunden lang weinten die Grabsteine Ströme aus schwarz-rotem Schlamm, der sich an ihrem Sockel sammelte, bevor er sich unmöglicherweiser zu neuem Text formte.

Ren schaffte es, die erste Zeile mit zitternder Stimme laut vorzulesen: »FÜTTERT DIE ZUKUNFT. LASST DIE VERGANGENHEIT BLUTEN.«

»Carmine«, bestätigte Vincent, dessen Reißzähne unter seinem Grinsen hervorblitzten. »Dieser Mistkerl wusste noch nie, wann er es einfach mal gut sein lassen sollte.«

Irgendwo hinter ihnen kreischte eine Modernisiererin – kein Todesschrei, sondern der Schrei einer Content Creatorin, die gerade gesehen hatte, wie sich ihre Abonnentenzahl verdreifachte. Ringleuchten schwenkten, Handys wurden gekippt, und innerhalb von Sekunden wurde jeder Winkel des neuen Horrors live an ein Publikum gesendet, das bereits auf Melodramen eingestellt war.

Mrs Barley, wenig amüsiert, klappte ihr Notfallset auf und fingerte eine silberne Kette hervor, die sie sich wie einen Rosenkranz um eine behandschuhte Hand wickelte. »Denkt daran, setzt euch keiner direkten viralen Projektion aus. Wenn ihr eingreifen müsst, haltet es offline.«

Vincent zog eine Augenbraue hoch. »Dir ist schon klar, dass die Einzigen, die hier nicht filmen, wir sind?«

Mrs Barley bedachte ihn mit einem Blick, der die Themse hätte gefrieren lassen können. »Du kannst deine Memoiren später schreiben.«

Am anderen Ende des Engelgartens zerbarst ein Grabstein mit

einem tiefen, nassen Knacken und wirbelte eine Wolke aus Grabesstaub und Totenkäfern auf. Etwas krallte sich heraus – eine Hand, oder was davon übrig war, Sehnen straff um Knochen gewickelt, jeder Finger mit Nägeln bewehrt, die im roten Licht glitzerten.

Ren wich zurück und stieß mit Vincent zusammen. »Du hast gesagt, das ist nicht deine Art von Prophezeiung«, zischte sie.

»Ist es auch nicht«, flüsterte er, die Augen auf das Grab gerichtet. »Das ist Carmines Stunt. Aber er benutzt mein verfluchtes Drehbuch.«

Das Ding, das sich aus dem Grab erhob, war kein Modernisierer. Es war älter und hungriger und so durch und durch verwest, dass es aussah, als hätte jemand versucht, einen Mord auszustopfen. Sein Gesicht war eine Parodie des Aristokratischen, zu lang gestreckt, die Lippen gespalten, um gelbe, wurzelähnliche Reißzähne zu enthüllen. Es trug die Fetzen eines viktorianischen Anzugs, jetzt schwarz von Erde und Fäulnis, und als es sich aus dem Grab krallte, schrie es eine einzige Zeile:

»GESCHICHTE WIRD MIT BLUT GESCHRIEBEN.«

Das war anscheinend das Signal für den Rest des Friedhofs. Eines nach dem anderen brachen die Gräber auf, jedes spuckte einen Wiedergänger aus – eine blasse, zerstörte Parodie der Vampire, die einst über diesen Teil Londons geherrscht hatten. Sie kamen in jedem Stil und aus jeder Epoche: Edwardianer mit Krawatten, die an ihren Kehlen klebten, Flapper mit zu einem einzigen nassen Zopf verfilztem Haar, Mods aus den Sechzigern in Anzügen, die jetzt nach Ammoniak und Fäulnis stanken. Jedes einzelne Gesicht war auf eine Weise falsch, die Rens Sicht flimmern ließ, als wären sie aus abgelehnten Phantombildern und urbanen Legenden zusammengesetzt worden.

Vincent trat vor, die Reißzähne jetzt voll ausgefahren, seine Stimme tief und tödlich. »Mrs Barley. Nimm Ren und geh in Deckung.«

»Ich lasse dich nicht allein ...«

»Das war keine Bitte.«

Er wartete nicht ab, ob sie gehorchten, denn die erste Welle von Wiedergängern war bereits über ihm. Sie bewegten sich mit einem ruckartigen Marionettenrhythmus, die Arme rudernd und die Kiefer auf- und zuklappend, während sie die Prophezeiung in perfekter, mehrsprachiger Einstimmigkeit schrien.

Vincent stellte sich ihnen frontal entgegen, Fäuste, Füße und Reißzähne in einem Wirbel aus so roher Gewalt, dass es schon an Obszönität grenzte. Jeder Treffer zerschmetterte den Schädel eines Wiedergängers oder brach ein verrottetes Glied, was Wolken aus Staub und Knochensplittern aufwirbelte, die sich wie schmutziges Konfetti auf dem Gras niederließen. Die Modernisierer filmten alles, ihre Gesichter wechselten zwischen Entsetzen und Freude.

»Vincent!«, schrie Ren hinter einem umgestürzten Engel hervor. »Es sind zu viele!«

»Noch nicht«, rief er zurück, packte den nächsten Wiedergänger am Revers und verpasste ihm eine so harte Kopfnuss, dass dessen Schädeldecke nachgab. »Aber ich sag dir Bescheid.«

Drei weitere rückten näher, ihre Klauen rissen über Vincents Rücken, einem gelang es, seine Zähne in seine Schulter zu schlagen. Er riss ihn los und riss ihm dabei einen Teil seines eigenen Kiefers aus. »Wusstest du«, grunzte er, »dass die Viktorianer diese Dinger früher in Eisenkäfigen begraben haben? Ihrer Zeit wirklich voraus.«

Ren und Mrs Barley kauerten hinter dem Engel und sahen beide in wachsender Panik zu, wie Vincent schnell eingekreist wurde. Mrs Barley, die sich weigerte zu kauern, zog ihren Regenschirm aus der Scheide und drehte am Griff. Die Spitze glänzte mit frisch freigelegtem Silber.

»Wenn du vorhast, etwas zu tun«, murmelte Ren, »wäre jetzt ein guter Zeitpunkt.«

Mrs Barley nickte, verließ dann die Deckung und bewegte sich mit einer Geschwindigkeit, die ihr Alter Lügen strafte. Sie stieß den Regenschirm in die Augenhöhle eines Wiedergängers und nutzte ihn dann als Hebel, um die Kreatur gegen einen Grabstein zu schleudern, der unter dem Aufprall prompt zerbarst.

Ren, die erkannte, dass sie im Nahkampf so gut wie nutzlos war, wühlte im Notfallset und fand eine Seenotfackel. Sie löste die Sicherung und schoss sie in die größte Ansammlung von Wiedergängern. Die Fackel zündete mitten im Flug, tauchte den Mob in apokalyptisches Rot und zerstreute sie lange genug, dass Vincent sich befreien konnte.

»Guter Schuss«, rief er und duckte sich, als ein Wiedergänger versuchte, ihm den Kopf mit einem Stück Mauerwerk abzuschlagen.

»Xbox«, keuchte Ren, »Call of Duty.«

Über dem Chaos schwebte Zaras Geist durch die Luft und schrie Anweisungen:

»Links, Vincent! Nein, dein anderes links! Ren, duck dich! Ach, egal, du machst das schon, stirb nur nicht.«

Mrs Barley, deren Regenschirm jetzt von schwärzlichem Schleim glitschig war, stieß die Spitze in den Hals eines weiteren Wiedergängers und zog sie dann mit einer fachmännischen Drehung des Handgelenks wieder heraus. »Unangemessenes Wiederauferstehungsprotokoll«, murmelte sie, »Verstoß gegen Abschnitt 17B, und fangt gar nicht erst von der Kleiderordnung an.«

Vincent, das Hemd zerrissen und blutend, ging die Puste aus. Er riss ein Bein von einer umgestürzten Statue ab und benutzte es, um den nächsten Wiedergänger zu einem Sprühregen aus nassem Kies zu zerschlagen. »Ich könnte hier ein wenig Hilfe gebrauchen!«, rief er.

Zara, die tief herabstürzte, fuhr mit ihrer nicht-körperlichen Hand durch den Schädel des nächsten Wiedergängers. Der Effekt war augenblicklich: Die Kreatur erstarrte, fiel dann zu Boden und zuckte, während ihr interner Schaltkreis auf »Aus« herunterfuhr. Sie sah kurz zufrieden mit sich selbst aus, dann runzelte sie die Stirn. »Funktioniert nicht bei allen«, rief sie hinunter. »Manche sind durch eine Firewall geschützt!«

Ren, die sich vor einem weiteren Wiedergänger duckte, stolperte über ihr eigenes Notizbuch und landete hart auf dem Gras. Ihr Arm – der mit dem Mal – loderte mit plötzlichem, brennendem Schmerz auf. Die Tätowierung wand sich, projizierte dann einen Lichtring nach außen und schnitt sauber durch den Knöchel des Wiedergängers, der gerade auf ihr landen wollte. Die Kreatur schlug mit dem Gesicht im Dreck auf und schrie die ganze Zeit.

Sie starrte schockiert auf ihren Arm, dann auf die gefallene Kreatur. »Hab ich gerade ...?«

Vincent grinste, selbst als er den Schädel eines Wiedergängers unter seinem Stiefel zermalmte. »Sieht aus, als hättest du ein Upgrade bekommen.«

Der Kampf dauerte noch eine Minute, vielleicht weniger, bevor der letzte der Wiedergänger in einer Pfütze aus Fäulnis und altem Polyester zusammenbrach. Das rote Glühen der Grabinschriften verblasste und wurde durch das kalte, dunkle Schwarz der Nacht ersetzt.

Vincent, keuchend und Grabesdreck spuckend, lehnte sich gegen einen umgestürzten Grabstein. Seine Fingerknöchel waren aufgeschürft, sein Hemd aufgerissen, um ein Dutzend neuer Narben zu enthüllen, die sich bereits wieder schlossen. »Nun«, sagte er mit geschundener Stimme. »Das war dramatisch.«

Ren krabbelte zu ihm, blutete aus einem Arm, das Mal pulsierte immer noch, aber jetzt sanfter. »Geht's dir gut?«

Er blickte auf seine ruinierten Kleider und den Haufen toter Dinger zu seinen Füßen. »Mir ging's schon schlechter. Einmal. Vielleicht zweimal.«

Mrs Barley stieß zu ihnen, ihr Regenschirm tropfte von Ichor, ihre Augen kalt und professionell. Sie überblickte das Gemetzel mit einer Ruhe, die aus Jahrhunderten stammte, in denen sie hinter Idioten und in jüngster Zeit hinter Vincent aufgeräumt hatte. »Wir müssen uns dekontaminieren. Der Rat wird nicht wollen, dass das viral geht.«

Ren blinzelte, dann zeigte sie auf die nächste Modernisiererin, die immer noch filmte, während sie versuchte, Blut von ihrem Handydisplay zu wischen.

»Zu spät«, sagte Ren, ihre Stimme brach in ein Lachen aus. »Es ist schon überall.«

Vincent richtete sich schwankend auf und spähte über die Gräber hinweg zum Engelgarten, wo die Modernisierer damit beschäftigt waren, für ihre Follower eine Siegesrunde zu drehen. In der Ferne surrte eine Drohne und machte Luftaufnahmen von den Nachwirkungen.

Er wandte sich an Mrs Barley. »Der Rat wird das lieben.«

Mrs Barley seufzte nur. »Ich setze ein Memo auf.«

Zara schwebte über der Gruppe, ihr Haar funkelte noch von den Nachwirkungen. »Wisst ihr, was gerade im Trend liegt?«, fragte sie. »#ZombieHighgate und #Vampirapokalypse. Auch ›warum leuchtet mein Arm‹, aber das bist vielleicht nur du, Ren.«

Ren wiegte ihren Arm, der schon wieder zu jucken begann. »Wenigstens sind wir berühmt.«

Mrs Barley, die bereits mit dem Rat telefonierte, rezitierte den Vorfallbericht in dem abgehackten Monoton von jemandem, den schon lange nichts mehr schockieren konnte. »Eindämmung fehlgeschlagen. Ziele vervielfacht. Prophezeiung manifestiert. Erwarte weitere Anweisungen.«

Vincent beobachtete, wie die Modernisierer ihre Sendung beendeten, berauscht von ihrem eigenen Überleben. In der Stadt unter ihnen leuchteten bereits Benachrichtigungen auf, jeder Social-Media-Feed summte vor Gerüchten, Videos und der Art von Theorien, die nur von Leuten stammen konnten, die noch nie ein echtes Monster in ihrem Leben gesehen hatten.

Er wischte sich das Blut vom Mund und lächelte, nur ein ganz klein wenig. »Ich weiß nicht, wie es euch geht, aber ich finde, ich habe mir einen Drink verdient.«

Ren grinste, und für einen Moment sah es sogar so aus, als stünde Mrs Barley kurz vor etwas, das einem Lachen ähnelte.

Sie humpelten gemeinsam davon und überließen es den Gräbern, sich zu beruhigen, und der Stadt, das zu tun, was sie am besten konnte: die Wahrheit unter einem Berg aus Memes zu begraben.

Als sie im Nebel verschwanden, schwebte Zara hinterher, ihre Stimme hallte über die zerstörten Steine. »Nächstes Mal bringe ich die Croissants mit.«

Niemand widersprach.

# SIEBEN

Bei Sonnenaufgang hatte die Stadt alles wieder ausgewürgt, was sie in der Nacht zuvor nicht hatte verdauen können. Der südliche Rand von Highgate war von Übertragungswagen verstopft, deren Satellitenschüsseln in steifer Semaphorsprache ausgerichtet waren und die Szenerie live an eine Öffentlichkeit übertrugen, die eine unendliche Gier nach Spektakel und keinerlei Geduld für den Kontext hatte. Der Gehweg vor dem Haupttor wimmelte von Reportern, von denen jeder Einzelne sorgfältig auf maximale Frömmigkeit oder maximale Empörung kalibriert war, je nachdem, ob sie die Geschichte als »Gemeinschaft unter Schock« oder »Fehlgeschlagenes Sektenritual« verkauften. Das Absperrband der Polizei hing schlaff über den Toren, größtenteils zur Zierde, da jeder, der motiviert genug wäre, einzubrechen, nur einen Brei aus Wiedergängerschlamm und ein paar zerbrochene Grabsteine vorfinden würde.

Vincent, Ren und Mrs Barley sahen sich das Spektakel im Fernsehen an. Vincent hatte sich aus Prinzip nicht umgezogen. Die Blutflecken waren zu einem Sepiaton verblasst, doch sein Gesicht trug noch immer den feinen Staub der Graberde der vergangenen Nacht und sein linker Knöchel war mit etwas verbunden, das sein Leben als Quittung begonnen hatte. Er sah aus wie ein Mann, der nicht nur einen Kampf verloren, sondern dies auch noch mit laufendem Kommentar und völliger Missachtung der Gewinnchancen getan hatte.

Ren scrollte durch ihr Handy, der Daumen zuckte mit professioneller Geschwindigkeit. »Wir haben jetzt eins Komma vier Millionen Aufrufe«, berichtete sie und machte sich nicht die Mühe, die grimmige Genugtuung in ihrer Stimme zu verbergen. »Der Hashtag #ZombieHighgate hat jetzt einen offiziellen Merch-Store. Man kann die T-Shirts in Schwarz oder ›Leichenweiß‹ bekommen.«

»Reizend«, sagte Vincent mit auf den Fernseher geheftetem Blick. »Und das, obwohl der Rat fast ein ganzes Jahrhundert damit verbracht hat, sicherzustellen, dass in Highgate nur tragische Dichter und gelegentlich ein Faschist spuken.«

Mrs Barley, immun gegen Sarkasmus, nippte an ihrer Tasse Tee. »Was schreiben die Zeitungen?«

Ren rief einige Apps auf ihrem Handy auf und reichte es Mrs Barley, die mit einer Mischung aus Furcht und Gier auf das Display blinzelte.

»Sie nennen es ein ›Massenhalluzinationsereignis‹«, berichtete Ren. »Außerdem: ›möglicher Kult-Cosplay-Flashmob‹. Die offizielle Linie der Polizei ist, dass eine Gruppe von ›Social-Media-Scherzbolden‹ den Friedhof mit selbstgemachten Spezialeffekten verwüstet hat. Aber es gibt bereits eine Petition, alle Gräber exhumieren zu lassen. Zur ... Überprüfung.«

Vincent schnaubte. »Immer muss exhumiert werden. Nie heißt es einfach nur ›schlechte Träume‹ und weiter geht's.«

Hinter der Reporterin im Fernsehen rammte ein Lieferwagen mit riesigen »GMB«-Buchstaben gegen den Bordstein und hätte dabei beinahe zwei Boulevardfotografen und eine Frau im Trenchcoat umgefahren, die ihrer Haltung nach zu urteilen eine

Kommissarin war oder zumindest dafür bezahlt wurde, eine für die BBC zu spielen. Die Hecktüren öffneten sich und entließen ein Kamerateam, das sich sofort fünf Meter vom Absperrband entfernt positionierte und sein Objektiv direkt auf die Friedhofstore richtete.

»Nichts schreit so sehr nach Vertuschung wie ein Übertragungswagen von ITV«, murmelte Vincent.

Mrs Barley zuckte bei dem Wort »Vertuschung« zusammen, als ob die bloße Erwähnung Einsatzteams des Rates herbeirufen könnte. Sie hielt ihr Handy hoch, damit Vincent die angesagten Clips sehen konnte. Einer war ein stark gefiltertes Video der Wiedergänger-Schlägerei, bei dem die Rottöne auf elf hochgedreht waren, sodass der ganze Bildschirm aussah, als wäre er durch einen Bluttropfen gefilmt worden. Die Benutzerkommentare waren ein verschachtelter Krieg von Anschuldigungen, wobei einige behaupteten, es handele sich »offensichtlich um den Piloten einer Fernsehserie«, während andere darüber debattierten, zu welchem Zweig der Kryptiden-Taxonomie die Dinger im Video gehörten.

Vincent sah einen Moment lang zu und sagte dann: »Sie kriegen nicht einmal die Reißzähne richtig hin. Wenn man schon das Filmmaterial manipuliert, sollte man wenigstens ein Referenzfoto verwenden.«

»Sie streiten nicht einmal mehr darüber, ob es echt ist«, sagte Ren. »Nur noch, welche Art von echt es ist.«

Ren kniff die Augen zusammen und starrte auf den Fernsehbildschirm, dann schnippte sie mit den Fingern. »Ist das ... sind das die Reinigungskräfte des Rates?«

Vincent folgte ihrem Blick. Hinter der Reporterin waren zwei Gestalten in Warnwesten zu sehen, von denen eine bereits einen Hochdruckreiniger die Hauptallee entlangrollte. Die andere hielt ein Klemmbrett und einen Eimer mit der Aufschrift »Gefahrgut – Typ III« und las eine laminierte Checkliste mit der Intensität eines Chirurgen, der sich auf einen dreifachen Bypass vorbereitet.

»Nicht der Rat«, korrigierte Mrs Barley mit absoluter Autorität. »Das ist ausgelagert. Eine private Firma. Der Rat würde niemals ein öffentlich sichtbares Fahrzeug benutzen.«

Vincent beäugte die Truppe mit mildem Interesse. »Zeigt, wie ernst sie das nehmen«, sagte er. »Das letzte Mal, als es ein so großes Leck gab, haben sie drei Postleitzahlenbezirke abgeriegelt und die Kanalisation mit Bleiche geflutet.«

»Vielleicht lassen sie es einfach ausbrennen«, schlug Zara mit verschränkten Armen vor. »Wie den Blitzkrieg oder Gonorrhö.«

Eine schwere und etwas säuerliche Stille legte sich über sie.

Mrs Barleys Hände umklammerten den Rand ihres Handys und ließen ihre Knöchel weiß hervortreten. »Der Rat wird fuchsteufelswild sein«, sagte sie mit einer Stimme, die so leise war, dass sie das Mahnmal kaum übertönte. »Das ist mehr als nur ein Bruch. Das ist ein ... ein Zusammenbruch der Erzählung.«

Vincents Lippen verzogen sich zu etwas, das nicht ganz ein Lächeln war. »Gut«, sagte er. »Sollen sie doch daran ersticken.«

»Glaubst du, sie werden versuchen, bei allen eine Gedächtnislöschung durchzuführen?«, fragte Ren.

Mrs Barley schüttelte den Kopf, den Blick auf den Boden gerichtet. »Zu spät. Es ist bereits viral. Sie müssten halb London auslöschen, und selbst dann ...«

»Selbst dann würde jemand die Geschichte verkaufen«, beendete Vincent den Satz. »London liebt eine gute Geistergeschichte. Und jetzt hat es eine ganz neue Besetzung.«

Sie saßen zusammen und sahen zu, wie sich jede Medienorganisation anpasste, die neue Lage annahm, den Schrecken verdaute und ihn als fünfminütigen Beitrag im Frühstücksfernsehen wieder ausspuckte. Die neue Normalität, täglich aktualisiert.

Ren durchbrach die Stille, ihre Stimme war fast sanft. »Hast du jemals das Gefühl, dass wir nur Statisten im Drama eines anderen sind?«

»Ständig«, sagte Vincent. »Aber wenigstens ist das Catering gut.«

Mrs Barley strich ihre Strickjacke glatt und straffte die Schultern auf die ihr eigene Weise, als ob jede neue Katastrophe eine persönliche Beleidigung wäre. »Wir werden uns melden müssen«, sagte sie und probte bereits die Entschuldigung in ihrem Kopf. »Der Rat wird ... Aussagen verlangen.«

Vincent schnaubte. »Meine können sie schriftlich haben. Dann ist das Risiko geringer, dass ich jemandem den Kopf abbeiße.«

Die Ratskammer war kälter als beim letzten Mal, als ob das Gebäude selbst beschlossen hätte, zum Gefühl der bevorstehenden Hinrichtung beizutragen. Die Lichter waren auf »Beerdigung« heruntergedimmt und die Luft summte von der psychischen Spannung von zwei Dutzend Unsterblichen, von denen keiner geschlafen hatte, seit der Nachrichtenzyklus begonnen hatte.

Vincent stand am Fuße des Podiums, eine Position, die demütigend gewesen wäre, wenn ihm so etwas wie Würde wichtig gewesen wäre. Ren stand neben ihm, die Hände in die Taschen gestopft, diesmal war ihr Blick auf einen Punkt irgendwo zwischen ihren Schuhen und der Decke gerichtet. Mrs Barley vervollständigte das Dreieck, ihre Haltung war so korrekt, dass sie den Rest des Raumes allein durch die Kraft ihrer Etikette zu stützen schien.

Am Kopf der Kammer schritt Ältester Blackthorn hinter seinem Schreibtisch auf und ab, seine altertümlichen Roben raschelten auf eine Weise, die theatralisch hätte sein können, wenn sie nicht auch wirklich bedrohlich gewesen wäre. Alle paar Schritte hielt er inne, um mit einem klauenbewehrten Finger auf den Bildschirm hinter sich zu deuten, auf dem eine fortlaufende Projektion von Nachrichtenberichten, Social-Media-Highlights und einer Endlosschleife des Blutbads der Nacht lief, untermalt von der Art Streichmusik, die normalerweise entweder eine Naturdokumentation oder ein Kriegsverbrechertribunal ankündigte.

»Dies«, donnerte Blackthorn, »ist das Ergebnis Eurer groben Misswirtschaft.«

Er schlug mit dem Hammer zu, fest genug, um eine Delle im Eichenholz zu hinterlassen. Die Kammer erbebte.

»Die Sterblichen glauben jetzt an Wiedergänger. Begreift Ihr das Ausmaß der Bloßstellung? Es gibt Forderungen nach Exhumierungen, nach DNA-Tests, nach verdammten öffentlichen Untersuchungen.«

Eine andere Älteste, eine Frau mit einem Gesicht wie eine zerbrochene Vase und der passenden Stimme, unterbrach ihn: »Sie haben ihm einen Namen gegeben! ›Zombie Highgate‹. Es ist ein Meme! War das Eure Absicht, Lupo?«

Vincent zuckte mit den Schultern. »Die Hashtags lagen nicht in meiner Hand.«

»Nichts lag nicht in Eurer Hand«, schnappte Blackthorn. »Ihr wurdet beauftragt, die Modernisierer zu überwachen, nicht, die Hauptrolle in ihrer viralen Kampagne zu spielen. Stattdessen seid Ihr« – er deutete auf den Bildschirm, wo Zaras geisterhafte Gestalt nun neben dem eigenen Logo des Rates trendete – »zum Meme geworden.«

Ein kollektives Zischen des Missfallens kam von den Bänken.

Vincent ließ die Stille sich ausdehnen, dann trat er vor und straffte seine geschundenen Schultern. »Vielleicht sind nicht wir das Problem«, sagte er, »sondern dass Ihr die Prophezeiung in ganz London habt durchsickern lassen.«

Der Rat brach in Aufruhr aus. Für eine Sekunde schien es, als würden die arkanen Schutzvorrichtungen allein durch die Lautstärke bersten. Einer der Stellvertreter in der hinteren Reihe verlor seine strukturelle Integrität und sackte in seinen Nachbarn, der ihn mit der resignierten Effizienz von jemandem auffing, der schon viel Schlimmeres aufgeräumt hatte.

»Ihr wagt es, dem Rat die Schuld zu geben?«, brüllte Blackthorn. »Wo Ihr allein versagt habt ...«

»... versagt, was zu tun?«, schoss Vincent zurück. »So zu tun, als würde es nicht passieren? Das ist Eure gesamte Doktrin. Wenn Ihr es nicht in einen Bericht packen könnt, ignoriert Ihr es.«

Ein anderer Ältester – möglicherweise Grenville, obwohl es schwer zu sagen war, wann seine Nase vollständig in den Archiven versunken war – erhob sich und brüllte: »Wir haben die Geheimhaltung seit Jahrhunderten aufrechterhalten. Wir haben Pogrome überlebt, Inquisitionen, Kriege! Und Ihr würdet das alles wegwerfen für ... wofür? Für eine Schlagzeile?«

»Die Geheimhaltung ist bereits gebrochen«, sagte Vincent mit leiser Stimme. »Ihr seid nur die Letzten, die es erfahren.«

Ren, die bis zu diesem Zeitpunkt die Rolle des stummen Chors gespielt hatte, hustete. »Es wird nicht aufhören, wisst Ihr. Selbst wenn Ihr uns verschwinden lasst. Es ist schon draußen. Die Leute wollen an Monster glauben und jetzt haben sie den Beweis.«

Sie erntete von einer hundertjährigen Ratsfrau einen Blick von so vernichtender Verachtung, dass sich ihre Haare fast vor dessen Wucht kräuselten.

Blackthorn wandte sich an Mrs Barley. »Und Ihr, das vermeintliche Gehirn der Operation in dieser Ansammlung von Versagern, was sagt Ihr zu Eurer Verteidigung?«

Mrs Barleys Stimme, als sie sprach, war so gefasst, dass sie an klinische Distanz grenzte. »Eine Eindämmung war nach dem ersten viralen Ereignis unmöglich. Es jetzt zu unterdrücken, würde entweder einen kompletten digitalen Blackout oder eine beispiellose Massen-Gedächtnisbearbeitung erfordern. Beides würde eigene Anomalien erzeugen und eine weitere Bloßstellung riskieren. Meine Empfehlung ist eine kontrollierte Anpassung der Erzählung.«

Blackthorn blickte finster, doch sie fuhr fort: »Das könnt Ihr nicht auslöschen. Aber Ihr könnt es kuratieren. Steigt in die Inszenierung ein. Macht es zu einer Fiktion, und die Welt wird glauben, was Ihr ihr erzählt.«

Es folgte eine lange Pause. Der Rat, der es nicht gewohnt war, dass seine Optionen auf »Niederlage akzeptieren« oder »die volle psychologische Kriegsführung auffahren« reduziert wurden, schien kurz ratlos zu sein.

Vincent blickte zu Ren, dann zu der Bank, auf der Zara nun einen geisterhaften Handstand machte und die Verhandlungen mit der Verachtung eines Profis für Bürokratie ignorierte.

Blackthorn fasste sich wieder und schlug erneut mit dem Hammer zu. »Wenn Ihr darauf besteht, Lärm zu machen, Lupo, werden wir keine andere Wahl haben, als Euch auszulöschen. Umfassend. Es gibt Schicksale, die weitaus schlimmer sind als der Tod. Fordert uns nicht heraus.«

Vincent öffnete den Mund, doch ausnahmsweise fand er nichts, das er sagen wollte. Stattdessen nickte er, eine winzige, fatalistische Verbeugung.

Der Rat vertagte sich mit einem Schwall von Verlautbarungen und der Art von zeremoniellen Blicken, die Milch gerinnen lassen konnten. Blackthorn verweilte, als der Rest hinausging, seine Augen verließen Vincents Gesicht nicht.

Als die Kammer sich endlich leerte, trotteten Mrs Barley, Ren und Vincent gemeinsam den Korridor entlang, ihre Schritte hallten in der grabesstillen Ruhe wider.

Ren durchbrach die Stille, ihre Stimme war leise, aber furchtlos. »Wenn sie es nicht aufhalten, wer dann?«

Vincent ging noch ein paar Schritte, bevor er antwortete, sein Kiefer war so angespannt, als wäre er zugedrahtet. »Ich weiß es nicht«, sagte er mit rauer Stimme. »Aber uns sind die Optionen noch nicht ausgegangen.«

Mrs Barley machte, ohne langsamer zu werden, eine Notiz in ihrem Buch. »Es gibt immer ein Schlupfloch«, sagte sie, fast zu sich selbst.

Sie gingen weiter, und die unterirdischen Tunnel schlossen sich hinter ihnen wie der Schlund eines sehr alten, sehr hungrigen Gottes.

# ACHT

Zaras Wohnung gab dank Rens Anwesenheit jeden verbliebenen Anschein von Bewohnbarkeit auf und legte sich stattdessen geradewegs die Ästhetik des Totenbetts eines Historikers zu. Keine einzige Oberfläche war frei von Gerümpel: Bücher in dreifacher Ausführung, von Silberfischchen zerfressene Ordner, Essensboxen, die ihre eigenen symbiotischen Kulturen entwickelten, und im Zentrum des Chaos ein geschundener Kiefernholztisch, der, dem Spektrum aus Kerzenwachs und Kugelschreiber-Graffiti in seiner Maserung nach zu urteilen, sowohl den spiritistischen Boom des viktorianischen Zeitalters als auch den Mietstreik der 1970er erlebt hatte.

Dämmerlicht sickerte durch den Schmutz der Fenster und tauchte alles in jenes tragische, vorelektrische Blau. Der Lärm der Stadt drang nur gedämpft herein, als wäre die Welt zu einer Nebenfigur degradiert worden, und die einzige wirkliche Bewegung war das langsame Treiben von Staub und das gelegentliche Zittern der überarbeiteten Waschmaschine.

Am Tisch waren Mrs Barley und Ren bereits hart bei der Sache, die Ärmel hochgekrempelt, die Finger von der Tinte von

Jahrhunderten geschwärzt. Sie arbeiteten mit gegensätzlichen Strategien: Mrs Barley methodisch und tödlich, die Dossiers des Rates mit der Präzision einer Pathologin zusammentragend und kommentierend, Ren ihren Stapel in kurzen, koffeingetriebenen Schüben attackierend, während sich Haftnotizen auf ihrer Seite wie Pilzwucherungen vermehrten.

Vincent hatte unterdessen das Sofa für sich beansprucht – mehr Sprungfedern als Polsterung, aber immer noch das Thron-ähnlichste, was die Wohnung zu bieten hatte. Er lümmelte dort mit theatralischer Erschöpfung, ein Glas Rotwein schwappte in der einen Hand, die andere ließ den Blick lustlos über den neuesten Ausdruck der Modernisierer-Livestreams schweifen. Die Flasche – ein Rioja, im Angebot – stand geöffnet neben ihm, nie mehr als eine Armlänge entfernt, und je dichter die Dämmerung wurde, desto mehr vertiefte er sich in sein Getränk.

Zara selbst war wie immer die dynamischste Präsenz in der Wohnung, obwohl sie die Einzige war, die technisch gesehen nicht am Leben war. Sie flackerte zwischen Sichtbarkeit und Unsicht-barkeit, glitt manchmal geradewegs durch die Bücherstapel hindurch, manifestierte sich in anderen Momenten in voller Inten-sität, um Ren einen Bleistift an den Kopf zu werfen oder bei einer von Vincents defätistischeren Äußerungen die Augen zu verdre-hen. Sie bewegte sich mit der Energie einer Teenagerin auf ihrem sechsten Red Bull, und obwohl ihr bevorzugter Zustand ein leich-ter, geisterhafter Dunst war, tauchte sie jedes Mal, wenn sie etwas Interessantes fand, so abrupt in dreidimensionaler Gestalt auf, dass die Glühbirnen flackerten.

Genau das tat sie gerade jetzt, als Kopf und Schultern aus einem Stapel Ratsakten auf der anderen Seite des Tisches auftauchten. Ihre Augen leuchteten mit dem besonderen Wahn-sinn von jemandem, der nicht nur in den Abgrund geblickt, sondern auch Notizen gemacht und sie kommentiert hatte.

»Seht euch das an«, sagte sie, ihre Stimme, die eher in den

Ohren als in der Luft widerhallte. »Carmines eigene Notizen zur Prophezeiung, bevor seine Lordschaft da drüben angeheuert wurde, um das Ding als Ghostwriter zu verfassen – es gibt immer eine gelöschte Zeile in der Mitte. Nicht geschwärzt. Gelöscht. Als hätte jemand einen Absatz herausgerissen und dann so getan, als hätte es ihn nie gegeben.«

Mrs Barley, die jenen Grad des Aktenrausches erreicht hatte, an dem selbst ihr Haarknoten herabhing, war schlagartig wieder hellwach. Sie zog ein Monokel des Rates aus ihrer Brusttasche und hielt es an das Pergament, das Glas von Schutzsigillen umkränzt.

»Bestätigt«, sagte sie nach einem kurzen Scan. »Die Randnotizen deuten auf eine absichtliche Entfernung hin, keinen Unfall. Und seht euch das an« – sie tippte mit einem Kugelschreiber auf den Rand – »hier ist ein Redaktionsvermerk, alter Stil. Wie die Korrektur eines Lektors, aber nicht menschlich.«

Vincent, der sich damit zufriedengegeben hatte, die anderen die schwere Arbeit machen zu lassen, setzte sich endlich auf. »Lass mich raten. Carmines Handschrift?«

Zara grinste und verlagerte ihre geisterhafte Gestalt, bis sie gut einen Zoll über dem Tisch schwebte. »Bingo. Der Mistkerl hat jeden Entwurf überarbeitet. Jedes Mal, wenn er einen in die Welt hinausgeschickt hat, hat er ihn umgeschrieben. Manchmal ist es nur ein Wort, manchmal eine ganze Strophe. Aber es ist immer da, dasselbe Zeichen.«

Ren, die versuchte, sowohl Schritt zu halten als auch nicht vor Anstrengung ohnmächtig zu werden, kritzelte in dreifacher Geschwindigkeit Notizen. »Also ... er versioniert seine eigene Apokalypse?«

Zara nickte. »Es ist iterativ. Wie Code. Oder Fanfiction, wenn dein Fandom ›das Ende der Welt‹ ist. Es ist noch nicht so mächtig wie der Entwurf, den Vincent geschrieben hat, aber es lernt. Passt sich an. Wächst in sein eigenes Potenzial hinein. Er feilt an mehreren Versionen gleichzeitig.«

Vincents Lippen verzogen sich, aber es war mehr ein Knurren als ein Lächeln. »Und das Ganze ist mehr als die Summe seiner Teile.«

Irgendwo musste ein Windzug hereingekommen sein, denn auf einmal flackerten die Kerzen auf der Fensterbank und tauchten den Raum in eine zuckende Halbdunkelheit. Der Lichtwechsel ließ Zaras Umrisse blau aufleuchten und warf einen totenmaskenhaften Schein auf die Forschungsstapel. Sie nutzte das voll aus, raffte eine Handvoll verstreuter Papiere vom Tisch und fächerte sie mit einer schwungvollen Geste auf.

»Was wirklich Spaß macht«, sagte sie mit einer Stimme, die in das brüchige Register einer Vertretungslehrerin am Rande des Nervenzusammenbruchs hochschnellte, »ist, dass jede gelöschte Zeile einen Schatten hat. Man kann ihn in der Originaltinte nicht sehen, aber wenn man spektral wird« – sie ließ ihre Hand durch das Blatt gleiten, das kurz durchscheinend wurde – », leuchtet er. Als gäbe es einen Geist des fehlenden Textes.«

Mrs Barley rückte ihre Brille zurecht und beäugte die Seite. »Du meinst, er ist verschlüsselt?«

»Eher heimgesucht«, sagte Zara. »Hast du schon mal ein totes Dokument gesehen? Es ist wie ein Fossil oder eine Narbe. Und diese Prophezeiungen« – sie stach in die Luft, sodass die Dokumente erzitterten – »sind übersät damit. Carmine hat nicht nur Geschichte geschrieben. Er hat immer wieder versucht, sie auszulöschen. Und jedes Mal kam sie bösartiger zurück.«

Vincent leerte sein Glas. »Er ist der Schriftsteller, der nicht sterben will. Wortwörtlich.«

Zara schoss ihm Fingerpistolen entgegen, was irgendwie auch ohne Finger funktionierte. »Genau.«

Ren, mit großen, leicht glasigen Augen, klopfte sich mit dem Stift gegen die Zähne. »Kannst du die fehlenden Teile wiederherstellen?«

Zaras Grinsen wurde breiter. »Kann ich und habe ich, Liebling. Ich habe den größten Teil dieser Woche im Archiv verbracht und jede Raubkopie, jede Abschrift des Rates, jedes Modernisierer-Meme querverglichen. Es ist alles hier.« Sie machte eine ausladende Geste auf das Chaos, und für einen Moment schimmerten alle Papiere auf dem Tisch und ordneten sich neu an, stapelten sich in Mustern, die nur Zara sehen konnte.

Der Effekt war so seltsam, dass sogar Vincent blinzelte. »Das ist ... neu.«

»Poltergeist-Lifehack«, sagte Zara mit einem aufblitzenden Lächeln. »Aber seht mal – hier, und hier, und hier.« Sie deutete auf drei Stellen in drei verschiedenen Dokumenten. »Dasselbe Zeichen. Derselbe Satz, jedes Mal gelöscht: ›Der endgültige Entwurf wird perfekt sein.‹«

Ren kritzelte die Zeile hin und schauderte dann. »So hat der Rat unseren kleinen Ausflug im Orpheum genannt, oder? Die ›perfektionierte Prophezeiung‹.«

Mrs Barley nickte mit angespanntem Kiefer. »Ich dachte, wir hätten jeden letzten Fetzen verbrannt.«

Vincent sah auf die Papiere, dann zu den anderen. »Haben wir. Von meiner Version jedenfalls.«

»Aber wir haben nicht die ursprünglichen Notizen und Entwürfe zerstört«, sagte Zara.

Stille.

Die Waschmaschine ging in den Schleudergang, und die ganze Wohnung schien sich vorzubeugen, als erwarte sie eine Pointe, die nicht kam.

Mrs Barley, die in die Sprache der Bürokratie flüchtete, tippte mit ihrem Stift auf das Dossier. »Da wir jetzt die Iterationen haben, können wir die volle Ladung rekonstruieren. Vielleicht sogar das nächste Update vorwegnehmen.«

Vincent deutete auf die Flasche, die jetzt ein Drittel leerer war als zuvor. »Es sei denn, Carmine hat es bereits geschrieben. In dem Fall rennen wir nur hinterher.«

Zara zuckte mit den Schultern. »So oder so haben wir mehr Daten als der Rat je hatte. Und wenn Carmine immer noch Updates herausbringt, können wir ihm vielleicht endlich einmal zuvorkommen.«

Ren blickte von ihren Notizen auf. »Glaubst du, wir können den Entwurf fertigstellen, bevor er es tut?«

Zaras Augen funkelten vor Schadenfreude und ein wenig Angst. »Ich glaube, wir können wenigstens das Ende lesen, bevor die Welt es tut.«

Vincent, der die ganze Unterhaltung über versucht hatte, unberührt zu wirken, erstarrte plötzlich. Er blickte auf das Dokument vor ihm, auf die schwache Geisterschrift, die auf der Oberfläche tanzte, und für einen Moment wirkte er weniger wie ein Vampir und mehr wie ein Mann, der zu lange einer Vergangenheit nachgejagt war, die sich weigerte, tot zu bleiben.

»Er hat immer gesagt, er würde das letzte Wort haben«, murmelte Vincent, fast zu sich selbst.

Zara nickte, und die Kerzen flackerten erneut und ließen sie alle in blauschattenhafter Stille zurück.

Die Prophezeiungsfragmente schimmerten auf dem Tisch, und die Stadt draußen hielt den Atem an und wartete auf den nächsten Entwurf.

Der Tisch, bereits mit Jahrhunderten des Unheils belastet, trug nun eine noch größere Last: Zara hatte die Prophezeiungsfragmente in einer sorgfältigen, bewussten Spirale angeordnet, jeder zerfetzte Schnipsel überlappte den nächsten, Anfänge und Enden mit Geisterlicht zusammengenäht. Der Effekt war weniger »Puzzle« und mehr »Tatort«, als hätte die Prophezeiung eine Reihe traumatischer Tode erlitten und jedes Stück wäre seine eigene Mordwaffe.

Vincent betrachtete die Spirale mit dem müden Misstrauen eines Mannes, der einst sechs Jahre damit verbracht hatte, den Rückstand des Rates an »nicht eindämmbaren« Archiven zu prüfen. Er schenkte sich ein zweites Glas ein, das Glucksen des Weins war laut in der Stille, die sich nach Zaras letzter Enthüllung ausgebreitet hatte.

Ren sah von ihrem Platz aus zu, die Arme fest um die Knie geschlungen, die Augen huschten von Fragment zu Fragment. Ihr Notizblock war nun weniger ein Notizbuch als vielmehr ein Nervensystem – Linien überall, die sich kreuzten und zurückverliefen, jedes Diagramm hektischer als das letzte.

Allein Mrs Barley schien von dem okkulten Spektakel unbeeindruckt. Sie setzte ihre silberumrandete Brille auf – ein Relikt aus ihrer Zeit des Erlassdienstes, das Gerüchten zufolge aus wiederverwerteten Exkommunikationsmarken des Rates geschmiedet worden war – und beugte sich vor, die Spirale mit einem Finger nachzeichnend.

Zara schwebte über dem Geschehen, ihre geisterhafte Gestalt zu einer Silhouette verdichtet, die so scharf war, dass es wehtat, sie direkt anzusehen. Sie deutete auf den Tisch, ihre Stimme hallte in Stereo wider. »Jeder Entwurf endet anders. Aber seht her« – sie ließ ihre Hand durch die zentrale Ansammlung gleiten und verstreute einen feinen Nebel aus Nachbildern – », in jedem einzelnen steht Carmines Name. Hier, hier, hier.« Jeder Punkt schimmerte blau auf, als sie ihn berührte.

Ren kniff die Augen bei einem besonders zerfetzten Fragment zusammen, wo die Tinte durch die Seite hindurchgeblutet und wieder geblutet hatte, als würde sie darum kämpfen zu entkommen. »Er signiert die Prophezeiung? Das ist so ...«

»Markentypisch?«, bot Vincent ohne jeden Humor an.

»Pathologisch«, korrigierte Mrs Barley und richtete die Seite mit zwei schnellen Bewegungen aus. »Er hinterlässt keine Unterschrift. Er hinterlässt einen Hash. Jede Iteration ist eine Prüfsumme für die nächste.«

Zara klatschte erfreut in die Hände. »Siehst du? Ich wusste, du würdest es verstehen. Es ist keine Prophezeiung. Es ist eine Versionsgeschichte.«

Mrs Barley, nun voller Energie, begann die Fragmente neu zu ordnen, ihre Bewegungen waren präzise und mathematisch. »Wenn wir diese als Code behandeln, ist jede Änderung ein Patch. Eine Fehlerbehebung. Die gelöschten Zeilen sind veraltete Funktionen. Die neuen Zeilen sind Updates.«

Ren sah zu, wie Mrs Barley zwei fast identische Fragmente nebeneinanderlegte und sie dann so anpasste, dass ihre Ränder eine perfekte Naht bildeten. Als sie sie zusammendrückte, flackerte der Text auf beiden, dann – unmöglicherweise – fügte er sich zu einer dritten, vollständigeren Strophe zusammen.

Mrs Barley lehnte sich mit einem Ausdruck der Genugtuung zurück. »Iterative Rekursion. Jede Version kannibalisiert die letzte. Er versucht, so etwas wie ... narrative Singularität zu erreichen.«

Vincents Griff um sein Glas wurde fester. »Aber warum? Was ist der Sinn dahinter, das Ende der Welt immer und immer wieder umzuschreiben?«

Zara schwebte tiefer, nun auf Augenhöhe mit dem Tisch. »Weil du, wenn du den endgültigen Entwurf schreibst, entscheidest, wie das Ende aussieht. Carmine versucht, die Realität zu überschreiben. Nicht mit Magie« – sie grinste wild – », sondern mit redaktioneller Kontrolle.«

Die Worte hingen in der Luft, dicht wie eine Beschwörung.

Ren schauderte, und erst da bemerkte sie die Hitze, die ihren Arm hochkroch. Das Mal des Editors, tagelang untätig, pulsierte schwach – sein blaugrünes Leuchten war nun mit dem Rhythmus der Prophezeiung auf dem Tisch synchronisiert. Jedes Mal, wenn

Mrs Barley ein Fragment verschob, flackerte das Licht im Mal im perfekten Takt.

Sie zog ihren Ärmel herunter, aber nicht bevor Vincent es bemerkte. »Na, das ist neu. Oder etwa nicht?«

Ren brachte heraus: »Es reagiert. Ich weiß nicht, warum.«

Zara beugte sich vor, der Rand ihres Ärmels verschmolz mit dem Tisch. »Weil du jetzt Teil der Geschichte bist. Du bist der nächste Patch.«

Vincent stellte sein Glas sehr vorsichtig ab. »Großartig. Es mutiert nicht nur, es hat auch einen Fanclub.«

Mrs Barley, ungerührt, schob ihre Brille die Nase hoch. »Wenn Carmine noch am Leben ist ...«

»Definitiv nicht am Leben«, unterbrach Zara. »Er ist untot oder so ähnlich. Halb drinnen, halb draußen. Jedes Mal, wenn seine Worte viral gehen, jedes Mal, wenn jemand die nächste Iteration liest, wird er stärker. Präsenter.«

Vincent stieß ein hohles Lachen aus. »Also, jeder Idiot, der den Modernisierer-Zusammenbruch live streamt, bringt ihn zurück?«

»Nicht zurück«, sagte Zara. »Er war nie weg. Er wartet nur auf den richtigen Moment, um sich selbst neu hineinzuschreiben.«

Einen langen Moment lang war das einzige Geräusch das Summen des Kühlschranks, das Zischen einer Kerze, die zu nah an ihrem eigenen Etikett brannte, und die Stadt draußen, die plötzlich fern war.

Mrs Barley sah zu Ren. »Wie fühlst du dich?«

Ren spannte ihre Hand an, beobachtete, wie das Mal einmal, zweimal pulsierte und sich dann beruhigte. »Als würde mich etwas updaten. Ich bekomme immer wieder ... Zeilen. In meinem Kopf. Keine Gedanken, nur – Syntax. Die sich selbst neu schreibt.«

Zara nickte feierlich. »Er benutzt dich als Testumgebung. Du bist das Gefäß. Wieder mal.«

Vincent stand abrupt auf und stieß sein Glas zu Boden. Es rollte unter das Sofa und blutete auf dem uralten Teppich aus.

»Nein«, sagte er. »Er kriegt nicht das letzte Wort. Nicht dieses Mal.«

Zara betrachtete ihn mit leeren, alten Augen. »Du kannst ihn nicht überschreiben, Vincent. Er ediert von der Wurzel aus.«

Mrs Barley, immer die Stimme der Vernunft, sagte: »Dann müssen wir die Kette durchbrechen. Das nächste Update aufhalten, bevor es sich ausbreitet.«

Zaras Lächeln war scharf wie ein Skalpell. »Ihr müsst zur Quelle gehen.«

Rens Kopf schnellte hoch. »Du weißt, wo Carmine ist?«

Zara antwortete nicht direkt, sondern schwebte zum Fenster und blickte über die Stadt. »Er ist überall da, wo die Geschichte am lautesten ist. Überall, wo die Leute hungrig nach einem Ende sind.«

Mrs Barley straffte die Schultern und plante bereits. »Wir werden Zugang zu den tiefen Gewölben des Rates brauchen. Dort müssen die originalen Carmine-Entwürfe aufbewahrt werden. Wenn wir die Prophezeiung zurücksetzen können ...«

»... könnten wir in der Lage sein, die Überschreibung zu überschreiben«, beendete Vincent den Satz, als er begriff.

Und in der Stille begann das Mal auf Rens Arm, sich neu zu schreiben, Zeile für Zeile, im perfekten Takt mit Carmines Geist.

# NEUN

Ältester Mortimer Blackthorn führte wie immer den Vorsitz, von einem Thron aus, der selbst unbesetzt noch »Autokratie« ausstrahlte. Er trug seine Roben, als hätte er für das Wort »zwanglos« nie eine Verwendung gefunden, und seine Finger huschten mit einem steten, synkopierten Abscheu über den Schreibtisch. Um ihn herum tauschten andere unsterbliche Ratsmitglieder Mikroexpressionen aus: zusammengepresste Lippen, verdrehte Augen, ein Züngeln am Eckzahn. Die Stellvertreter in der hinteren Reihe gaben ihr Bestes in der Rolle »fleischfarbene Wachsfiguren«, aber selbst sie schienen gelangweilt.

Mrs Barley räusperte sich und sprach mit der Autorität einer Direktorin zu dem Raum, die sich einer satanisch aus dem Ruder gelaufenen Schulinspektion stellen muss. »Der Zweck dieser Dringlichkeitssitzung«, sagte sie, »besteht darin, Beweise für eine aktive, sich entwickelnde narrative Bedrohung innerhalb der Londoner Modernisierer-Population vorzulegen. Die Erkenntnisse sind … unkonventionell.«

Sie legte Zaras Dossier in die Mitte des Ratstisches. Auf dem Deckblatt stand »PROPHETIE-ITERATIONSEREIGNIS:

KANDIDAT CARMINE«, worunter Zara einen Smiley mit Vampirzähnen gekritzelt hatte.

»Beginnen Sie«, sagte Blackthorn mit einer auf maximale Trostlosigkeit gestimmten Stimme.

Mrs Barley wischte auf ihrem Tablet zur ersten Seite, die drei mit Anmerkungen versehene Prophezeiungsentwürfe zeigte, alle in den letzten zwei Wochen datiert. »Dem Rat wird auffallen, dass jedem Modernisierer-Vorfall eine Variante der Carmine-Prophezeiung vorausgeht – subtile Änderungen in der Syntax, der Zeilenreihenfolge oder der metaphorischen Aufladung. In jedem Fall weisen die Bearbeitungen einzigartige Randnotizen auf: ein redaktionelles Zeichen, das keiner bekannten Hand des Rates oder eines Menschen zuzuordnen ist.«

Die Bildschirme flackerten und zeigten vergrößerte Scans der gelöschten Zeilen. An den Rändern wiederholte sich ein deutliches Rautenzeichen, wie die Signatur eines übereifrigen Software-Updates. Daneben zeigte eine forensische Nahaufnahme, wie die ursprüngliche Tinte zu einem spektralen Nachbild »ausgeblutet« war.

Vincent beugte sich vor, unfähig zu widerstehen. »Das ist seine Masche. Er verbreitet einen verdammten narrativen Virus, und die Modernisierer sind die Petrischale.«

Eine Rätin mit einer Kinnpartie wie ein Amboss hob eine Augenbraue. »Und Ihr Beweis dafür, dass die –«, sie kniff die Augen zusammen und blickte auf ihren Monitor, »– ›gelöschten Zeilen‹ nicht nur dichterische Affektiertheit sind?«

Mrs Barley sträubte sich. »Weil jede Löschung in jedem aufgezeichneten Ausbruch mit zunehmender Aggressivität wiederkehrt. Außerdem zeigt die Spektralanalyse Carmines eigenen Restabdruck am Tatort – seinen ›Fingerabdruck‹ in der Tinte.«

Blackthorn fiel ihr ins Wort. »Und Sie erwarten, dass der Rat auf das Wort eines Poltergeists hin handelt?«

Zara, die in einer Seitennische flackerte und nur für die sehr Gelangweilten und die sehr Toten sichtbar war, zeigte einen geisterhaften zweifingrigen Gruß. Niemand auf der Richterbank nahm auch nur Notiz von ihr.

Vincents Griff um seinen Stoß Notizen wurde fester, der Weinfleck am Handgelenk war zu sehen. »Vielleicht würden wir unsere nächste Apokalypse nicht in Fortsetzungen bekommen, wenn Ihre eigenen Ratsarchivare das letzte Carmine-Ereignis nicht unter drei Tonnen Bürokratie und Bleichmittel begraben hätten.«

Die Rätin grinste und kritzelte auf einen physischen Block, als wollte sie den Punkt unterstreichen. »Es gibt immer noch keine direkten Beweise für Carmines Rückkehr, nur – wie war der Ausdruck? – Geisterklatsch.«

»Geister haben Euch noch nie belogen«, schnauzte Vincent, »außer, wenn Ihr sie dafür bezahlt habt.«

Ren versuchte unterdessen, den Kopf unten zu halten, aber das Mal auf ihrem Unterarm hatte mit einer seltsamen Dringlichkeit wie von einem Zahnarztbohrer zu summen begonnen. Sie drückte ihren Ärmel dagegen, in der Hoffnung, das Interesse des Rates am Metaphysischen sei zusammen mit seinem Selbsterhaltungstrieb verkümmert.

Mrs Barley, die spürte, wie sich das Blatt wendete, schwenkte von der Wissenschaft zur Politik um. »Mit Verlaub, Ältester Blackthorn, dies ist keine spekulative Bedrohung. Carmines Einfluss eskaliert. Wenn die Prophezeiung die volle Rekursion erreicht, werden wir es mit einem Ereignis von der Größenordnung des New-Cross-Massakers zu tun haben – möglicherweise schlimmer.«

Es gab eine Pause, dann ein Chor von Trommeln auf den Schreibtischen der Stellvertreter: die Ratsversion von »Seien Sie nicht so verdammt dramatisch.« Vincent machte sich auf einen Monolog gefasst.

Blackthorn enttäuschte nicht. »Mrs Barley, Sie haben dem Rat jahrzehntelang hervorragend gedient. Aber das hier? Das sind keine Beweise. Das ist der Fiebertraum einer toten Archivarin, angestiftet von einem übereifrigen Vampir mit einem Messias-Komplex und einer Nachwuchsermittlerin, die ihren eigenen Nachnamen nicht buchstabieren kann. Wir sind nicht im Geschäft, Memes zu jagen.«

Ein leises Murmeln der Zustimmung. Mehrere Stellvertreter hatten sich dem Doomscrolling auf ihren Telefonen zugewandt.

Vincent stand auf, der Stuhl schabte über den Stein, und setzte das vernichtendste Lächeln seines Repertoires auf. »Warum geben Sie nicht einfach zu, dass Sie lieber die Risse zukleistern und hoffen, dass die Mauern nicht einstürzen, bevor Sie in den Ruhestand gehen? Carmines Etikette ist ihm egal. Er versucht nicht, sich auf subtile Weise wieder einzuschleichen. Wir haben die Mantelfrau und Bartholemew kaum in Schach gehalten. Er schreibt das Ende, während wir hier reden. Ich bin nicht sicher, ob Sie den Ernst der Lage begreifen.«

Die Rätin mit dem Ambosskinn sträubte sich. »Sie überschreiten Ihre Kompetenzen, Lupo.«

»Mir reißt der Geduldsfaden.«

Blackthorn klopfte auf den Tisch. »Setzen Sie sich, oder wir werden Sie setzen. Dauerhaft.«

Vincent setzte sich, aber nicht ohne zu murmeln: »Vielleicht reichen wir die Apokalypse nächstes Mal in dreifacher Ausfertigung ein.«

Die Stellvertreter kicherten nun offen.

Rens Mal pulsierte erneut, ein heiß-kaltes Kribbeln, das ihre Schulter hinauf und bis in ihre Finger lief. Es schmerzte – aber nicht so, wie sie es erwartet hatte. Der Schmerz war Information: Zeile für Zeile spektralen Quellcodes, der sich neu schrieb, dann stockte, dann wieder überschrieben wurde, alles auf der Innenseite ihrer Haut. Sie wagte einen Blick zu Zara, die über dem

Hauptprojektor des Rates schwebte und so heftig mit den Augen rollte, dass es ein Wunder war, dass sich das Nachbild nicht in das Glas einbrannte.

Mrs Barley fuhr fort, ihre Stimme war nun so brüchig wie das Sicherheitsgefühl des Rates. »Als Minimum empfehlen wir eine vollständige Prüfung allen Carmine-bezogenen Materials in Ihren Archiven, eine aktive Intervention in die digitalen Feeds der Modernisierer und die Quarantäne jeglichen infizierten Personals – den Rat eingeschlossen.«

Das erregte Blackthorns Aufmerksamkeit. »Wollen Sie damit andeuten, der Rat selbst sei kompromittiert?«

Mrs Barley erwiderte seinen Blick. »Wenn Carmine von der Wurzel aus ediert, ist niemand immun.«

Eine Stille, absoluter als jede Kriegserklärung.

Vincent beobachtete, wie die Ältesten jene Art von Mikroexpressionen austauschten, die in anderen, ehrlicheren Jahrhunderten Bürgerkriege ausgelöst hätten. Schließlich gab Blackthorn einem Schreiber ein Zeichen, der die Seite vor ihm mit einem feuchten, hallenden Knall abstempelte.

»Ihre Empfehlungen werden zur Kenntnis genommen. Der Rat wird seine Autorität jedoch nicht an Phantomhypothesen und aufrührerische Gerüchte abtreten. Die Befehlskette bleibt bestehen. Sie werden die Überwachung der Modernisierer-Zellen fortsetzen, und wenn es auch nur ein Flüstern einer Prophezeiung außerhalb Ihrer Kontrolle gibt, werden Sie es melden. Andernfalls wird dies zur Folge haben –«

»Auslöschung?«, schlug Vincent vor und fletschte die Zähne, aber niemand biss an.

»Ausschluss«, sagte Blackthorn, der das Wort auskostete wie einen lang gehegten Groll. »Wenn auch nur einer von Ihnen versucht, ohne Genehmigung zu eskalieren, wird der Rat nicht nur Ihre Erinnerung, sondern Ihren gesamten Beitrag zu den historischen Aufzeichnungen auslöschen.«

Zaras Lachen, das« als Knistern begann, schwoll zu einem vollen Poltergeist-Gekicher an. »Viel Glück dabei«, sagte sie, wohl wissend, dass sie sie nicht hören würden.

Ren, die bereits schwitzte, fragte sich, ob das Mal versuchte, sie zu warnen, oder sich nur auf ihre Kosten amüsierte.

Mrs Barley faltete das Dossier zusammen und ließ es mit der präzisen Resignation von jemandem, der einen Streit verloren hatte, aber es unter keinen Umständen zugeben würde, in ihre Tasche gleiten. »Verstanden, Ältester Blackthorn.«

»Die Sitzung ist vertagt«, verkündete Blackthorn, aber im Echo seiner Worte konnte man beinahe die Endgültigkeit der Axt eines Henkers hören.

Die Lichter wurden weiter gedimmt, als der Rat hinausschritt und die drei zurückließ, um ihre Beweise und ihre Würde im Vakuum zu sammeln. Der Schreiber, ein wächserner Schemen in einem Anzug, der »Hilfskraft« schrie, reichte Mrs Barley eine gestempelte und gegengezeichnete Zusammenfassung und ging dann ohne ein Wort.

Vincent war schon auf halbem Weg zum Ausgang, aber Mrs Barley hielt ihn mit einer Hand an seinem Ärmel auf. »Tu es nicht. Sie wollen, dass du gegen das Protokoll verstößt.«

Er starrte sie wütend an, dann entspannte er sich. »Du hast recht.«

Ren trottete ihnen nach, rieb sich den Arm und bangte bereits vor dem nächsten Mal, wenn sie das Mal an die Luft lassen musste.

Nur Zara verweilte und schwebte an der Decke entlang mit einem Lächeln, das tausend Seuchen hätte auslösen können. »Lass sie denken, sie hätten gewonnen«, flüsterte sie, und der Klang vibrierte im Stein. »Sie sind diejenigen, die sich selbst aus der Geschichte schreiben.«

Sie verschwand durch die Wand und überließ das Erbe des Rates der Fäulnis in der Dunkelheit.

Die anderen folgten wie ein einziger Körper: Mrs Barley mit ihrer stillen Entschlossenheit, Vincent, der Sarkasmus wie ein schlechtes Parfüm hinter sich herzog, und Ren, die fast so weit war zu glauben, dass es in der Prophezeiung doch um sie ging.

Das Vorzimmer war Rat pur: unterheizt, unterbelichtet und mit Sitzgelegenheiten ausgestattet, die selbst die Unverkörperten an ihre körperlichen Verpflichtungen erinnern sollten. Eine einzelne Leuchtstoffröhre summte wie eine gefangene Schmeißfliege. Am anderen Ende kauerte ein Schreiber über einem Pult, wie eine Seepocke an der Hülle eines Schiffes, das kurz vor der Versenkung steht. Er trug Handschuhe, vielleicht wegen des taktilen Vergnügens von Gummi auf Papier, oder vielleicht nur, um den Kontakt mit den Lebenden zu vermeiden.

Vincent, Ren und Mrs Barley traten ein, nur um Zara bereits in einer Ecke faulenzen zu sehen, ihr Gesicht durch die Wand gedrückt, um den Korridor dahinter zu beobachten. Sie formte lautlos einen Countdown, als der Schreiber nach der ersten Seite griff und dann den Ratsstempel mit einer Wucht aufschlug, die den Tisch vibrieren und das fluoreszierende Licht mitleidig flackern ließ.

Er sah nicht auf, als er zu lesen begann. »Sie werden zum Überwachungsdienst Parlament, Unterhauskammer, eingeteilt. Hauptperson: Parlamentsabgeordneter Edward Greaves. Zugehörigkeit: Ungebunden, aber mit früherem Kontakt zu Modernisierern. Zweck: Überwachung auf virales Ereignis, potenzielle Carmine-Signatur. Dauer: Bis der Vorfall neutralisiert oder durch eine größere Bedrohung abgelöst wird.«

Er reichte die Seite an Mrs Barley, die sie mit der ernsten Zartheit von jemandem annahm, der eine Bombe oder eine Geburtsurkunde handhabt.

Ren blickte zu Vincent. »Sie wollen, dass wir die Houses of Parliament beobachten?«

Der Schreiber fuhr fort, jedes Wort von Groll durchtränkt. »Sollte die Ereignisschwelle erreicht werden, werden Sie an den beigefügten Kontakt eskalieren. Keine unbefugten Handlungen. Keine Lecks an die Medien. Kein Gebrauch von nicht lizenzierten psychischen Geräten auf dem Gelände des Palastes.«

Er überreichte eine zweite Seite, die Mrs Barley überflog und dann an Ren weitergab. Vincent machte sich nicht die Mühe, sein Exemplar zu nehmen, sondern zog stattdessen eine Zigarette aus seiner Jacke und zündete sie trotz der deutlich angebrachten Schilder an. Das Auge des Schreibers zuckte, aber ansonsten zeigte er keine Anzeichen sterblicher Not.

Mrs Barley überflog die Anweisungen, ihre Lippen wurden schmaler. »Das ist eine Falle«, sagte sie, leise genug, dass es nur die Lebenden hören konnten. »Sie wollen, dass wir scheitern. Oder dass wir so öffentlich Erfolg haben, dass sie eine Säuberung nicht vermeiden können.«

Vincent atmete aus und füllte die Luft mit vom Rat genehmigtem Karzinogen. »Es ist immer eine Falle. Die einzige Variable ist, wie viele Zeugen sie für den Schauprozess wollen.«

Ren fuhr mit einem Finger über ihr Mal, das jetzt so warm wie Fieber war. »Glaubst du, Carmine zielt auf das Parlament?«

Vincents Augen funkelten, aber nur mit dem Versprechen einer Migräne. »Wenn du eine narrative Singularität schreiben würdest, würdest du dann nicht direkt zum Regierungssitz gehen? Sofortige weltweite Berichterstattung. Außerdem wimmelt es dort von Leuten, die nie zuhören.«

Zara schimmerte neben ihnen sichtbar auf, ihre Umrisse fingen das Flackern der Leuchtstoffröhre ein und verwandelten es in eine Art Heiligenschein. »Demokratie«, sinnierte sie, »nur ein weiterer Entwurf mit zu vielen Redakteuren.« Sie schwebte über dem Schreiber und sprach die Worte mit ihm mit, während er den Rest des Protokolls herunterleierte.

Mrs Barley straffte die Schultern. »Wir machen weiter. Wir beobachten. Wir dokumentieren. Jeder Auftrag liefert Daten.«

Sie steckte die Seiten in ihre Tasche und stand dann mit der Haltung von jemandem da, der entschlossen war, dem Chaos einen Sinn abzuringen, selbst wenn es sie umbringen würde.

Der Schreiber, der seine Lesung beendet hatte, sah zum ersten Mal auf. Seine Augen waren nicht so sehr tot, als vielmehr langfristig verliehen. »Der Ausgang ist dort drüben«, sagte er und deutete auf eine Tür, die mit EXIT in Buchstaben gekennzeichnet war, die rot und verdächtig klebrig leuchteten.

Sie schlurften hindurch, und die Tür schloss sich hinter ihnen mit der sanften, hydraulischen Endgültigkeit eines Kühlhauses.

Der Korridor dahinter führte zum Hauptvestibül des Rates: zwei Stockwerke aus nacktem Stein und null Geschichte, genau wie sie es mochten. Ren blinzelte in der plötzlichen Kälte und sagte dann: »Was, wenn wir recht haben? Was, wenn der nächste Patch nicht nur ein Livestream ist, sondern etwas Größeres?«

Vincent steckte die Hände in die Taschen und ging mit gesenktem Kopf, seine Stimme so leise, dass sie kaum über das Echo zu hören war. »Dann kommt das Parlament auf seine Kosten.«

Mrs Barley schritt voran und entwarf bereits den nächsten Zug in ihrem Kopf. »Wir brauchen Augen auf dem Parlamentsabgeordneten für South Basildon und East Thurrock. Zara, du bist unsere Insider-Verbindung für alles, was der Rat nicht sehen kann oder will.«

Zara sah ausnahmsweise fast nervös aus. »Ich mache keine Politik«, sagte sie und zog wie eine unsichere Wetterfront hinter ihnen her.

»Das Parlament auch nicht«, erwiderte Vincent, ohne langsamer zu werden.

Sie erreichten die Haupttüren, schwere Eiche mit einem Griff, der von Jahrhunderten der Furcht glatt poliert war. Vincent hielt inne, die Hand auf der Klinke ruhend, und blickte zurück zu den anderen.

»Bist du bereit?«, fragte er, aber es war nicht wirklich eine Frage.

Mrs Barley nickte. Ren zuckte mit den Schultern, eine so kleine Bewegung, dass man sie für ein Zittern hätte halten können.

Zara warf dem Korridor einen letzten Blick zu und verblasste dann, bis nur noch ihre Stimme übrig war, sanft und aufrührerisch. »Das ist jetzt alles narrativ«, sagte sie. »Hoffe nur, du bist derjenige, der es schreibt.«

Vincent stieß die Türen auf, und gemeinsam traten sie in die Londoner Nacht hinaus, wo das Einzige, was kälter war als der Wind, die Gewissheit war, dass der nächste Akt bereits entworfen wurde.

Hinter ihnen legte der Schreiber des Rates ihr Schicksal zu den Akten, und in einem verschlossenen Büro begann Ältester Blackthorn seine eigenen Vorbereitungen für den finalen Schnitt.

Die Stadt summte vor Gerüchten und Bedrohung, und über allem wartete die Prophezeiung, bereit, sich bei der erstbesten Gelegenheit des Parlaments zu verbreiten.

# ZEHN

Wie sich herausstellte, war der Parliament Square der einzige Ort in London, an dem die Zahl der Polizisten die der Tauben übertraf und die Kälte keine Funktion des Wetters, sondern der Architektur war. Vincent traf wie üblich als Erster ein, nachdem er die Logistik der Jubilee Line so durchgespielt hatte, dass er bei Sonnenaufgang garantiert nicht auf freiem Feld erwischt wurde und fünf Minuten allein mit der Aussicht hatte. Er lehnte an einer reifüberzogenen Säule, die aussah, als hätte sie mindestens drei Revolutionen und eine im Fernsehen übertragene Enthauptung miterlebt, die Hände in den Manteltaschen vergraben, der Gesichtsausdruck auf »frisch exhumiert« eingestellt. Der Wind von der Themse war so bitter, dass er einem den Zahnschmelz von den Zähnen schälte, und die Flaggen auf der Westminster Abbey wehten auf halbmast, obwohl niemand sagen konnte, für was oder wen.

Als Nächste erschien Ren, eingemummelt in eine Daunenjacke, die sie vage wie eine Larve aussehen ließ, die Augen weit aufgerissen, als sie die wuchernde Gotik des Parlaments im ersten blassen Licht der Morgendämmerung in sich aufnahm. Sie ging mit dem halben Stolpern von jemandem, der noch nicht akzeptiert hatte, dass es tatsächlich kein Verbrechen war, um diese Stunde wach zu sein. Ihr Notizbuch und das vom Rat ausgegebene Klemmbrett hatte sie mit der Wucht eines Sicherheitsgurts bei einem Unfall an ihre Brust gepresst. Sie hielt am Fuße des Statuengartens inne und blickte sich mit einer Nervosität um, die vermuten ließ, dass sie Scharfschützen oder, schlimmer noch, Interviewer erwartete.

Vincent sah sie kommen und unterdrückte den Drang, ihr etwas zuzuwerfen. Stattdessen begnügte er sich mit einem trockenen: »Hast du dich verlaufen oder orientierst du dich immer noch an der Kneipendichte?«

Ren würdigte dies keiner Antwort. Sie blickte auf, musterte die steinernen Gesichter eines Dutzends toter Staatsmänner und murmelte: »Ich dachte, es wäre größer.«

»Es kommt nicht auf die Größe an«, sagte Vincent. »Sondern auf die Anzahl der geschönten Spesenabrechnungen pro Quadratmeter.«

Die Wirkung dieser Bemerkung wurde durch die Ankunft von Mrs Barley etwas geschmälert, die aus Richtung Lambeth heranschritt, als wäre sie nur über die Brücke marschiert, um dem Konzept des öffentlichen Nahverkehrs zu trotzen. Sie trug ein Kostüm aus anthrazitfarbener Wolle, weiße Handschuhe und einen Hut mit einer Krempe, die auf maximale Einschüchterung ausgelegt war. Die Tasche an ihrer Seite war prall gefüllt mit der für den Tag erforderlichen Ausrüstung, und sie begrüßte die anderen mit einem Nicken, das man für Zuneigung hätte halten können, wenn man sie nicht gekannt hätte.

Ohne ein Wort musterte sie die Bänke, fand die einzige, die frei von nassem Kaugummi und Taubendreck war, und schlug mit der Präzision einer Quartiermeisterin, die sich auf eine Belagerung vorbereitet, ihr Lager auf. Binnen Augenblicken hatte sie drei Klemmbretter (vorab mit Ratsformularen in dreifacher Ausführung gefüllt), einen Satz gefälschter Channel-4-Schlüsselbänder und eine Thermoskanne mit schottischem Muster ausgepackt, die mit einem Tee gefüllt war, der so stark war, dass er Cromwell wieder hätte beleben können. Sie reihte diese Dinge auf der Bank auf und bedeutete dann Vincent und Ren, näher zu kommen.

Vincent schlenderte hinüber. Ren folgte ihm, ihre Nase lief bereits vor Kälte, ihre Augen tränten entweder vom Wind oder vom existenziellen Schrecken.

»Unsere operative Deckung lautet ›politische Korrespondenten‹«, verkündete Mrs Barley. »Ich habe für jeden von uns Briefing-Notizen vorbereitet. Wenn wir angesprochen werden, sind wir bei Channel 4 akkreditiert.«

Vincent beäugte das Schlüsselband. »Konntest du nicht Sky besorgen?«

»Gegen die wird ermittelt«, erwiderte Mrs Barley, ohne mit der Wimper zu zucken. Sie schenkte drei Tassen Tee ein, reichte sie herum und holte dann eine Packung Zitronenkekse aus den Tiefen ihrer Tasche.

Ren, die seit ihrer Ankunft kein Wort gesprochen hatte, sagte: »Sollen wir beobachten oder infiltrieren?«

Mrs Barley nippte an ihrem Tee und stellte ihn dann ab. »Beides. Greaves soll um zehn Uhr fünfzehn eine ›Grundsatzrede‹ halten. Bis dahin beobachten, dokumentieren und halten wir uns zurück.«

Vincents Lippe kräuselte sich. »Greaves ist ein Kleiderbügel mit Zähnen. Selbst wenn er gebissen wurde, ist er langweilig.«

Mrs Barley hob eine Augenbraue. »Langweilig ist ideal. Langweilig sorgt nicht dafür, dass wir zum Rat zurückbeordert werden.«

Ren blätterte durch ihre Unterlagen. »Er hat eine Vorgeschichte mit ... was ist das ... ›Jugendarbeit‹? Ist das ein Code?«

»Kein Code«, sagte Vincent. »Nur eine andere Geschmacksrichtung von Raubtiermethoden.«

Die Temperatur fiel plötzlich scharf ab, und für den Bruchteil einer Sekunde wurde die Welt zwei Nuancen blauer. Zara flackerte hinter der Bank ins Dasein, ihre geisterhafte Gestalt so blass, dass sie im Tageslicht kaum zu erkennen war. Es schien ihr so lieber zu sein: Ihre Anwesenheit war weniger »spukhaft« und mehr »Wirtschaftsspionage«. Sie glitt zwischen den Säulen hindurch, ihr Rock wehte im Wind, und betrachtete die Gruppe mit der hohlen Geduld einer PowerPoint-Präsentation in der Schwebe.

Vincent drehte sich nicht um, hob nur seine Tasse zu einem spöttischen Gruß. »Du bist spät dran.«

Zara ignorierte dies. »Greaves' Betreuer ist vor Ort. Anzug, billige Schuhe, stinkt nach Eton und Hausschwamm. Er hat schon drei Runden gedreht.«

Mrs Barley nickte. »Ich habe ihn im Blick. Vincent, bleib du im Eingangsbereich. Ren, du konzentrierst dich auf die Zugangswege. Ich werde von hier aus die Bewegung der Menge beobachten.«

Vincent leerte seinen Tee in einem einzigen, wie eine Verätzung brennenden Schluck, dann schritt er mit gesenkten Schultern und vom Wind gedämpften Schritten in Richtung Deckung. Ren sah ihm nach und blickte dann zu Mrs Barley.

»Ist er immer so?«, fragte sie mit so leiser Stimme, dass sie kaum den Rand ihrer Tasse überwand.

Mrs Barley packte die Kekse ordentlich zurück in die Dose und legte ihr Klemmbrett auf die Knie. »Nur, wenn die Welt untergeht.«

Ren zögerte, dann nahm sie ihren Posten am Rande des Statuengartens ein und musterte die Touristen und frühmorgendlichen Pendler nach jemandem, der aussah, als würde er lieber einen Hals aussaugen als ein Speckbrötchen essen. Eine Zeit lang geschah nichts, außer dem langsamen Kreisen des Verkehrs und gelegentlichen Rufen von der anderen Seite des Platzes, wo sich bereits ein Protest formierte. Die Transparente waren selbstgemacht, die Slogans unfreiwillig komisch: »BRINGT DAS GUTE ALTE PARLAMENT ZURÜCK«, »WENIGER STEUERN MEHR SNACKS« und ein persönlicher Favorit, »HANG THE DJ«.

Von Zeit zu Zeit flackerte Zara ins Blickfeld und wieder heraus, immer knapp außerhalb des Fokus, nie lange genug stillstehend, um fotografiert zu werden. Gelegentlich beugte sie sich dicht an Mrs Barleys Ohr und flüsterte ihr eine Zeile reinen Gifts zu, die Mrs Barley dann in ihr Logbuch eintrug, als wäre es der Wetterbericht.

Um exakt 09:47 Uhr schob sich ein Regierungswagen auf den Platz, flankiert von zwei Sicherheits-Lieferwagen und einem Medienpulk, der so dicht war, als hätte man ihn in einem Labor gezüchtet. Greaves, ein Mann, der exakt wie seine Karikatur aus der Boulevardpresse aussah – Mitte vierzig, das Haar von der Farbe recycelten Druckerpapiers, der Anzug so glänzend, dass er Flugzeugen hätte Signale geben können – stieg aus und winkte vorschriftsmäßig. Seine Zähne waren blendend, seine Augen weniger.

Vincent erschien wieder im Schatten des Abgeordneteneingangs, am Rande des Pulks, die Arme verschränkt. Er war nah genug, um gesehen zu werden, aber, was entscheidend war, nicht nah genug, um die Aufmerksamkeit der Sicherheitskräfte auf sich zu ziehen. Er warf Mrs Barley einen Blick zu und formte mit den Lippen: »Nichts«, dann verschwand er wieder im Strom der Umstehenden.

Ren, ermutigt durch das Ausbleiben einer Katastrophe, begann, tatsächlich Notizen zu machen. Sie hielt fest, wer sich Greaves näherte, wer ihm die Hand schüttelte und wer Fingerabdrücke auf der Motorhaube des Wagens hinterließ. Sie bemerkte zwei Modernisierer in der Menge – leicht zu erkennen an den Ringlichtern und dem Zwang, für jedes vorbeikommende iPhone zu posieren. Eine von ihnen streamte bereits live und grinste für ein Publikum von Tausenden, während sie versuchte, Greaves in einem viralen Moment zu erwischen.

Zara materialisierte sich neben Ren, gerade lange genug, um zu sagen: »Wenn er einen Tell hat, dann ist es die linke Hand. Er nestelt immer daran herum. Das bedeutet, dass er lügt.«

Ren hätte fast ihr Klemmbrett fallen lassen. »Du bist ein Geist, was kümmern dich Tells?«

»Ob tot oder nicht, niemand wird gern übers Ohr gehauen«, sagte Zara, und dann war sie verschwunden und hinterließ nur den Geruch von Ozon und uraltem Staub.

Die Stunde verging. Die Menge verdoppelte sich. Die Demonstranten, nun von den Kameras ermutigt, begannen zu skandieren, obwohl der Effekt weniger »Volksbewegung« und mehr »aus dem Ruder gelaufener Wohltätigkeitslauf« war. Mrs Barley beobachtete alles und füllte ihre Formulare mit einer Geschwindigkeit und Genauigkeit aus, die ihr bei der vor-digitalen Olympiade eine Medaille eingebracht hätte.

Als zehn Uhr fünfzehn näher rückte, stellte Greaves' Team ein provisorisches Rednerpult unter den Steinlöwen auf, und der Abgeordnete ließ seinen Blick langsam und kalkuliert über den Platz schweifen, bevor er hinaufstieg. Es gab kein Anzeichen von Panik, kein Anzeichen einer vampirischen Anomalie, nur die kalte Logik eines Mannes, der jeden Moment vorbereitet hatte und nun entschlossen war, ihn zu überleben.

Vincent, der im Schatten einer Säule stand, flüsterte in sein Ansteckmikrofon: »Showtime. Aber nicht blinzeln.«

Mrs Barley, die bereits schrieb, murmelte: »Augen auf, Klappe halten.«

Auf dem Platz wurde es still. Greaves begann zu sprechen, seine Stimme klar und einstudiert, jede Silbe für die Kameras und, vermutlich, für den späteren Nachrichtenzyklus kalibriert.

Einen Moment lang geschah nichts.

Doch selbst in diesem Moment spürte Vincent die Unterströmung – etwas Altes, etwas Hungriges, das sich unter der Oberfläche des Morgens regte. Er blickte auf, fing Rens Blick auf und sagte ausnahmsweise nichts. Es war nicht nötig. Die Geschichte, wie immer, würde sich bald von selbst schreiben.

Hatte der Parliament Square zuvor einem Ameisenhaufen geglichen, so war er um zehn nach zehn zum Kommandozentrum eines unangekündigten Staatsstreichs mutiert. Die Verkehrsinseln waren mit Übertragungswagen verbarrikadiert, jeder mit einem anderen Logo und einem Drohnenpiloten mit mehr Haargel als Verstand. Kabel schlängelten sich über den Bürgersteig und liefen in einem Gewirr aus provisorischen Absperrungen und nervösen PR-Mitarbeitern zusammen. Der »öffentliche« Bereich quoll über von einer Mischung aus bezahlten Unruhestiftern, Touristen in Warnwesten und passenden Rucksäcken und Influencern, die sich nicht um Akkreditierungen geschert hatten, überzeugt, dass ihre Ringlichter als Passierschein ausreichten.

Vincent beobachtete das Geschehen aus dem Schatten des Eingangs, weder von dem Spektakel noch von dem Knochenschmerz, der ihm den Arm hinaufkroch, amüsiert. Er musterte die wachsende Meute mit der Distanziertheit eines Kriegshistorikers oder vielleicht eines Mannes, der mehr als eine Stadt an die öffentliche Hysterie verloren hatte. Die Kälte hatte seine Sinne geschärft und seine Stimmung gedrückt; er zündete sich mit der Miene eines zum Tode Verurteilten eine Zigarette an und sah zu, wie der Rauch zu den vorderen Reihen der Menge trieb.

Ren hatte am Fuße der Treppe Stellung bezogen, das Klemmbrett auf dem Knie balancierend, während ihr Kugelschreiber tanzte, als sie ihre Beobachtungen kritzelte. Sie hatte jeden

Anschein, nur beiläufig Notizen zu machen, aufgegeben; ihre Augen schnellten ständig zwischen den Assistenten, die den inneren Korridor von Westminster entlanghuschten, und den Modernisierern draußen auf dem Platz hin und her, die sich jedes Mal zu vermehren schienen, wenn sie aufblickte. Sie trugen das Übliche: abgewetzten Samt, Schals mit Hashtag-Aufdruck und die Art von Reißzähnen, die man im Sechserpack bei Poundland bekommt. Zwei von ihnen streamten bereits live und kommentierten den Aufbau mit einer Selbstsicherheit, die nur daher rühren konnte, vom richtigen Account retweetet worden zu sein.

Am hinteren Ende des Platzes brach eine kleinere Rauferei zwischen rivalisierenden Podcastern aus, und die Luft füllte sich mit Gekreische und dem nassen Geräusch von Kaffee, der auf die Jacke eines Demonstranten traf. Vincent schnaubte, halb aus Verachtung, halb aus einer Nostalgie, die er nicht zu hinterfragen wagte.

Mrs Barley stand, unbeeindruckt vom Chaos, auf ihrem Posten nahe der Sicherheitsabsperrung, die einzige Zivilistin innerhalb der Samtkordel, die aussah, als wäre sie eher dafür geeignet, die Operation zu leiten, anstatt sie nur zu beobachten. Sie verfolgte Greaves' Bewegungen durch ein kleines Fernglas, ihre Lippen bewegten sich in einer stummen Litanei, während sie jede Abweichung vom Zeitplan protokollierte. Die Thermoskanne war verschwunden, ersetzt durch einen dezenten Ohrhörer und ein zweites Klemmbrett, das in einer Plastikhülle mit dem Aufdruck »RAT: STUFE VIER« steckte.

Zara tauchte hin und wieder im Gewühl der Menge auf, doch jedes Mal schoss das digitale Signal in die Höhe, was dazu führte, dass jedes Telefon im Umkreis von fünf Metern für einen Herzschlag lang eine Störung hatte und jeder Livestream auf einem Bild ihres geisterhaften Gesichts einfror. Die Influencer schoben es auf »WLAN-Sabotage der Regierung« und legten noch eine Schippe drauf, indem sie ihre Handys zum Podium schwenkten, als könnten sie den Geist exorzieren, indem sie ihr eine bessere Beleuchtung verschafften.

Auf den oberen Stufen begann sich das Hauptereignis abzuzeichnen. Greaves' Team rollte ein Union-Jack-Banner aus, die Ecken mit Sandsäcken beschwert, für den Fall von Wind oder opportunistischen Demonstranten. Greaves selbst schritt hinter dem Rednerpult auf und ab, die Notizen in einer Hand, während die andere zwanghaft an seinen Manschettenknöpfen zupfte. Seine Assistenten schwirrten wie Mücken um ihn herum, sahen auf ihre Uhren und murmelten in ihre Bluetooth-Headsets.

Ren konzentrierte sich auf die Assistenten, notierte Namen und mögliche Zugehörigkeiten. Sie beobachtete, wie sich eine zur Seite schlich und hinter einer dekorativen Eibe innehielt, um einen Anruf entgegenzunehmen. Ren schrieb »Anruf um 10:13 Uhr – zu lang für ein kurzes Hallo an den Freund, zu kurz für einen Deal« an den Rand ihres Formulars und fertigte dann eine Skizze des Gesichts der Frau an, das scharfgeschnitten und irgendwie zugleich vertraut und sofort wieder vergessen war.

Vincents Stimme knisterte in ihrem Ohrhörer, leise und knochentrocken. »Die linke Manschette unseres Mannes ist präpariert. Entweder eine verzauberte Wunde oder eine Kommunikationseinheit. So oder so verbirgt er etwas.«

»Verstanden«, flüsterte Ren und duckte sich, als ein paar Ratsmitarbeiter mit einem Wagen voller Gratis-Kekse vorbeizockelten. »Die Assistentin in Grün ist wieder unterwegs. Sie spricht mit der Gruppe Modernisierer am Nordtor.«

Mrs Barleys Antwort kam sofort, kurz angebunden und endgültig: »Haltet euch fern. Sie holen externe Leute rein.«

Ren zuckte zusammen, als ein plötzliches, heißes Prickeln unter ihrem Ärmel auffuhr. Für einen Moment verschwamm die Welt an den Rändern, und alles, worauf sie sich konzentrieren konnte, war das krankhafte Pochen des Editorenmals, das von seinem eigenen Fieber glühte. Sie biss die Zähne zusammen, ihre

Augen tränten, und presste ihren Arm an die Seite, wobei sie die Finger direkt über ihrem Handgelenk ins Fleisch grub. Durch den Stoff hindurch spürte sie, wie das Mal kroch und sich neu formte, als versuchte es, sich auszustrecken und sich selbst in die Luft zu schreiben.

Sie riskierte einen Blick zu Vincent, der sie mit verengten Augen beobachtete. Er schüttelte kaum merklich den Kopf – *Mach keine Szene* oder *Lass sie nichts sehen* –, aber sie wusste nicht, was von beidem.

Das Summen des Platzes schwoll zu einem Crescendo an, als die Kameras zum Podium schwenkten. Greaves trat vor, richtete seine Krawatte und klopfte ans Mikrofon. Ein Dutzend Kamerateams, drei Radiosender und mindestens eine verdeckte Übertragung des Rates fingen jede Silbe ein, als er begann:

»Guten Morgen. Wir versammeln uns heute nicht nur als Bürger, sondern als Verwalter der Zukunft –«

Vincent verdrehte die Augen. »Man sollte meinen, bei all seiner Geschichte hätte das Parlament gelernt, einen Putsch zu erkennen, bevor er passiert.«

Mrs Barley ignorierte ihn und konzentrierte sich auf die Rede. Sie musterte die Menge, ihre Augen hakten jeden Modernisierer ab, jeden »besorgten Bürger«, dessen Gesicht nicht zu seinem Ausweis oder Pass passen würde. Sie sah sie: die eingeschleusten Provokateure, die Lockvögel, die lebenden Stellvertreter, die der Rat nicht hatte auslöschen können. Jeder von ihnen verfolgte die Rede mit fanatischem Glanz in den Augen, die Handys hoch erhoben, um jedes Wort aufzuzeichnen.

Rens Arm loderte vor Hitze. Es war ein Kampf, ihre Hand am Zittern zu hindern, während sie schrieb, wobei der Stift tiefe, unregelmäßige Linien in das Papier grub. Jede Silbe von Greaves' Rede schien in ihrem Mal nachzuhallen, als spräche er direkt zu ihm – oder durch es hindurch.

Auf dem Bildschirm ihres eigenen Handys, das sie dezent am

Rand ihrer Akte aufgestützt hatte, gab es eine Störung im Livestream der Modernisierer. Für den Bruchteil einer Sekunde stotterte das Video, dann wurde es von einem Textblitz überlagert, gerade lange genug sichtbar, um ihn zu lesen: »GESCHICHTE WIRD IN BLUT GESCHRIEBEN. PATCH BEREIT.«

Ren stockte der Atem. Sie blickte auf, und für einen Moment trug jedes Gesicht in der Menge denselben glasigen, erwartungsvollen Ausdruck: einen Moment vor der Pointe, dem Höhepunkt oder dem ersten Schuss.

Greaves fuhr mit lauter werdender Stimme fort: »Lassen wir uns nicht von der alten Rhetorik der Angst und des Misstrauens spalten – lassen wir uns die Macht der geteilten Erinnerung, der kollektiven Erzählung, zu eigen machen –«

Vincent murmelte ins Mikrofon: »Das war's. Er hat die Nutzlast aktiviert.«

Mrs Barleys Antwort war eiskalt: »Wenn du recht hast, haben wir dreißig Sekunden, bevor es sich ausbreitet.«

Ren, jetzt verzweifelt, presste ihren Ärmel auf ihren Arm. Sie konnte das Mal pochen spüren, die Ränder, die sich kräuselten und wieder entrollten, die Farbe, die in Flackern von Blau und Grün und einem Hauch von Rot durch den Stoff drang. Der Schmerz war jetzt weniger Schmerz und mehr ein Druck, als ob eine Faust sich von innen um ihren Unterarm schloss.

Der erste Modernisierer in der Menge begann zu skandieren. Es war zunächst leise, ging im Lärm des Platzes unter, aber es wurde lauter – eine, dann drei, dann ein Dutzend Stimmen, die alle dieselbe, perfekt synchronisierte Zeile wiederholten:

»Nähre die Zukunft. Lass die Vergangenheit bluten.«

Vincent sah, wie es geschah. Er bewegte sich, schnell und leise, und bahnte sich seinen Weg durch den hinteren Teil der Menge zur Gruppe der Modernisierer. Er musste nicht nachsehen, ob Mrs Barley oder Ren ihm folgten; das war kein Mannschaftssport.

Ren versuchte aufzustehen, aber ihre Knie gaben nach. Das Mal hatte nun die Kontrolle, ihre Hand kritzelte von allein und ritzte Linien, die sie nicht erkannte, an den Rand ihrer Notizen. Sie unterdrückte einen Schrei, schaffte es, in das Gedränge zu taumeln, und ließ sich von der Menge vorwärtstragen.

Auf den Stufen wurde Greaves' Stimme von dem Sprechchor übertönt. Er zögerte, blickte auf, und in diesem Augenblick veränderten sich seine Augen – nicht die Farbe, nicht die Form, nur ein plötzlicher, elektrischer Fokus, als hätte er darauf gewartet, dass sich die Rückkopplungsschleife schließt.

Ren spürte, wie die Welt zur Seite kippte, der Boden unter ihr schwankte. Der Schmerz erreichte seinen Höhepunkt, dann zerbarst er in etwas Kälteres: Das Mal spaltete sich, die Segmente formierten sich neu, und sie sah – in ihrem Kopf, oder vielleicht außerhalb – wie die nächste Zeile der Prophezeiung lauten würde.

Zaras Geist materialisierte sich im Getümmel, ihre Umrisse brannten im Tageslicht blau. Sie streckte die Hand nach Ren aus, ihre Stimme eine hohe, unmögliche Frequenz:

»Lass dich nicht patchen. Halte den Entwurf.«

Ren umklammerte das Klemmbrett mit beiden Händen und zwang sich, nicht das Bewusstsein zu verlieren.

Vincent erreichte die Gruppe der Modernisierer, gerade als die erste echte Anomalie eintrat. Die Luft verzerrte sich, ein Knistern wie Ozon, und jedes Handy auf dem Platz explodierte in einem Ausbruch aus weißem Licht. Der Lärm war ohrenbetäubend – eine Million digitaler Rückkopplungen, die alle auf einmal heulten.

Mrs Barley bellte ein einziges Wort in ihr Mikrofon: »Jetzt.«

Vincent wusste, was sie meinte. Er stürzte sich auf die Anführerin der Modernisierer, packte sie am Kragen und riss sie von den Beinen. Sie zischte und fletschte die Reißzähne, aber Vincent zuckte nicht zurück; er schmetterte sie zu Boden, fixierte sie mit einem Knie und sah zu, wie der Rest ihrer Kohorte taumelte und sich an die eigenen Arme, Handgelenke und Hälse griff.

Ren befand sich im Epizentrum. Das Mal stand in Flammen, der Schmerz wand sich ihren Arm hinauf, in ihren Kiefer, in ihre Zähne. Sie spürte, wie sich jede Silbe der Prophezeiung in ihre Knochen einätzte. Die Welt löste sich in Blau auf, und das Einzige, was sie auf den Beinen hielt, war der Druck der Körper um sie herum, die alle skandierten, alle mit derselben Codezeile infiziert waren.

Durch den Lärm erreichte sie Zaras Stimme erneut, jetzt sanfter:

»Es ist nur ein Entwurf. Es ist nicht das Ende.«

Greaves blickte vom Podium aus über das Chaos. Er lächelte – ein schreckliches, raubtierhaftes Ding – und hob seine linke Hand. Einen Moment lang hielt die Welt den Atem an.

Ren riss mit letzter Kraft die Seite von ihrem Klemmbrett und zerknüllte sie in ihrer Faust. Das Mal loderte ein letztes Mal auf und wurde dann kalt. Sie sank keuchend auf die Knie, als der Sprechchor ins Stocken geriet und dann verstummte.

In der Stille, die folgte, sammelte Greaves seine Notizen ein, trat vom Mikrofon zurück und verschwand im Gebäude.

Vincent ließ die Modernisiererin los, die wimmerte und still liegen blieb. Er rappelte sich auf, suchte die Menge nach Ren ab und fand sie, blass und zitternd, aber am Leben.

Mrs Barley traf sie am Rand der Treppe, das Klemmbrett so fest umklammert, dass ihre Fingerknöchel weiß hervortraten.

Lange Zeit sagte niemand etwas.

Dann, langsam, begann sich die Menge aufzulösen. Die Übertragungswagen packten zusammen. Die Influencer, erschüttert, zogen in Zweier- und Dreiergruppen davon und murmelten über Stromausfälle und verlorenes Filmmaterial. Der einzige Beweis dafür, dass etwas geschehen war, war das leise, verblassende Echo des Sprechchors und das Blut an Vincents Fingerknöcheln.

Zara schwebte neben Ren, ihr Blick sanft, fast stolz. »Du hast die Stellung gehalten.«

Ren brachte ein zittriges Lächeln zustande. »Ich glaube, ich habe den Stift zerbrochen.«

Vincent legte ihr erschöpft eine Hand auf die Schulter. »Nicht nur den Stift, Kleines.«

Mrs Barley richtete ihre Jacke, sah auf ihre Uhr und sagte: »Wir werden einen Bericht einreichen müssen.«

Vincent verdrehte die Augen. »Immer dieser Papierkram.«

Aber ausnahmsweise machte es Ren nichts aus. Sie hatte sich das Recht verdient, das Ende zu schreiben.

Sie standen zusammen auf den Stufen des Parlaments und sahen zu, wie sich die Stadt langsam, unaufhaltsam, auf die nächste Katastrophe vorbereitete.

Über ihnen war der Himmel immer noch grau, aber die Kälte biss nicht mehr so stark.

Vorerst.

# ELF

Am Kopfende des Saals der Ratskammer hob Ältester Blackthorn – den Vorsitz führend, predigend und möglicherweise kurz vor der spontanen Selbstentzündung – seinen mit Silber beschlagenen Stock und schlug damit auf den Marmorboden, was wie ein Exekutionskommando in Stereo klang.

»Der Rat kommt zur Ordnung«, dröhnte er, die Vokale glasklar wie Hagelkörner.

Um ihn herum ordneten sich die Ältesten des Rates in zwei Reihen an: die vordere Reihe der Echten Vampire, jeder mit einem Gesicht, das auf eine andere Art zu Permafrost erstarrt war; die hintere mit Stellvertretern und Schreibern, von denen jeder Einzelne zur kollektiven Empörung erzogen worden war. Mehrere führten Faltfächer, die sie mit Semaphorstößen auf- und zuklappten, die nichts weiter signalisierten als: »Ich wünschte, Ihr wärt tot, aber der Rat verbietet uns, das zu sagen.«

Blackthorn begann die Vorstellung, indem er eine Ausgabe der *Times* entrollte, deren Titelseite schrie: VAMPIR-APOKALYPSE IM PARLAMENT – ABGEORDNETE FORDERN UNTER-

SUCHUNG. Die tintenschwarze Schlagzeile zitterte, als er das Blatt zur Betonung schüttelte.

»Seht Ihr das?«, verlangte er zu wissen und fuchtelte damit vor den Angeklagten herum, als erwarte er, dass sie in Flammen aufgingen. »Das ist es, was die Sterblichen jetzt zum Frühstück lesen. Das ist Euer Werk.«

Er fixierte Vincent mit einem Blick, der Glas hätte sandstrahlen können. »Lupo, Ihr seid seit Jahrhunderten eine Plage für diesen Rat. Aber das hier ...«, er stieß mit dem Finger auf die Zeitung, »das ist das Schlimmste bisher.«

Vincent betrachtete die Schlagzeile mit der Begeisterung eines Verurteilten, den man bittet, sich seinen eigenen Strick auszusuchen. »Wenn Ihr Euch über die Fotos aufregt, Ältester, stimme ich zu: nicht mein bester Winkel. Obwohl die Garderobe inspiriert war.«

Ein Zischen ging durch die Bänke, ein so heftiger Windstoß der Missbilligung, dass sich die Kerzenflammen davon weg neigten. Blackthorn ignorierte es und schlug die Seite mit chirurgischer Präzision um.

»Und Ihr, Mrs Barley. Ihr wart mit der Eindämmung beauftragt. Stattdessen haben wir Modernisierer auf jedem Sender, Nachrichtendrohnen, die das Fressen bei Tageslicht filmen, und das Parlament selbst – *das Parlament* –, das eine ›Vampir-Regulierungsbehörde‹ vorschlägt.«

Mrs Barley hielt seinen Blick ungerührt stand. »Die Überwachungsnotizen des Rates bestätigen, dass es sich nicht um ein Versagen der Täuschung handelte, sondern um ein vorsätzliches Ereignis. Der Infektionsvektor war beabsichtigt. Das war kein Versehen. Es war ein Angriff.«

»Natürlich würdet Ihr das sagen«, höhnte Blackthorn. »Was sind Eure Beweise?«

Mrs Barley zog mit einer Schärfe, die an Gewalt grenzte, ein

Dossier aus ihrer Tasche. Sie legte es auf die Brüstung und schlug eine Seite auf, die mit mindestens vier Warnreitern markiert war. »Forensische Messungen nach dem Vorfall zeigen konzentrierte Spuren von Prophezeiungen, die alle Carmines Handschrift tragen. Das Eskalationsmuster stimmt mit den Rekursionsausbrüchen von—«

Die Rätin mit dem markanten Kiefer unterbrach sie mit einem verächtlichen Flattern ihres Fächers. »Oh, bitte. Jedes Mal, wenn Eurem Zirkel etwas entwischt, ist es ›Carmines Rekursion‹. Warum nicht gleich das Wetter verantwortlich machen, oder den Brexit?«

Mrs Barley würdigte dies keines Blickes. »Weil das Wetter keinen Livestream der Modernisierer kapern und Carmines eigenes Skript in den Teleprompter einspeisen kann. Noch kann der Brexit dreifach kodierte Spektralsiegel in der Hauptkammer des Parlaments hinterlassen. Carmine kann es.«

Vincent fing Rens Blick auf; sie sah aus, als hätte sie gerade zugesehen, wie jemand ihren Lieblingsalgorithmus ermordet hatte. Er wollte ihre Schulter drücken und sagen »Wir haben es bald geschafft«, aber er vermutete, dass dies nur noch mehr Aufmerksamkeit erregen würde.

Blackthorn schlug mit seinem Stock auf das Podium. »Genug. Wir erkennen keine Mythen an, nur Versäumnisse. Dies war ein Versäumnis. Schlimmer noch, es war ein spektakuläres, virales und vor allem öffentliches Versäumnis.« Er ließ das Wort »öffentlich« nachklingen wie einen Hundehaufen in einer Badewanne.

Vincent, der nie einen Stich verpasste, meldete sich zu Wort. »Vielleicht, wenn der Rat in Medientraining investieren würde—«

»Schweigt!«, schnappte Blackthorn, aber er überflog bereits die nächste Schlagzeile, ein Boulevardblatt mit dem Titel: UNTOTER ABGEORDNETER? GREAVES MIT ›BLUTAUGEN‹ GESEHEN – SEITE 3 FÜR DIE SCHOCKIERENDEN FOTOS.

Mrs Barley sprach, bevor die nächste Welle von Anschuldigungen losbrach. »Wenn ich darf, Ältester – Eindämmung ist unmöglich, sobald die virale Schwelle überschritten ist. Die modernen Medien sind der Vektor, nicht die Ursache. Die Prophezeiung passt sich an, um das System auszunutzen.«

»Ihr seid das System«, sagte Blackthorn. »Ihr solltet immun sein.«

Ren sprach zum ersten Mal, ihre Stimme knackte wie Frost. »Es gibt keine Immunität. Das Mal schreibt sich jedes Mal neu, wenn jemand den Satz wiederholt. Es ist bereits in den Memes, in den Hashtags. Sogar die Stellvertreter des Rates zitieren es. Die Rekursion verbreitet sich von selbst.«

Für einen Moment hielt die Kammer den Atem an. Selbst das orchestrale Sticheln der Fächer verstummte.

Blackthorn fuhr zu ihr herum, seine Stimme war brüchig geworden. »Ihr, der Mensch, erdreistet Euch, diesen Rat zu belehren?«

Ren erwiderte seinen Blick, nicht trotzig, sondern ohne zu blinzeln, wie es nur die wirklich Erschöpften können. »Nein, Ältester. Ich sage nur, dass man eine virale Prophezeiung nicht mit einer Pressemitteilung beheben kann.«

Die spitzkinnige Rätin zischte und entblößte ein paar Eckzähne, die beeindruckender gewesen wären, wenn sie nicht von der Hauptattraktion in den Schatten gestellt worden wären. »Was schlagt Ihr dann vor? Mehr Hashtags? Einen Podcast?«

Vincent lachte, ein spröder Klang. »Vielleicht damit anfangen, uns nicht jedes Mal mit der Auslöschung zu drohen, wenn es ein Problem gibt.«

Diesmal zischte der Rat nicht. Stattdessen konzentrierte sich eine Reihe von Blicken so hart auf ihn, dass er spürte, wie das Mark in seinen Knochen am liebsten eine Namensänderung beantragt hätte.

Blackthorn beugte sich vor, seine Augen waren nun ganz die

eines Neunauges. »Noch ein Leck, Lupo, und wir werden sicherstellen, dass Ihr ausgelöscht werdet. Endgültig.«

Vincent hielt stand, obwohl seine Hand ganz leicht zitterte, als er eine Zigarette hinter seinem Ohr hervorzog. »Verstanden, Ältester. Aber wenn Carmine jetzt das Sagen hat, könnt Ihr uns auch gleich alle auslöschen. Die Welt folgt bereits seinem Skript.«

Mrs Barley packte ihre Mappe zusammen, die Lippen schmal. »Wir erwarten die Entscheidung des Rates«, sagte sie und wusste genau, was als Nächstes kommen würde.

Blackthorn richtete sich auf, den Hammer in der Hand. »Der Rat wird Eure Aussagen prüfen. Bis dahin seid Ihr auf Eurer letzten Verwarnung. Ihr dürft nicht mit der Presse, mit Agenten des Rates oder idealerweise miteinander sprechen. Wenn Ihr es tut, werden wir Euch auf eine Weise zunichtemachen, die noch Generationen studieren werden.«

Er schlug mit dem Hammer zu, der Klang hallte wie das Schließen eines Massengrabes wider. Die Fackeln flackerten, und der Rat zog in einem Wirbel aus Seide und höhnischem Grinsen ab.

Für einen Moment stand das Trio allein in der Düsternis, die einzige Wärme im Raum ging von Rens Mal aus, das bereits in einem langsamen, phosphorartigen Pulsieren ihren Ärmel hinaufkroch.

Vincent zündete sich mit Händen, die gerade genug zitterten, um zu verraten, wie nah er am Zusammenbruch war, eine Zigarette an. »Nun«, sagte er und stieß eine Wolke blauen Rauchs aus, die sich in Richtung des verschwundenen Rates schlängelte. »Ich schätze, wir haben Glück gehabt, dass sie uns nicht einfach haben erschießen lassen. Oder schlimmer: uns zur PR-Abteilung befördert haben.«

Ren schaffte ein schwaches Lachen. Mrs Barley sammelte ihre Sachen ein, hielt dann inne und fixierte Vincent mit einem Blick, der zu gleichen Teilen aus Stahl und etwas Weicherem bestand.

»Wir sind noch nicht fertig«, sagte sie mit leiser Stimme. »Noch lange nicht.«

Vincent nickte und hielt die Zigarette, als wäre es ein getarnter Blutbeutel. »Nein«, stimmte er zu. »Wir sind nur der erste Entwurf.«

Sie verließen die Kammer gemeinsam, ihre Schatten lang und vom flackernden Licht zusammengenäht, drei Widerstandspunkte gegen eine Geschichte, die entschlossen war, sie auszuradieren.

Das Vestibül des Rates, dreißig Meter feuchte Steinplatten und bußfertige Düsternis, war leer bis auf die Verurteilten und die permanent Unterbeschäftigten. Kalte Fackeln flackerten in Eisenhalterungen, ihr Licht hatte das kränkliche Grün von Teichalgen und städtischem Neid. Selbst die Luft verschwor sich gegen jeglichen Komfort; jeder Windzug aus den Untergeschossen stank nach nassem Kalkstein und totem Optimismus.

Ren sank unter einem verrosteten Kandelaber an die Wand, ihr Atem bildete Nebel in der Kühle des Korridors. Sie krempelte ihren Ärmel hoch, um das Mal zu entblößen, das nun mit einem langsamen, düsteren Herzschlag unter ihrer Haut pulsierte.

Vincent lehnte neben ihr, beide im Schatten eines gewaltigen Spitzbogens, der selbst seine Gestalt unterernährt aussehen ließ. Er schüttelte eine weitere Zigarette hervor, erinnerte sich dann, wo er war, und klappte die Packung wieder zu.

Mrs Barley stand in diskretem Abstand und machte sich Notizen in ein Notizbuch mit einem silbernen Füllfederhalter. Selbst ihre Handschrift sah aus, als könnte sie einen Alkoholtest bestehen.

Vincent brach als Erster das Schweigen. »Also, das lief ungefähr so gut wie die Karaoke-Nacht des Rates.«

Niemand lachte. Ren spannte ihren Arm an und beobachtete, wie das Mal von Kobalt zu kränklichem Grün und wieder zurück wechselte. »Es hat während der Rede geleuchtet«, sagte sie mit brüchiger Stimme. »Jedes Mal, wenn Greaves die Zeile wiederholt hat, war es, als ... als würde es sich mit ihm synchronisieren. Mit Carmine, oder wer auch immer dahintersteckt.«

Vincent musterte das Mal, dann Rens Gesicht. »Bist du sicher, dass es nicht nur Lampenfieber ist? Ich habe gehört, das Parlament hat diese Wirkung auf viele Leute.«

Ren schnaubte, aber es war nur oberflächlich. »Ich habe keine Angst vor Abgeordneten. Ich habe Angst davor, von einer echten rekursiven Prophezeiung überschrieben zu werden.«

Mrs Barley blickte von ihren Notizen auf. »Es betrifft nicht nur Euch. Der gesamte Feed ist infiziert. Ich habe vor unserem Auftritt das Pressebüro des Rates überprüft. Jede Seite, jede Kurzmeldung – es ist in den Kommentaren, in den automatischen Untertiteln, sogar in den Übersetzungsebenen.« Sie klickte ihren Stift mit dem Geräusch eines Springmessers zu. »Sie versuchen nicht, es zu lösen. Sie versuchen, es zu vertuschen.«

Vincent versuchte zu zucken, aber die Bewegung kam einem Zucken näher. Er fischte einen Flachmann aus seinem Mantel, schraubte ihn auf und bot ihn Ren an.

Sie beäugte den Flachmann. »Ist das überhaupt legal?«

Er grinste. »Er ist medizinisch. Für den Fall, dass einem mit umfassender Auslöschung gedroht wurde und man sich keine Therapie leisten kann.«

Sie nahm einen Schluck. Der Geschmack war heiß und medizinisch, aber er half. »Danke.«

Vincent trank, dann reichte er den Flachmann Mrs Barley, die ihn mit der Effizienz von jemandem ignorierte, der tausend solcher Gesten gesehen und sich nicht ein einziges Mal dazu hatte bewegen lassen, mitzumachen.

Den Korridor entlang schwebte ein vorbeikommender Vampir

– einer von Blackthorns jüngeren Vollstreckern – vorbei und trug einen Teller mit etwas, das wie geröstete Markknochen und etwas, das nach rohem Knoblauch stank, aussah. Der Geruch traf Vincent mitten im Satz. Er taumelte zurück und umklammerte sein Handgelenk, das noch den rohen Abdruck der Brandwunde vom Vortag trug.

Ren bemerkte sein Zucken. »Du bist immer noch nicht geheilt?«

Er blickte auf die Brandwunde, dann auf sie, und zwang sich zu einem Lächeln, das zu viele Zähne zeigte. »Du solltest mal den anderen sehen.«

Mrs Barley unterbrach sie und klappte ihr Notizbuch zu. »Wenn Ihr mit der Comedy-Stunde fertig seid, sollten wir gehen. Der Rat schreckt selbst hier draußen nicht vor Überwachung zurück.«

Vincent nickte, der Hunger in seinen Augen war plötzlich ausgeprägter. »Sie haben den Toten noch nie getraut, dass sie nicht tratschen.« Er wandte sich mit leiser, eindringlicher Stimme an Ren. »Wie schlimm ist es? Wirklich.«

Sie zögerte, dann krempelte sie ihren Ärmel ganz hoch. Das Mal hatte sich ausgebreitet und kroch in Filamenten ihren Arm hinauf, die bei jedem Puls schimmerten. »Ich weiß es nicht. Es fühlt sich an, als würde es heiß laufen, als wollte es die Eindämmung durchbrechen. Wenn ich an die Prophezeiung denke, dann ...« Sie hielt inne, die Augen weit aufgerissen. »Es ist nicht nur in mir, Vincent. Ich kann es in anderen Leuten hören. Es hallt wider. Als wären wir alle im selben Netzwerk.«

Mrs Barleys Gesicht zuckte, nur einmal. »Ihr seid ein Knotenpunkt. Nicht die Nutzlast, aber ein Relais.«

Ren nickte. »Und Carmine spielt die Updates auf.«

Ein kalter Luftstoß fegte durch den Korridor, und mit ihm erschien Zara – halb fest, halb statisch, das Licht bog und verzerrte sich um sie herum in Bändern aus Himmelblau und Ultraviolett.

Sie schwebte einen Fuß über dem Boden, ihre Füße phasten in den Steinboden hinein und wieder heraus, als würde sie jeden herausfordern, es ihr zu verbieten.

»Nun«, sagte sie mit einer Stimme, die einen modulierten Nachhall trug, »das hätte schlimmer laufen können. Wenigstens haben sie nicht das Verlies hervorgezerrt.« Sie schwebte näher und untersuchte Rens Mal mit der eifrigen Neugier einer Forschungsbiologin, die mit einem sprechenden Tumor konfrontiert wird. »Das ist neu«, sagte sie. »Mir gefällt die Verzweigung. Sehr ›frühes Internet‹.«

Vincent knirschte mit den Zähnen, die Hände zu Fäusten geballt. »Carmine wird nicht einfach verschwinden, nur weil der Rat es unter ›Peinlichkeit‹ abheftet.«

»Natürlich nicht«, sagte Zara. »Er hat nie nach den Regeln des Komitees gespielt. Er springt gern zum Ende und überschreibt die letzte Seite.« Sie machte eine Geste, die entweder ein Winken oder eine unanständige Geste war, dann betrachtete sie das Trio mit etwas, das wie Anerkennung aussah. »Ihr seid die Einzigen, die ihm zuvorkommen könnten.«

Ren blickte auf, das Mal leuchtete immer noch. »Wie? Die löschen uns aus, wenn wir vom Skript abweichen.«

Zara grinste, blaues Feuer an den Mundwinkeln. »Dann lasst euch nicht erwischen.«

Mrs Barley steckte ihr Notizbuch weg, das Gesicht zu einer Linie verhärtet. »Wir müssen das Mal isolieren. Herausfinden, wie es sich verbreitet. Wenn wir das Netzwerk stören können, können wir vielleicht Carmines Updates verlangsamen.«

Vincent nickte, die Bewegung kaum kontrolliert. »Und wenn nicht?«

Mrs Barley lächelte, das erste Mal, dass Vincent sie ohne Ironie lächeln sah. »Dann geben wir ihm eine Geschichte, die er nicht umschreiben kann.«

Eine Pause. Dann sagte Vincent leise: »Also sind wir auf uns allein gestellt.«

»Wart ihr schon immer«, sagte Zara. »Das ist es, was euch gefährlich macht.«

Die vier standen im Korridor, die Luft dick vom Gestank nach Kerzenwachs und drohendem Unheil. Für einen Moment gab es nichts als das Pulsieren des Mals, das Flackern des Fackellichts und das gemeinsame, unausgesprochene Wissen, dass der Rat sie niemals retten würde.

# ZWÖLF

Die Küche, wenn man sie denn wohlwollend so nennen wollte, hatte mindestens vier große metaphysische Zwischenfälle, zwei Kühlschrankbrände und einen Sommer überlebt, in dem Zara versucht hatte, ihren eigenen Kombucha nur mit Rohzucker und dem psychischen Abfall der Sammlung seltener Bücher der British Library zu fermentieren. Bei Einbruch der Dunkelheit war sie in ihren Ausgangszustand zurückgekehrt: uraltes Linoleum, ein Spülbecken voller Relikte und Reue und eine Arbeitsfläche, die jeder mit einem gesunden Selbsterhaltungstrieb nur als »nicht zweckdienlich« hätte bezeichnen können.

Mondlicht – blutleer, entschuldigend und der Aufgabe, die Überbleibsel des Tages zu vertreiben, gänzlich nicht gewachsen – fiel durch einen Vorhang, der einst blau gewesen war, aber jetzt hauptsächlich den Eindruck von Schimmel verbreitete. Es zeichnete die Staubkörnchen in der Luft nach, beleuchtete die ungesammelten Wertstoffe und fiel schließlich, als schäme es sich seiner eigenen Hartnäckigkeit, auf Ren, die sich zwischen Arbeitsplatte und Ofen in einer geduckten Abwehrhaltung postiert hatte, die Millionen von überkoffeinierten Londonern vor ihr perfektioniert hatten.

Sie machte um acht Uhr abends Frühstück. Kein metaphorisches Frühstück, sondern die echte, ehrliche Sorte mit Eiern, Toast und einer Packung Knoblauchzehen, die sie hinter einem Sack Linsen im Schrank gefunden hatte. Die Eier zischten in der Pfanne, die Ränder wurden spitzenartig braun. Ren fischte eine Zehe aus dem Netz und schlug mit der flachen Seite ihres Messers darauf, woraufhin Splitter und Saft in alle Richtungen spritzten.

Vincent saß zusammengesunken an der Tischecke und beobachtete das Geschehen durch auf Halbmast stehende Lider. Er sah aus, als wäre er irgendwann im letzten Jahrhundert in seinen Stuhl gegossen worden und niemand hätte sich die Mühe gemacht, ihn wieder herauszuholen. Seine Haut hatte die wächserne Blässe einer Woche, in der er über seiner existenziellen Gewichtsklasse gekämpft hatte, und seine Knöchel – bandagiert, kaum – ruhten auf einer Tasse mit blutversetztem Kaffee, die er sowohl als Handwärmer als auch als Vorwand zum Schweigen benutzt hatte.

Mrs Barley stand im Türrahmen, ihre Haltung perfekt senkrecht zum Linoleum, nicht so sehr anwesend als vielmehr auf molekularer Ebene beobachtend. Sie hatte einen Notizblock herausgeholt, dessen Einband bereits von frischen Kugelschreiberfurchen gezeichnet war, und schrieb in der gedrängten Handschrift einer Auftragsmörderin, die die Fehler der Welt Randnotiz für Randnotiz archivieren wollte.

Der Geruch von Knoblauch und verbranntem Ei traf sie zuerst. Der zweite Geruch – ein scharfer, chemischer Ausbruch – kam einen Herzschlag später, als ein verirrtes Stück zerdrückten Knoblauchs von der Messerklinge abprallte, über das Resopal schlitterte und direkt auf Vincents Handrücken fiel.

Er reagierte nicht auf die erwartete Weise. Kein Zischen, kein melodramatisches Zurückzucken, kein Vortrag über die Unantastbarkeit von Küchen, in denen kein Lauchgewächs zu finden war. Stattdessen brutzelte die Stelle, an der der Knoblauch seine Haut berührte. Sie brutzelte wahrhaftig, als hätte jemand eine Miniatursonne unter seiner Epidermis eingeschaltet. Die Haut färbte sich roh und alarmierend rot, dann verzog sie sich und hob sich zu einer halbmondförmigen Blase an, auf deren Oberfläche Saft kochte. Einen Moment lang starrte er sie nur mit verständnislosen Augen an. Dann, in der Art von Zeitlupen-Horror, der normalerweise Dashcam-Aufnahmen vorbehalten ist, zog er seine Hand zurück, beugte die Finger und stieß einen Laut aus, der irgendwo zwischen einem Keuchen und einem Knurren lag.

Ren hörte das Geräusch und drehte sich um, das Messer noch in der Hand. »Scheiße. Tut mir leid – ich dachte nicht, dass du so nah dran bist.«

Vincent versuchte, das Ereignis in die Normalität zu glätten. »Schon gut. Frühstück soll gefährlich sein. Das bildet den Charakter.«

Ren sah zu, wie er die Wunde mit einer Serviette abtupfte, die sofort an der Blase kleben blieb, auf eine Weise, die beide zusammenzucken ließ. »Nein, das ist nicht ...« Sie trat einen Schritt näher und beäugte die Verletzungsstelle. »Das sollte es nicht tun. Du hast noch nie ...«

»Für alles gibt es ein erstes Mal«, sagte er und zog die Serviette mit der stoischen Ruhe eines Mannes ab, der schon Schlimmeres gesehen hatte und nicht zulassen würde, dass ein Küchenunfall ihn brach.

Mrs Barley, von der Schwelle aus: »War das ein unwillkürlicher Reflex, oder haben Sie versucht, ihn zu unterdrücken?«

Vincent machte sich nicht die Mühe, sie anzusehen. »Beides.«

Sie nickte einmal und machte sich eine Notiz. »Grad der Reaktion?«

Er betrachtete die Verbrennung erneut. Sie sickerte bereits, die Ränder waren entzündet und weiß. »Acht von zehn. Neun, wenn Sie auf die Feinheiten des Sadismus stehen.«

Ren legte das Messer ab und verschränkte die Arme. Sie musterte Vincent mit der gleichen Einschätzung, die sie für geliehene Laptops aufhob, die mit mysteriösen Dellen vom Einsatz zurückkamen. »Das war nicht normal.«

Vincent blitzte ein Grinsen auf, das einen weniger beteiligten Beobachter vielleicht überzeugt hätte. »Nichts an mir ist das.«

Aber Ren kaufte es ihm nicht ab. Sie griff nach dem Knoblauch, sah ihn an, dann die Verbrennung, dann Vincent. »Es wird schlimmer, nicht wahr?«

Er zuckte mit den Schultern. »Kommt drauf an, was du von Frühstückstheater hältst.«

Die Anspannung war nicht theatralisch. Wenn überhaupt, hatte sie die bleierne, raumzerstörende Qualität einer Katastrophe in Zeitlupe. Die Verbrennung breitete sich bereits aus und zog von der Kontaktstelle ein Spinnennetz. Vincent presste die kalte Tasse darauf, sah zu, wie das rosafarbene Kondenswasser auf dem Porzellan perlte, und beschloss, dass es lieber verbrühen sollte, als einen weiteren Kommentar von der billigen Tribüne zu riskieren.

Mrs Barley schlug in ihrem Block eine Seite um. »Die Knoblauchreaktion deutet auf eine Beschleunigung hin. Vampirische Empfindlichkeiten erreichen normalerweise bei der Umwandlung ein Plateau, aber dies scheint eine Mutation zweiter Ordnung zu sein. Möglicherweise im Zusammenhang mit dem Rekursionsvektor.«

Vincent fletschte die Zähne. »Danke, Dr. House. Ich wollte schon immer eine Fallstudie sein.«

Ren schüttelte den Kopf, ihre Stimme wurde weicher. »Du bist keine Fallstudie. Aber du musst das ernst nehmen. Wenn es mutiert ...«

Er unterbrach sie. »Wenn es mutiert, kann man nichts tun, außer es auszusitzen. Glaubst du, der Rat wird helfen?« Er sah

Mrs Barley an, dann wieder Ren. »Sie haben mich bereits als defekt abgestempelt. Sobald ich kritisch werde, werden sie den Haufen in einen schwarzen Sack stecken und das, was übrig ist, an F&E schicken.«

Mrs Barley bestritt dies nicht. »Eine Eindämmung durch den Rat ist wahrscheinlicher als Hilfe, ja. Aber eine frühzeitige Dokumentation könnte mindernde Strategien liefern.«

Vincent grinste. »Freut mich, nützlich zu sein.«

Die Küche verstummte, bis auf den langsamen Tod der Eier in der Pfanne. Ren, die es nicht auf sich beruhen lassen wollte, griff nach dem Erste-Hilfe-Kasten, der hinter dem Toaster verstaut war, und bot Vincent die Tube mit Brandsalbe an. Er nahm sie mit einem kleinen Nicken, tupfte sie mit übertriebener Sorgfalt auf und rollte dann seinen Ärmel herunter, um die Stelle zu bedecken.

»Frühstück?«, fragte Ren mit zögerlicher Stimme.

»Der Appetit ist weg«, sagte Vincent, aber er verließ den Tisch nicht. Stattdessen nahm er die kalte Tasse, umklammerte sie, als könnte sie ihn in der Gegenwart verankern, und starrte aus dem Fenster in die Nacht hinaus.

Mrs Barley setzte die Kappe auf ihren Stift, riss das Blatt aus ihrem Block und steckte es in ihre Tasche. »Beobachtung: Die Progressionsrate nimmt zu. Sie sollten möglicherweise palliative Maßnahmen in Betracht ziehen.«

Vincent blickte nicht auf. »Wie zum Beispiel? Mehr Knoblauch oder etwas mit ein bisschen mehr Charakter?«

Mrs Barley begegnete seinem Sarkasmus mit absoluter Neutralität. »Begrenzen Sie die Exposition gegenüber Auslösern. Dokumentieren Sie Veränderungen. Benachrichtigen Sie uns, falls Sie weitere Abweichungen vom Ausgangszustand feststellen.«

Er lachte, ein hohler Klang. »Wenn ich es bis zum Mittagessen schaffe, schicke ich ein Memo.«

Ren versuchte, die Eier zu retten, aber der Geruch von Knoblauch und verbrannter Vampirhaut hatte sich zu einer einzigen, unausweichlichen Präsenz verschmolzen. Sie schaufelte den Schlamassel direkt in den Mülleimer, schenkte sich ein Glas Wasser ein und rutschte auf den Stuhl ihm gegenüber. Ihre Augen verließen seine Hand nicht.

Mrs Barley verweilte im Türrahmen, ihr Blick flackerte zwischen den beiden hin und her. Zum ersten Mal schien sie ratlos zu sein, was sie dokumentieren sollte. »Ich bin im Archiv«, sagte sie und ging, ohne auf eine Antwort zu warten.

Die Stille kehrte zurück, diesmal schwerer. Vincent stocherte an seiner Hand herum, dann an der Verbrennung. Er sagte nichts, aber Ren konnte die Gleichung lesen: Die Welt wurde enger, und selbst die Konstanten verschoben sich unter ihren Füßen.

»Lass es mich wissen, wenn du Hilfe brauchst«, sagte sie mit kaum hörbarer Stimme.

Vincent nickte, und für einen Moment war das einzige Geräusch das langsame Ticken der Küchenuhr und das chemische Knistern von Knoblauchsaft, der sich in seine Haut fraß.

Draußen schlief die Stadt weiter, gleichgültig gegenüber der Tatsache, dass eines ihrer ältesten Monster sich nun in einem Wettlauf mit seinem eigenen Immunsystem befand.

Es war auf seine Weise die perfekte Metapher für die bevorstehende Nacht.

Der Gemeinschaftsbereich von Zaras (jetzt Rens) Wohnung hatte schon immer eine Art von Vernachlässigung angestrebt, die beabsichtigt wirkte. Um diese Stunde hatte er etwas Größeres erreicht – eine Version der Dunkelheit, die nicht vollständig war, sondern es vorzog, an den Rändern zu verweilen und nur dann ins Zentrum zu sickern, wenn es absolut notwendig war. Die Jalousien waren zu drei Vierteln geschlossen, das Licht der Stadt sickerte in blassen Natriumstreifen hindurch. Alles sah gelbsüchtig aus, als ob die Knochen des Gebäudes selbst unter dem Gewicht der kollektiven Müdigkeit Londons verrotteten.

Vincent saß immer noch in dem alten, durchgesessenen Sessel am Fenster, eine Silhouette, die sich gegen das matte Glühen der Straßenlaternen und das intermittierende Blau der Polizeilichter abzeichnete, die sich die Holloway Road hinaufjagten. Er saß vollkommen still, eine Hand um die Armlehne gekrallt, die andere auf seinem Knie ruhend, die Finger trommelten einen Rhythmus, der mit dem Puls in seinem Hals im Krieg lag.

Sein Kiefer schmerzte. Nicht die Art von Schmerz, die auf Whiskey oder Willenskraft ansprach, sondern ein tieferer, mahlender Druck, als hätten die Knochen selbst begonnen zu rebellieren. Die Reißzähne waren das Schlimmste – Eiszapfen, die von innen drückten und sich weigerten, sich zurückzuziehen, selbst als er sie mit der ganzen Autorität von sieben Jahrhunderten schlechter Gewohnheiten dazu zwang. Er presste seine Zunge gegen den Gaumen, in der Hoffnung, den Schmerz zu lindern, aber es machte alles nur schlimmer. Der Geschmack war falsch: bitter und metallisch, ein Hauch von alten Pennys und neuem Schmerz.

Der Hunger war wie immer sein Beifahrer, aber jetzt hatte er Gesellschaft. Das Bedürfnis nach Blut war keine überschaubare Unannehmlichkeit mehr; es war der Geist einer Migräne, der knapp außerhalb des Sichtfeldes lauerte und auf jeden Kontrollverlust wartete. Er versuchte, es zu ignorieren. Er versuchte so zu tun, als könnte er immer noch mit Adrenalin, Trotz oder was auch immer ihn durch die letzten sieben Jahrhunderte gebracht hatte, auskommen.

Es war zwecklos.

Er griff in die Kühltasche, die unter dem Sessel lebte, fischte einen medizinischen Blutbeutel heraus und hielt ihn gegen die

Lampe. Der Inhalt schwappte in einem matten, kompromisslosen Rot. Es war die Art von Krankenhausblut, das über zwielichtige Kanäle ankam und für Notfälle und besondere Anlässe gedacht war, nicht für das Mittagessen. Aber Vincent war über diese Unterscheidung schon lange hinaus. Er riss die Lasche mit einem Schnappen auf, presste die Plastikdüse an seine Lippen und trank.

Es schmeckte nach Krankenhaus, nach der Luft in einem Wartezimmer um drei Uhr morgens, nach den schlechten Erinnerungen eines anderen, die in einen Tragebeutel gegossen und zum Reifen zurückgelassen wurden. Es war egal. Er trank tief, kaltes Blut glitt seine Kehle hinunter, und für einen Moment richtete sich die Welt wieder auf ihrer Achse aus. Der Hunger, einst ein Brüllen in seinem Kopf, wurde zu einem bloßen Wimmern zurückgedreht.

Er ließ den leeren Beutel auf den Boden fallen und wischte sich den Mund mit dem Ärmelrücken ab. Er fühlte sich sofort ein wenig mehr wie Vincent, ein wenig weniger monströs. Aber nur ein wenig.

Er hörte das leise Geräusch von Schritten, bevor er sie roch – Ren, zurück von wo auch immer sie die Trümmer ihres eigenen Zusammenbruchs verstaut hatte. Sie betrat das Wohnzimmer mit dem Widerwillen von jemandem, der viele Türen geöffnet und auf der anderen Seite nichts Gutes gefunden hatte.

Sie erstarrte, als sie ihn sah, den weggeworfenen Blutbeutel auf dem Boden, den Beweis seines Versagens auf seinem Kinn verschmiert.

»Wollte nicht stören«, sagte sie, ihre Stimme brüchig, aber fest.

Vincent schüttelte den Kopf, versuchte einen Witz, aber nichts kam. Er begnügte sich mit einem unverbindlichen Grunzen und starrte auf das Muster, das die Lichter der Stadt auf das Glas malten.

Ren verweilte im Türrahmen, die Arme fest verschränkt, ihre Körpersprache signalisierte, dass sie für Geschäfte geschlossen hatte. »Mrs Barley ist immer noch im Archiv«, sagte sie, als ob es wichtig wäre. »Plant wahrscheinlich deine Beerdigung. Oder deinen nächsten Karriereschritt.«

Vincent schenkte ihr den Geist eines Lächelns. »In dieser Branche gibt es keine Rente.«

Sie rührte sich nicht. »Geht es dir gut?«

Er blickte auf den leeren Beutel, dann auf seine eigene Hand, die mit einem feinen, peinlichen Zittern bebte. »Definiere ‚gut‘.«

Ren trat einen Schritt in den Raum, die Stille zwischen ihnen dehnte sich so dünn, dass sie Haut hätte zerschneiden können. »Du veränderst dich«, sagte sie. Keine Anschuldigung, nur eine Tatsache.

Vincent drehte sich um und fletschte die Zähne, bevor er merkte, was er tat. Das Knurren war animalisch, nicht seine übliche Art von Darbietung. Es erfüllte die Luft für eine Sekunde, ließ die Schatten an den Wänden springen. Er klappte den Mund zu, Entsetzen und Scham durchströmten ihn im selben Augenblick.

Er schaute weg, seine Stimme flach. »Glückwunsch. Du hast das Offensichtliche kapiert.«

Ren sagte nichts, beobachtete ihn nur mit den Augen von jemandem, der sein ganzes Leben damit verbracht hatte, Systeme zu studieren, bis zu dem Moment, in dem sie zusammenbrachen.

Vincent leckte sich die Lippen und schmeckte das Blut, den Hunger und etwas darunter – etwas Kaltes und Virales, das Echo von Carmines Prophezeiung, das sich tiefer einnistete. Er fragte sich, ob er es jemals wieder herausgraben könnte oder ob das einfach das war, was er jetzt war.

Er versuchte aufzustehen, aber der Raum drehte sich. Er stützte sich auf der Armlehne ab, die Knöchel weiß, sein Blickfeld verengte sich. »Wenn ich die Kontrolle verliere«, sagte er und zwang die Worte über seine Zunge, »weißt du, was zu tun ist.«

Rens Gesicht verhärtete sich. »Zwing mich nicht dazu.«

Er lachte, kurz und hässlich. »Das musst du nicht. Wenn es schlimm wird, gehe ich von selbst. Hinterlasse einen Zettel.«

Sie ging langsam, aber sicher auf ihn zu und legte ihre Hand auf seine Schulter. Die Berührung war leicht, fast vorsichtig. »Du bist nicht allein, Vincent.«

Er wollte ihr glauben. Das wollte er wirklich. Aber er wusste, wie diese Dinge liefen – der Mann, der in dem Stuhl saß, war bereits fort, ersetzt durch einen Geist, der aus Reue und geborgter Zeit zusammengenäht war.

Die Stadt machte weiter, gleichgültig, die Natriumlichter wuschen alles in eine farblose Hoffnung. Ren stand bei ihm, sprach nicht, bewegte sich nicht, bis das Zittern in seinen Händen nachließ und der Schmerz in seinem Kiefer zu einem erträglichen Pochen abklang.

Sie blieben dort, schweigend, beide so tuend, als hätten sie mehr Zeit, als sie hatten.

# DREIZEHN

Rens Wohnung war nie warm, nicht einmal, wenn die Zentralheizung auf Hochtouren lief, und heute Nacht war sie kälter als der Händedruck eines Anwalts. Der Regen draußen hatte Ambitionen und warf sich in großen, arteriellen Schüben gegen die Fenster, sodass selbst die Kakerlaken an der Schwelle zögerten. Die Wände hatten die Art von Eierschalengelb, das einen immer nur an Großküchenessen erinnerte, und Farbreste hingen wie tote Haut von den Fußleisten. Auf dem Kaminsims lehnte ein Durcheinander aus alten Quittungen, Post vom Rat und zerlesenen Taschenbüchern in selbstmörderischen Winkeln aneinander, als würden sie sich nur durch die Drohung gegenseitiger Blamage aufrecht halten.

Vincent stand am Fenster und tat so, als würde er auf die Straße blicken, beobachtete aber in Wahrheit das Glas. Er hatte schon vor Jahrhunderten aufgehört, ein richtiges Spiegelbild zu werfen, aber jetzt war es schlimmer: Er konnte eine vage, dunkle Gestalt erkennen, halb seine eigene, halb die eines anderen, und die Bewegung darin war nie ganz im Einklang mit seiner eigenen.

Er hatte vergessen, dass Ren noch im Zimmer war, bis sie nah genug herangekommen war, um ihm das Ende eines Kulis in den Rücken zu stoßen. Kein harter Stoß, eher ein Warnschuss. Ihre Stimme folgte, auf die perfekte Tonlage gestimmt, um die Toten zu wecken (oder sie sich nur diesen Luxus wünschen zu lassen).

»Beweg dich nicht«, sagte sie. »Ich muss dich mir genau ansehen.«

Vincent drehte sich nicht um. »Willst du mein Profil für die Nachwelt zeichnen?«

Sie stieß ihn erneut, diesmal etwas höher. »Du riechst nach Krankenhausdesinfektionsmittel und fremdem Blut. Du tust nicht einmal mehr so, als ob, oder?«

»Ich könnte duschen«, sagte Vincent, »aber ich glaube, die Rohre streiken.«

Ren umrundete ihn und blieb gerade außerhalb seiner Reichweite, als könnte er etwas Wildes versuchen. Ihr Blick wanderte von seinem Gesicht zu seinen Händen, wo die Knoblauchverbrennung zu einer runzligen, hässlichen weißen Blase aufgeblüht war.

»Zeig her«, sagte sie.

Vincent zögerte einen Bruchteil einer Sekunde zu lange, was für sie die einzige Einladung war, die sie brauchte. Sie packte sein Handgelenk, zog seinen Ärmel hoch und entblößte den wütenden Ring aus toter Haut. Ihre Lippen verzogen sich, nicht aus Mitgefühl, sondern auf diese grimmige »Ich-hab's-dir-ja-gesagt«-Art, die nur die wirklich Gekränkten aufbringen können.

»Das ist nichts«, erwiderte Vincent und zog seinen Arm weg. »Nur—«

Ren unterbrach ihn und ließ seine Hand fallen, als wäre sie genau das, was sie war: giftig. »Nichts ist für Sterbliche. Das da ist … fortgeschritten.«

Vincent griff zur Anrichte, wühlte im Gerümpel nach einem Glas und schenkte sich einen Schluck Wein ein. Er hatte schon vor langer Zeit aufgehört, so zu tun, als ginge es ihm um den Geschmack.

»Du überreagierst«, sagte er, doch es klang nicht überzeugend.

Ren schnappte sich ein zerlesenes Hardcover vom Sofa und benutzte es als behelfsmäßigen Schild. »Du trinkst nicht nur mehr«, sagte sie. »Du *wirst* mehr.«

Er lachte, scharf und dünn. »Was, launischer? Älter? Hungriger? Das ist nur das mittlere Alter, Kleines.«

Ren trat näher und hielt das Buch wie ein Kruzifix zwischen sie. »Du bist nicht witzig, Vincent. Das warst du eigentlich nie. Und du täuschst niemanden.«

Er leerte das Glas, stellte es ab und sah plötzlich sehr müde aus. »Was willst du von mir hören? Dass das Mal mir den Kopf verdreht? Dass ich, wenn ich in den Spiegel schaue, etwas anderes zurückstarren sehe?«

Ren antwortete nicht. Sie ließ die Stille ihre Arbeit tun.

Vincent zerbrach als Erster. »Na schön. Ja. Ich verändere mich. Vielleicht nicht so, wie der Rat dachte, aber—«

»Glaubst du?«, zischte Ren, ihre Stimme wurde lauter. »Du bist nicht nur eine Gefahr für dich selbst, du bist eine Gefahr, Punkt. Ich habe gesehen, wie du dir die Leute in Menschenmengen ansiehst. Du rechnest es jedes Mal durch. Wer schwach ist. Wer unbemerkt verschwinden würde. Wen man leicht in ein Treppenhaus zerren und aussaugen könnte.«

Das traf, und sie wusste es.

Er versuchte, etwas Sarkasmus aufzubringen, aber die alte Magie war nicht mehr da. »Glückwunsch, du bist eine gute Beobachterin.«

Ren beugte sich vor, nah genug, dass er die Risse in ihrer Fassung sehen konnte. »Hör auf, so zu tun, als wäre das witzig«, sagte sie. »Ich muss wissen, ob du gefährlich bist – für mich.«

Er zuckte zurück, als wäre er geschlagen worden, öffnete den Mund und schloss ihn wieder. Eine volle Sekunde verging. Dann noch eine. Die Luft verdichtete sich mit all den Dingen, die keiner von ihnen sagen konnte, bis es ein Wunder war, dass der Regen nicht aus reiner Peinlichkeit durch das Fenster brach.

Vincent sah auf seine Hände hinab und beugte sie, als sähe er zum ersten Mal die Knochen darunter. »Bin ich nicht«, sagte er, aber nicht einmal er selbst glaubte es.

Ren ließ das Buch mit einem dumpfen Geräusch auf den Couchtisch fallen, das eine kleine Herde von Staubpartikeln in die Luft wirbelte. »Das reicht nicht«, sagte sie. »Denn wenn du es mir nicht versprechen kannst, muss ich gehen. Ich habe Leute, die mich aufnehmen würden. Ich muss nicht hierbleiben und der – wie heißt das Wort? – Kanarienvogel sein.«

Er sah auf, seine Augen gequält und hungrig. »Du bist kein Kanarienvogel«, sagte er.

»Was bin ich dann?« Rens Stimme zitterte jetzt, das Adrenalin sickerte heraus und ließ nur noch rohe Nerven zurück.

Vincent antwortete nicht. Er starrte wieder zum Fenster, beobachtete den Schatten, der er war und doch nicht war.

Ren wagte einen letzten Versuch. »Ich muss es wissen, Vincent. Ich muss wissen, ob ich in Sicherheit bin.«

Er sah sie an, dann auf den Boden, dann wieder auf seine Hände. Das Zittern war jetzt offensichtlich, der Hunger ein lebendiges Ding, das sich durch seine Fassung fraß. Er öffnete den Mund, um etwas zu sagen, schloss ihn wieder und zwang dann die Worte heraus, eines nach dem anderen.

»Ich weiß es nicht«, sagte er. »Ich weiß es wirklich, wirklich nicht.«

Lange Zeit war das einzige Geräusch der Regen. Er schlug gegen das Glas und sickerte in die Fugen der Nacht, als sei er entschlossen, auch den letzten Rest an Widerstand abzutragen. Ren sammelte ihr Notizbuch auf, die Augen immer noch auf Vincents Gesicht gerichtet.

Als sie sprach, war ihre Stimme kaum mehr als ein Flüstern. »Wenn du jemals—«

Er schüttelte schnell und heftig den Kopf. »Lieber würde ich verbrennen.«

Ren nickte. »Gut. Weil ich es selbst tun werde, wenn du es nicht kannst.«

Sie ging dann, schlug die Tür nicht zu, sondern schloss sie nur mit der Endgültigkeit eines Urteilsspruchs. Vincent blieb am Fenster stehen und beobachtete, wie die Umrisse seiner selbst in der Dunkelheit verblassten.

Auf dem Couchtisch lag das Buch aufgeschlagen auf einer Seite, auf der jemand – wahrscheinlich Mrs. Barley, vielleicht sogar er selbst – einen einzigen, gezackten Satz unterstrichen hatte:

DER NÄCHSTE ENTWURF FRISST IMMER DEN ERSTEN.

Vincent lächelte, grimmig und hoffnungslos.

Der Regen malte die Stadt weiterhin in Bändern aus Rost und Quecksilber. In Zaras Wohnung klang es wie eine Beerdigung – langsam, bedächtig und unmöglich zu ignorieren. Der Streit mit Ren hatte alles verbrannt und die Luft so scharf zurückgelassen wie der erste Atemzug nach Nasenbluten. Vincent wanderte vom Sessel zum Sofa, dessen Federn ihn mit einem Quietschen aufnahmen, das eine Warnung oder auch nur das letzte Wort in Sachen Komfort hätte sein können.

Er drückte seine Finger auf die frischen Blasen und untersuchte die Mondlandschaft seiner eigenen Hand. Der Schmerz war jetzt geringer, aber seine Form blieb – eine Erinnerung bei jeder Beugung, dass darunter immer etwas sein würde.

Er war nie gut im Schweigen gewesen, aber heute Nacht ließ er es sich ausbreiten, bis die einzigen Geräusche der Regen und das langsame, nasse Tropfen eines Lecks unter dem Fenster waren. Schließlich hörte er das Schlurfen von Schritten hinter sich – vielleicht ihre Rückkehr oder nur seine eigene Erinnerung, die an den Rändern leckte.

Ren stand mit verschränkten Armen und wunden Augen in der Türschwelle. Sie sah ihn an, wie man Wetterberichte ansieht, gewappnet für das Schlimmste und hoffend auf den statistischen Ausreißer.

»Wirst du einfach nur dasitzen und verrotten?«, fragte sie.

Vincent zuckte halbherzig mit den Schultern. »Das ist ein Plan. Zumindest erspart er mir den Papierkram.«

Ren kam näher, ließ sich am anderen Ende des Sofas nieder, aber positionierte sich so, dass sie ihm direkt gegenüber saß. Die Kerze auf dem Couchtisch, eine klumpige Säule mit mehr Docht als Wachs, warf monströse Schatten an die Wand, die sich in den Falten von Vincents Gesicht verfingen und jedes Jahr nachzeichneten, das er versucht hatte, wegzutrinken.

Er versuchte zu scherzen, aber seine Stimme war ausdruckslos. »Ich nehme an, das ist jetzt der Teil, wo du mir sagst, ich soll mich zusammenreißen.«

Ren schnaubte. »Darin wärst du nutzlos. Tu einfach das, was du immer tust – überlebe alle anderen.«

Er fuhr sich mit einer Hand durchs Haar und zuckte zusammen, als er den Rand der Verbrennung berührte. »Willst du die Wahrheit hören? Ich will das nicht. Ich will nicht ... mehr Vampir sein. Es ist schon schlimm genug, ein abschreckendes Beispiel für den Rat zu sein. Ich bin nicht für den Hunger gemacht.«

Sie antwortete nicht sofort, sondern studierte nur sein Gesicht, als versuchte sie herauszufinden, ob noch etwas Rettenswertes übrig war.

»Du könntest dagegen ankämpfen«, sagte sie schließlich mit leiser Stimme. »Du könntest es zur Abwechslung mal wirklich versuchen, anstatt Witze zu reißen und darauf zu warten, dass es gewinnt.«

Vincent lachte beinahe, aber es blieb ihm im Hals stecken. »Ich habe seit den Siebzigern nichts mehr gewonnen, und das war ein Pub-Quiz.«

Sie beugte sich vor und senkte ihre Stimme. »Du bist nicht witzig, Vincent. Du hast nur Angst.«

Er wollte widersprechen, aber es war die Mühe nicht wert. Er hatte sein Leben lang am scharfen Ende kluger Worte gestanden, und jetzt waren sie nur noch so viel Lärm.

Ren griff nach seiner Hand, der mit den Blasen. Sie berührte sie nicht – schwebte nur mit ihrer Handfläche darüber, als könnte die Nähe allein schon helfen. »Wenn du entgleist«, sagte sie, »werde ich da sein, um dich aufzuhalten. Aber es wäre mir lieber, du würdest es selbst tun. Nimm den Kampf wieder auf.«

Er sah sie an, sah sie wirklich an, und für einen Moment sah er nicht nur das Mal auf ihrem Arm oder das vertraute Flackern des Trotzes, sondern die Erschöpfung von jemandem, der sein ganzes Leben im Schatten von Monstern gelebt hatte und erst jetzt lernte, der Angst einen Namen zu geben.

Ein Geräusch an der Tür ließ den Moment wie eine Kreidelinie zerbrechen. Mrs Barley trat ohne zu klopfen ein, ihre Haltung auf »Militärgericht« eingestellt, ihr Gesichtsausdruck auf ein Minimum an Empathie gestimmt.

»Freut mich zu sehen, dass der Selbstmordpakt Fortschritte macht«, sagte sie und nahm im Sessel Platz. »Wir haben eine Situation.«

Sie zog eine Akte des Rates aus ihrer Tasche und warf sie auf den Tisch, wobei sie Chips und Nüsse verstreute. Die Akte war dicker als üblich, und das Papier darin war bereits in vier verschiedenen Farben kommentiert.

Vincent grunzte. »Haben wir jemals etwas anderes?«

Mrs Barley ignorierte ihn und fixierte ihren Blick auf Ren.

»Sie werden ein paar Snacks einpacken wollen. Das ist ein Job über Nacht.«

Ren stand auf, ihre Bewegungen waren bedächtig, bereits in den Überlebensmodus schaltend. Sie sah Vincent an, und diesmal war da keine Angst, nur eine müde Solidarität.

»Komm schon, alter Mann«, sagte sie. »Mal sehen, ob du noch mithalten kannst.«

Er rappelte sich auf und zog den Ärmel über die Verbrennung. Er wusste, dass der Hunger ihm folgen würde, dass der nächste Entwurf seiner selbst gleich um die Ecke wartete. Aber für den Moment hatte er einen Zweck und eine Zeugin.

# VIERZEHN

Vor Rens Wohnung lehnte Vincent am Geländer des Innenhofs, die Augen gegen die Natriumdampf-Helle und das nagende Gefühl einer bevorstehenden Katastrophe zusammengekniffen. Er überprüfte sein Handy zum vierten Mal in ebenso vielen Minuten – keine neuen Nachrichten, keine Benachrichtigungen, keine freiberuflichen Hinrichtungen geplant. Die einzige Anomalie war das Wetter: ein klarer, sternenheller Himmel, als hätte der Smog sich für die Nacht freigenommen.

Ren trat zu ihm und zog den Reißverschluss ihres Kapuzenpullovers hoch. Das Mal auf ihrem Arm war fest bandagiert, aber Vincent konnte sehen, wie es mit jedem Herzschlag schwach blau pulsierte. Mrs Barley kam als Letzte heraus. Sie schloss die Tür ab, ließ die Schlüssel in ihrer Tasche verschwinden und marschierte sofort auf die Straße zu.

»Trödelt nicht, ihr beiden.«

Hätte man sie gefragt, hätte die Nacht auf etwas gewartet. Gerade als Vincent und Ren sich hinter Mrs Barley einreihen wollten, endete die Welt und startete in einer Explosion aus Licht und Schall neu.

Ein Sportwagen – ein BMW aus der Mitte der 2000er, mit schwarzem Vinyl neu bezogen, dessen Unterboden wie ein Laufsteg glänzte – raste in die Einfahrt des Innenhofs. Die Scheinwerfer pulsierten im Takt des Subwoofers, der jedes Fenster von hier bis nach Kilburn zum Klirren brachte. Bei der Lackierung handelte es sich um eine Folierung: Neon-Aufkleber, die etwas zwischen einem QR-Code und einer Drohung darstellten. Der Effekt war weniger »nächtlicher Besucher« und mehr »der erste Rave eines IT-Technikers«.

Vincent katalogisierte noch die Dummheit des Wagens, als sich die Türen wie Schmetterlingsflügel öffneten und die Modernisierer heraustorkelten.

Es waren drei. Der Erste war nach jeder Metrik der Anführer: Größe, Wangenknochen, die Art von Mantel, die aussah, als hätte sie sowohl einen Patreon als auch eine Warteliste. Sein Haar war platinblond und geformt, seine Haut so makellos, dass Vincents innerer Hautarzt weinte. Seine Augen, als er Vincent in der Dunkelheit fand, waren mit einem Eyeliner umrandet, der so präzise war, als wäre er mit einem Laser aufgetragen worden.

Der zweite Modernisierer – kleiner, markanter, auf eine Art und Weise geschlechtsneutral, die Geld kostete – trug eine kardanisch stabilisierte Handyhalterung. Der dritte war fast zu gewöhnlich: braunes Haar, Designerstoppeln, Schuhe, die mehr kosteten als Vincents monatliches Blutbudget. Aber selbst er hatte eine gewisse Ausstrahlung – etwas in seiner Haltung, als sei jede Straße sein persönlicher Laufsteg.

Das Trio kam zusammen, der Anführer vorneweg, die anderen flankierten ihn wie Gefolgsleute oder Sicherheitsleute, obwohl beide zu hübsch aussahen, um irgendetwas zu schlagen. Das Handy an der Halterung war bereits live, eine rote LED blinkte, die Linse auf Vincent und Co. gerichtet.

Der Anführer sprach zuerst, seine Stimme ein samtweicher Influencer-Bariton: »Lupo der Lichtlose, leibhaftig. Ikonisch.« Er streckte eine bis zur Parodie manikürte Hand aus. »Ich bin Rafe. Wir sind das Begrüßungskomitee.«

Vincent starrte auf die Hand, dann auf Rafes Gesicht, dann auf das Handy. »Streamt ihr das?«

Gimbal zuckte mit den Schultern und ließ einen goldüberzogenen Eckzahn aufblitzen. »Content ist Währung, Kumpel. Und das hier ist ein paar Millionen Klicks wert.«

Mrs Barley erschien an Vincents Seite mit der Geschwindigkeit und Präzision einer einziehbaren Klinge. »Wir waren gerade auf dem Weg zu Ihnen. Das Treffen war für 12:30 Uhr auf neutralem Boden angesetzt. Erklären Sie gefälligst, warum Sie hier sind, oder ich sehe mich gezwungen, bei Ihrem Schirmherrn einen Verstoß zu melden.«

Rafes Lippen zuckten. »Sie müssen Mrs Barley sein. Wir haben Ihre Akten gelesen.« Er gestikulierte in die Luft, als riefe er ein Hologramm herbei, das nur er sehen konnte. »Entschuldigen Sie den Ortswechsel. Wir waren nur aufgeregt, endlich anzufangen.«

Rens Hände zitterten ein wenig, doch ihre Stimme, als sie sprach, war seltsam fest. »Ihr seid Modernisierer. Ihr arbeitet für Carmines altes Netzwerk.«

Rafe machte eine kleine Verbeugung, die es irgendwie schaffte, gleichzeitig ironisch und aufrichtig auszusehen. »Wir bevorzugen ›Die Aktualisierten‹. Modernisierer ist ein Begriff des Rats, und ehrlich gesagt, ist er ein bisschen retro.«

Ren blinzelte, ohne aus dem Takt zu kommen. »Ihr seid also hier, um zu verhandeln?«

»Verhandeln, networken, Memes machen – was auch immer nötig ist, damit die Prophezeiung die Stadt nicht auffrisst«, sagte Rafe, die Hände gefaltet wie ein PR-Mönch.

Vincent verzog das Gesicht. »Dann mach das Handy aus.«

Gimbal zögerte, der Daumen schwebte über einem Knopf. »Es ist stummgeschaltet. Na ja – der Ton ist aus. Nur Video.«

Vincent fletschte die Zähne, ohne sich die Mühe eines subtilen Lächelns zu machen. »Schalt es aus oder ich schalte dich aus.«

Gimbal schaltete das Gerät aus. Die Kamera, die kurz mit einem Nachbild aufleuchtete, wurde schwarz.

Der braunhaarige Modernisierer trat vor, seine Stimme tief. »Wir haben Geschenke mitgebracht.« Er zog einen vakuumversiegelten Beutel aus seinem Mantel und warf ihn Vincent zu. »Null negativ, letzte Woche bezogen, Kühlkette garantiert. Ohne Haken, unverdorben.«

Vincent fing ihn auf, wog ihn und sagte, ohne aufzusehen: »Du zuerst.«

Braunhaar grinste und zeigte kleinere, echtere Eckzähne als Rafe. Er riss den zweiten Beutel auf, trank und verzog das Gesicht. »Sie sagen immer, es sei ›Einzelspende‹, aber so frisch wie vom Hahn ist es nie.«

Vincent wartete einen Moment, dann trank er seinen Beutel aus. Der Geschmack war wie versprochen: neutral, gesund und mit gerade genug Adrenalin versetzt, um es interessant zu machen. Er wischte sich den Mund mit dem Handrücken ab und musterte die Modernisierer mit einer Mischung aus Verärgerung und widerwilliger Neugier. »Na gut. Ihr habt geliefert. Und jetzt?«

Rafe lächelte, seine Zähne hatten das Weiß von Fernseh-Rauschen. »Jetzt vernetzen wir uns mit der alten Garde.« Er wandte sich Ren zu, seine Augen musterten sie mit der hungrigen Präzision eines Algorithmus. »Du bist die neue Gezeichnete, nicht wahr?«

Rens Gesicht wurde ausdruckslos. Sie sagte nichts, klappte nur ihr Notizbuch zu und drückte es an ihre Brust.

Gimbal beugte sich vor, das Handy immer noch aus. »Sie sieht nicht nach viel aus.«

Mrs Barley räusperte sich, laut genug, um die Straße zum

Schweigen zu bringen. »Protokoll. Alle Geschäfte werden drinnen abgewickelt. Dies ist ein Wohngebiet.«

Rafe breitete die Arme aus. »Nach Ihnen.«

Vincent zögerte. Dann bemerkte er das Flackern in den Schatten des Innenhofs: Zara, halb durch die Wand materialisiert, blau und spöttisch grinsend.

Er fing ihren Blick auf. »Siehst du diesen Zirkus?«

Zara flackerte vollständig herein, ihr Kleid wechselte in drei Bildern von viktorianischer Trauerkleidung zu einem PVC-Cocktailkleid. »Oh, ich sehe ihn«, sagte sie, ihre Stimme hallte in den Ohren und nirgendwo sonst. »Und ich will einen Platz in der ersten Reihe.«

Vincent drehte sich um und nickte den anderen einmal zu. »Dann los. Wenn ihr was kaputtmacht, macht ihr es wieder sauber.«

Die Modernisierer folgten, ihre Schritte hallten auf den Steinplatten wider, Neonreflexionen kräuselten sich über die Fensterscheiben. Für einen Moment war Vincent zurück im Jahr 1987, als nur der Hunger lauter war als der Synthie-Pop und er in einer Barschlägerei um einen gestohlenen Pager beinahe ein Auge verloren hätte.

Ren blieb zurück und ließ die Vampire vorangehen. Sie sah Vincent an, dann das blau-weiße Nachbild von Zara und dann hinauf zum Himmel, der sich immer noch nicht entschieden hatte, ob er an der Party teilnehmen oder einfach nur aus sicherer Entfernung zusehen sollte.

Sie folgte ihnen, das Mal pulsierte unter ihrem Ärmel und schrieb bereits das Drehbuch dieser Nacht um.

Die Tür zu Rens Wohnung öffnete sich und die Zukunft trat ein, gehüllt in Leder, Neon und die Gewissheit, dass nie wirklich etwas inoffiziell war.

Drinnen verteilten sich die Modernisierer in der Wohnung wie ein Designer-Virus. Jede Bewegung war für maximale Wirkung inszeniert: Rafe nahm das abgenutzte Mid-Century-Sofa in Beschlag und lümmelte sich darauf, seine Glieder kunstvoll arrangiert, den Mantel ausgebreitet wie Flügel. Gimbal richtete sich an der Küchentheke ein, montierte seine Ringleuchte auf einem Stapel Kochbücher und justierte den Winkel, bis sie seine Wangenknochen im »Morgen-danach-Glanz« einfing. Braunhaar, der sich als Milo vorgestellt hatte, aber gleichermaßen auf »Bro« reagierte, hockte auf der Fensterbank, ein Bein baumelte lose, das andere darunter geschlagen in einer Pose, die für jeden weniger Gelenkigen einen chirurgischen Eingriff erfordert hätte.

Rens Wohnung war weder für diesen Andrang noch für den ästhetischen Ansturm gebaut. Das einzige Licht kam von der Ringleuchte und einer Ansammlung halb abgebrannter Kerzen, die zusammen den Raum wie eine Séance der Social-Media-Abteilung der Vogue aussehen ließen. Staubpartikel hingen in der Luft, gebrochen durch das Ringlicht, und ließen sich klaglos im makellosen Haar der Gäste nieder.

Vincent stand am Fenster, die Hände tief in den Manteltaschen vergraben, und suchte nach Ausgängen, die nicht gerade von untoten Influencern blockiert wurden. Er zuckte jedes Mal zusammen, wenn die Ringleuchte aufblitzte, was oft geschah.

Mrs Barley nahm ein Stück freien Boden an der Tür ein, Notizbuch gezückt, ihre Brille blitzte. Sie wechselte zwischen wütenden Blicken auf die Modernisierer und dem Kommentieren ihres Verhaltens mit der flotten Effizienz einer Polizeizeichnerin, die ein besonders anstößiges Wandgemälde dokumentiert.

Ren hielt sich im Hintergrund, lehnte an der Küchenwand,

das Notizbuch offen, aber der Stift still. Sie beobachtete das Geschehen mit dem wachsamen Interesse einer Produzentin von Wildtierdokumentationen und unterbrach nur gelegentlich den Blickkontakt, um das Mal unter ihrem Ärmel zu überprüfen.

Zara war nirgends und dann plötzlich überall. Sie flackerte über Kopfhöhe in den Raum, ihre geisterhafte Gestalt erstreckte sich über die Ecke, wo die Wand auf die Decke traf. Der Effekt war überirdisch und angesichts des Winkels leicht obszön. Sie winkte Gimbal zu, der prompt versuchte, sie zu filmen, aber das Handy hatte eine Störung und spuckte bei dem Versuch nur statisches Rauschen aus.

»Schöne Ausrüstung«, sagte Zara und beäugte die Ringleuchte. »Aber ist es nicht ein bisschen früh am Abend für eine Sektenrekrutierung?«

Rafe grinste und entblößte Zähne, die wahrscheinlich echt waren, aber nicht so aussahen. »Es gibt keine bessere Zeit als die Gegenwart. Besonders, wenn die Zukunft bereits im Trend liegt.«

Vincent knurrte – ein tatsächliches, buchstäbliches Knurren, tief und halb wild. »Ihr seid nicht hergekommen, um uns euer Schneeballsystem zu verkaufen. Kommt zur Sache.«

Rafe ließ sich nicht provozieren. Stattdessen zog er eine Puderdose aus einer Innentasche, tat so, als würde er sein Spiegelbild überprüfen, und klappte sie dann mit einer schwungvollen Geste zu. »Alte Schule. Ich liebe es. Aber du hast recht. Kommen wir zur Sache.«

Er stand auf und glitt in einer einzigen, fließenden Bewegung in die Mitte des Raumes. »Hier ist der Vorschlag. Ihr helft uns, das Narrativ zu formen. Vampire können sich nicht ewig verstecken, nicht mit einer Prophezeiung, die die Stadt auffrisst, und einem Rat, der hinterherhinkt. Besser, wir übernehmen das. Machen es zu Kunst.«

Gimbal, der das Handy nun auf Brusthöhe hielt, fügte hinzu: »Wir denken an eine Einführung – kurz, snackable, auf jeder wichtigen Plattform vernetzt. Gib ihnen eine Geschichte und du kontrollierst den Schnitt.«

Vincent stieß ein Geräusch aus, das halb Lachen, halb Würgen war. »Ihr wollt also, dass wir ein Content-Haus werden.«

Milo vom Fenster aus: »Warum nicht? Ihr seid schon eine Legende. Gebt den Leuten, was sie wollen.«

Mrs Barley warf ein, ihre Stimme trocken wie eine Salzwüste. »Die Doktrin des Rats verbietet die direkte Zusammenarbeit mit menschlichen Medien. Sie brechen per Definition die Regeln.«

Rafe verdrehte die Augen. »Die Doktrin des Rats verbietet auch Rekursionsausbrüche und Massen-Gedächtnisveränderungen, aber da sind wir nun mal. Die Welt hat sich verändert. Die alten Regeln sind tot.«

Vincent wandte sich mit verächtlichem Unterton an Ren. »Kaufst du denen das ab?«

Ren, die geschwiegen hatte, klappte ihr Notizbuch mit einem Schnappen zu. »Sie haben Reichweite. Mehr als der Rat, vielleicht mehr als Carmine. Wenn du ein Netzwerk stören willst, musst du lauter sein als das Signal.«

Gimbal zeigte erfreut auf sie. »Sie versteht es. Einfluss ist nicht nur ein Spiel, es ist das Spielfeld.«

Vincent verzog das Gesicht und schritt dann den Raum ab, wobei er hinter der Küchentheke entlangging. Er stolperte beinahe über eine Knoblauchzehe, die vom Morgen übrig geblieben war, und fluchte leise.

Milo beugte sich vor. »Hör zu, wir wissen, dass du von der Marke nicht begeistert bist. Aber der Rat hat dich in die Enge getrieben, Carmine schreibt das Drehbuch um, und der einzige Weg zu gewinnen ist, sie dein Spiel spielen zu lassen.«

Mrs Barley, während sie schrieb: »Sie sind rücksichtslos. Disziplinlos. Aber nicht böswillig. Trotz des äußeren Scheins potenziell nützlich.«

Rafe legte eine Hand aufs Herz, gespielt beleidigt. »Wir sind nur hier, um zu überleben. Genau wie ihr.«

Zara, die immer noch über ihnen schwebte, mischte sich ein. »Der Rat hasst sie. Was bedeutet, dass sie wahrscheinlich nützlich sind.«

Vincent sah zu ihr hoch, dann zurück zu Rafe. »Glaubst du, du kannst dich mit Memes aus der Prophezeiung befreien?«

Rafe grinste überheblich. »Ich denke, wir können eine Lösung per Crowdsourcing finden, wenn wir viral genug gehen.«

Vincents Miene verfinsterte sich, aber Ren trat vor, die Arme verschränkt. »Angenommen, wir helfen euch. Was springt für uns dabei raus?«

Gimbal holte ein Handy hervor, wischte durch ein halbes Dutzend Bildschirme und drehte es so, dass die Gruppe es sehen konnte. »Wir lenken ab, ihr handelt. Wir fressen das Narrativ, ihr bekommt Luft zum Atmen. Der Rat wird euch nicht kommen sehen, wenn er uns beobachtet.«

Milo fügte hinzu: »Und ihr könnt euer eigenes Ende schreiben. Ist das nicht das, was jeder Vampir will?«

Vincent sah auf das Handy, dann zu Ren, dann zu Mrs Barley. »Ich trete eurem TikTok-Zirkel nicht bei.«

Rafe grinste. »Hast du schon. Allein dadurch, dass du uns reingelassen hast.«

Es herrschte Stille, kurz, aber vollkommen, nur unterbrochen vom leisen Zischen der Ringleuchte und dem Surren des Geschirrspülers.

Mrs Barley klappte ihr Notizbuch zu. »Wir werden Ihren Vorschlag in Erwägung ziehen. Vorerst sind Sie Gäste, nicht mehr.«

Rafe nickte ganz geschäftsmäßig. »Kein Druck. Aber die Uhr tickt, und Carmine wird nicht langsamer.«

Zara schwebte herab und verfestigte sich gerade lange genug, um Gimbal einen geisterhaften Kuss zuzuwerfen. »Seid schön brav, Jungs. Ich würde es hassen, euch in einem Feuerwerk aus Memes untergehen zu sehen.«

Die Modernisierer wechselten einen Blick, alle drei auf einmal, so wie es Tiere tun, wenn sie Blut im Wasser wittern. Rafe streckte erneut eine Hand aus, diesmal zu Ren. »Wenn du dabei sein willst, sag einfach Bescheid.«

Ren zögerte, dann ergriff sie sie, ihr Griff war fest. »Wir lassen es euch wissen.«

Rafe hielt ihren Blick, seine Augen gerade noch aufrichtig. »Ich freue mich darauf.«

Die Modernisierer verabschiedeten sich selbst, ihre Neon-Mäntel schimmerten im Licht des Flurs. Als die Tür hinter ihnen ins Schloss fiel, schien die Wohnung auszuatmen, die Spannung entwich wie aus einer durchstochenen Luftmatratze.

Vincent sackte in den Sessel, den Kopf in den Händen. »Die Endzeit war früher würevoller.«

Zara ließ sich auf der Lehne des Sessels nieder, ihre geisterhaften Finger fuhren durch Vincents Haar. »Mag sein, aber sie hat viel weniger Spaß gemacht.«

Ren ging zum Fenster und sah zu, wie der BMW davonraste, die Musik bereits wieder voll aufgedreht.

Mrs Barley stand auf, straffte die Schultern und sprach in den Raum: »Wir werden nicht mit Anarchisten zusammenarbeiten. Aber wir werden sie benutzen. Jedes Mittel ist eine Gelegenheit.«

Vincent sah sie an, dann Ren. »Mittel hin oder her, die sind gefährlich. Aber das ist Carmine auch. Und der Rat ebenfalls.«

Ren nickte, ihre Finger strichen über das Mal unter ihrem Ärmel. »Dann spielen wir auf allen Seiten. Und wir machen es besser, als sie erwarten.«

Lange Zeit sprach niemand. Die Stadt draußen summte, ein leises Rauschen potenzieller Katastrophen.

Zara brach das Schweigen, ihre Stimme irgendwo zwischen Boshaftigkeit und Prophezeiung. »Schreiben wir also Geschichte.«

In der Wohnung war es still, aber der Basslauf aus dem Auto der Modernisierer ließ die Fenster immer noch vibrieren. Es würde Stunden dauern, bis jemand schlief, und Tage, bis sie zugeben würden, wie sehr dieser Vorschlag alles verändert hatte.

Aber in diesem Moment, in der blau erleuchteten Stille nach dem Gespräch, glaubte Vincent beinahe, dass sie es schaffen könnten.

Beinahe.

# FÜNFZEHN

In den Archiven des Rates folgte Vincent Mrs Barley den Mittelgang entlang; ihre Schritte waren flink und unheimlich leise auf den rissigen Vinylfliesen. Das Licht von oben fiel auf ihr Haar und ließ es in einem Moment heiligenscheinhell und im nächsten geistergrau erscheinen. Vincent ertappte sich dabei, wie er sich dem Rhythmus ihrer Schultern anpasste, als könnte er durch das Mithalten ihres Tempos den Schauer abwehren, der sich zwischen seinen Wirbeln eingenistet hatte, sobald sie die Schwelle überquert hatten.

»Kommen Sie oft hierher?«, murmelte er mit betont respektloser Stimme. »Oder ist das nur ein Ort für ein erstes Date?«

Mrs Barley unterbrach ihren Schritt nicht. »Wenn Sie Ihre eigenen Requisitionen eingereicht hätten, wüssten Sie, dass ich die meisten Abende hier unten verbringe. Manche von uns leisten echte Arbeit.«

Sie traten in die Haupthalle hinaus, einen Raum, in dem einst vielleicht Bälle oder Hinrichtungen stattgefunden hatten, der aber nun zur zentralen Annahmestelle für die Akten der gesamten Unterstadt umfunktioniert worden war. Die Decke verlor sich außer Sichtweite, Balken verschwanden im Schatten, und irgendwo im Dunst darüber flackerten die Leuchtstoffröhren im Takt mit dem langsamen, qualvollen Tod des Stromnetzes des Planeten.

Der einzige Nachtangestellte, von unbestimmbarer Spezies, lümmelte hinter einer verglasten Theke, die mit den Leichen von Textmarkern und den Verpackungen von Instantnudeln übersät war. Er blickte erst auf, als Mrs Barley mit der geschlossenen Faust auf die Thekenplatte klopfte.

»Recherche-Zugang«, sagte sie und präsentierte ihre Ratsausweise mit dem gleichen Ernst wie eine Dienstmarke an einem Tatort.

Der Angestellte prüfte den Ausweis, dann Vincent, dann wieder den Ausweis. »Gehört er zu Ihnen?«

Mrs Barley nickte. »Er ist eine Aushilfe. Eine Leihgabe der Rechtsabteilung.«

Vincent zwinkerte dem Angestellten zu, der darauf reagierte, indem er so herzhaft gähnte, dass sein Kiefer knackte. »Essen ist in den Regalgängen verboten. Wenn du erwischt wirst, musst du den Verstoß selbst protokollieren.«

»Würde mir nicht im Traum einfallen«, sagte Vincent, aber der Angestellte war bereits wieder dabei, auf seinem Handy zu scrollen, und das mit einer Geschwindigkeit, die entweder auf chronische Langeweile oder einen übernatürlichen Daumen schließen ließ.

Mrs Barley trug sich mit ihrem eigenen Stift in das Register ein – sie zog nicht einmal in Erwägung, den auf der Theke zu benutzen, wie Vincent bemerkte – und reichte Vincent ein Besucher-Schlüsselband. Es war klebrig und trug die verblassten Umrisse einer Comic-Fledermaus.

»Rundet den Look erst richtig ab«, sagte er und klemmte es sich ans Revers.

Mrs Barley ignorierte dies und navigierte durch das Labyrinth aus Regalen mit der Sicherheit eines viktorianischen Geistes, der den Weg zu seiner eigenen Ermordung nachzeichnete. Vincent trottete hinterher und zählte die Arten, auf die sich die Archive in sieben Jahrhunderten nicht verändert hatten: der Geruch von altem Leim und noch älterer Politik, das Gefühl, dass hier unten nie etwas wirklich gestorben, sondern nur neu klassifiziert worden war.

Sie durchquerten die ersten beiden Gänge schweigend. Je weiter sie gingen, desto unzuverlässiger wurde die Beleuchtung, bis selbst Vincent Schwierigkeiten hatte, das Kleingedruckte zu entziffern. Er erhaschte Blicke auf Etiketten: NACHKRIEGS-AUFRÄUMARBEITEN; METROPOLITANE NAHRUNGS-RECHTE; PROPHEZEIUNGSBESTAND (KLASSIFI-ZIERT). Die meisten Akten waren hinter Gittertüren verschlossen oder mit rotem Faden dreifach versiegelt, aber einige Regale hingen offen und waren mit Ordnern überfüllt, die vor der Entropie kapituliert hatten.

Mrs Barley blieb an einer Kreuzung stehen und fischte ein Blatt Papier aus ihrem Ärmel. Es war ein Requisitionsformular, bereits ausgefüllt und mit ihrer eigenen, krakeligen Handschrift kommentiert. Sie sah es an, bog dann scharf links ab und hielt nur an, um eine Rollleiter zwischen zwei sich biegenden Schränken hervorzuziehen. Sie stieg hinauf, ohne sich umzusehen.

Vincent lehnte sich gegen die Regale und beäugte den engen Lesetisch darunter. »Ich würde Ihnen ja anbieten, Sie zu sichern, aber ich vermute, Sie würden das als Beleidigung auffassen.«

»Korrekt«, sagte Mrs Barley, bereits vier Sprossen hoch und die oberen Fächer absuchens. Sie wählte einen Ordner mit einem verrosteten Schloss, dann einen zweiten, dann einen dritten, und ließ jeden mit der Endgültigkeit eines Todesurteils auf den Tisch fallen. Als sie wieder abstieg, atmete sie schwerer, aber ihr Gesicht hatte seine Standardeinstellung nicht verlassen: neutral bis mörderisch.

Sie bedeutete Vincent, sich zu setzen, und begann dann, die Akten in einer präzisen, beinahe chirurgischen Reihenfolge zu öffnen. »Bedienen Sie sich«, sagte sie. »Sie können mit den relevanten Vorfällen anfangen. Ich kümmere mich um die Querverweise.«

Vincent beäugte den ersten Ordner: MODERNISIERER-VORFÄLLE, 2014–GEGENWART. Der Einband trug einen Stempel des Rates, der so verblasst war, dass er hätte antik sein können, aber der Inhalt war makellos, jede Seite laminiert, jeder Eintrag indiziert. Er blätterte durch die ersten Dutzend Berichte: eine Lagerhausparty in Soho, die ins Gespenstische umgeschlagen war, ein Protest in Shoreditch, der in »viralem Ausbluten« geendet hatte, ein von den Modernisierern veranstaltetes »Pop-up« in Camden, das zu einem ausgewachsenen Prophezeiungsaufruhr zusammengebrochen war.

Jeder Bericht folgte dem gleichen Muster. Vorfall, Zeit, Ort. Zeugen, Beweise, eine Zusammenfassung der Eindämmung. Am Ende immer eine fettgedruckte Zeile: SCHLUSSFOLGERUNG: GLAMOUR-FEHLFUNKTION / MASSENHYSTERIE. Und das Urteil: *Der Rat empfiehlt keine weiteren Maßnahmen.*

Vincent runzelte die Stirn und blätterte eine weitere Seite um. Die Berichte wurden detaillierter, manischer, bis ganze Absätze mit einer Art von Stift geschwärzt waren, den man vom Nebentisch aus riechen konnte. »Sie geben sich nicht einmal Mühe, subtil zu sein«, sagte er und fuhr mit einem Finger über die geschwärzten Zeilen.

Mrs Barley blickte zu ihm. »Das müssen sie auch nicht. Niemand außerhalb des Rates liest das hier jemals.«

Vincent wechselte zur nächsten Akte: HIGHGATE-ANOMALIE, 1998–2021. Er erkannte einige der Namen wieder: Fallbearbeiter, die verschwunden waren, Orte, die er einst im Schutz von Mondlicht und Idiotie observiert hatte. Das Muster war dasselbe. Okkulter Vorfall. Eskalation. Lösung – immer durch »Zerstreuung«, »Eindämmung« oder, in zwei Fällen, »strategisches Abbrennen«.

Vincent atmete mit einem leisen Pfeifen aus. »Sie wissen also seit Jahren von der Rekursion.«

»Jahrzehnten«, korrigierte Mrs Barley. Sie hatte jetzt ihr Handy herausgeholt und fotografierte heimlich jede Seite mit einem diskreten Klick und einer Bewegung ihres Daumens. »Sie haben es fälschlicherweise als virale Meme-Aktivität abgelegt, oder, wenn es vor den sozialen Medien war, als PR-Desaster.«

Vincent griff nach der letzten Akte: PARLAMENTARI-SCHE STÖRUNGEN, 2007–AKTUELL. Er erwartete das Übliche – lautstarke Proteste der Modernisierer, ein paar medienwirksame Vorfälle, vielleicht eine Zeile über »digitale Destabilisierung«. Was er stattdessen bekam, war eine Reihe von Einträgen, die als DRINGEND markiert waren. Der früheste war von 2012, der jüngste von dieser Woche. Jeder beschrieb eine fast identische Abfolge: eine Rede, eine Störung, dann ein plötzlicher, ansteckender Ausbruch von Prophezeiungen in der Menge. Zu den Symptomen gehörten »unterschwellige Übertragung«, »zwanghafte Wiederholung von Phrasen« und »akutes Überschreiben des Gedächtnisses«. Die Eindämmung war stets »erfolgreich«, aber die Folgeseiten erzählten eine andere Geschichte.

Vincent beugte sich vor. Das Papier war dünn, brüchig und stank nach altem Ozon. Er fuhr mit dem Finger die Zeitachse entlang, bis er bei einem Eintrag von vor fünf Jahren innehielt.

BETREFF: MITGLIED DES PARLAMENTS – AUS DER EXISTENZ REDIGIERT.

VORFALL: Spontane Rezitation von Carmines Prophezeiung während einer Live-Übertragung. Zeugen: Hunderte. Digitale Kopien: innerhalb von 48 Stunden gelöscht. Subjekt wird nur noch vom Rat erinnert.

Vincent blickte zu Mrs Barley auf. »Sie verstecken es nicht

nur. Sie lassen es sich ausbreiten und schreiben dann im Nachhinein die Aufzeichnungen um.«

Sie nickte, die Lippen zu einer so dünnen Linie zusammengepresst, dass sie selbst den Anschein von Menschlichkeit aufgegeben zu haben schien. »Standardvorgehen. Je mehr Zeugen, desto schneller die Säuberung. Das öffentliche Gedächtnis ist nur ein weiteres Gut.«

Vincents Fingerknöchel traten weiß hervor, als er den Rand der Seite umklammerte. »Aber die Rekursion wird schlimmer. Wenn Carmine zurück ist, nährt er sich davon – von ihren eigenen Leugnungen.«

»Genau«, sagte Mrs Barley mit leiser Stimme. Sie griff über ihn hinweg, schoss noch ein paar Fotos und blätterte dann die Seite um, um den ursprünglichen Bericht darunter freizulegen. Die Handschrift war anders, älter. Das Datum war 1973.

»Der Rat weiß seit den Siebzigern von Carmine«, sagte sie. »Möglicherweise schon früher. Aber je mehr die Rekursion mutiert, desto ausgefeilter wird die Vertuschung. Schauen Sie sich die Bearbeitungen an – sehen Sie, wie sich die Terminologie ändert?«

Vincent untersuchte die beiden Seiten. Im früheren Bericht wurde der Vorfall als »Spektrales Sprachereignis« aufgeführt, mit einer Anmerkung über »potenziell virale Eigenschaften«. Der neue nannte es einfach eine »Parlamentarische Glamour-Fehlfunktion«. Der gesamte Abschnitt über Prophezeiungen war verschwunden, ersetzt durch einen Absatz über »mögliche unerwünschte Arzneimittelwirkung«.

Er schloss die Akte und lehnte sich zurück, wobei der Stuhl unter seinem Gewicht knarrte. »Wir haben uns also die ganze Zeit im Kreis gedreht. Oder im Kreis von Carmine, je nach Entwurf.«

Mrs Barley antwortete nicht, aber in ihren Augen lag eine düstere Befriedigung. Sie klappte den letzten Ordner zu, stapelte sie mit der Sorgfalt eines Bombenentschärfungstechnikers und ließ ihr Handy wieder in ihrer Jacke verschwinden.

»Ich schätze mal, die nächste Phase ist eine Gedächtnislöschung«, sagte Vincent. »Standardprozedur, richtig?«

Mrs Barley sammelte die Akten zusammen. »Heute Nacht nicht. Man erwartet von uns, dass wir gründlich sind, aber nicht einfallsreich.«

Vincent grinste und seine Zähne leuchteten im Halbdunkel. »Dann können sie sich auf eine Enttäuschung gefasst machen.«

Sie klemmte sich die Akten unter den Arm und deutete dann zum Ausgang. »Nach Ihnen. Wir müssen die Beweise duplizieren, bevor die nächste Schicht anfängt. Und dann den Rest vernichten.«

Vincent stand auf, streckte sich, und zum ersten Mal seit Betreten des Archivs spürte er so etwas wie Hoffnung. Nicht viel, aber genug, um ihn durch die nächsten paar Stunden zu bringen.

Als sie ihre Schritte zurückverfolgten, hielt Mrs Barley am Tresen an, um die Ordner zurückzugeben. Der Angestellte blickte auf und nahm ihre Anwesenheit mit dem Interesse von jemandem wahr, der Farbe beim Trocknen im Zeitraffer zusah.

»Haben Sie gefunden, was Sie brauchten?«, fragte er in einem gelangweilten, aber nicht unfreundlichen Ton.

Mrs Barley schenkte ihm ein dünnes Lächeln. »Alles und noch mehr.«

Vincent zog das Schlüsselband von seinem Kragen und legte es mit einem theatralischen Seufzer ab. »Ihr solltet da hinten für bessere Beleuchtung sorgen«, sagte er und deutete mit dem Kinn zu den Regalen.

Der Angestellte grinste spöttisch. »Wir mögen es schummrig. Das verbirgt den Staub.«

Vincent blickte zu Mrs Barley, die bereits zur Tür hinaus war, und dann zurück zum Angestellten. »Danke«, sagte er und folgte ihr in den Korridor.

Draußen schlug ihm die Kälte härter entgegen, aber Vincent bemerkte es kaum. Er beobachtete, wie Mrs Barley mit einer schnellen Bewegung ihres Handgelenks die Fotos auf ein sicheres Laufwerk lud und das Telefon dann mit einer Endgültigkeit in ihre Tasche fallen ließ, die klarstellte, dass das Gerät nun eine Zeitbombe war.

»Vertrauen Sie darauf, dass die IT des Rats das nicht zurückverfolgen kann?«, fragte er.

Mrs Barleys Miene veränderte sich nicht. »Nein. Aber sie sind nicht die Einzigen mit Zugriff.«

Vincent lachte, diesmal aufrichtig. »Erinnern Sie mich daran, Sie niemals wütend zu machen.«

Mrs Barley musterte ihn einen Augenblick und sagte dann: »Dafür müssten Sie sich schon weitaus mehr anstrengen.«

Sie gingen zum Aufzug, der so lange auf sich warten ließ, dass Vincent beinahe die Jahrhunderte in seinem Getriebe hätte vergehen hören können. Während sie warteten, fixierte Mrs Barley ihn mit einem Blick, der einen geringeren Mann bis ins Mark hätte gefrieren lassen.

»Nächster Schritt?«, sagte sie.

Vincent dachte einen Moment nach. »Zu Zara. Ich meine, zu Ren. Irgendwohin, nur nicht hierher.«

Mrs Barley nickte, als hätte sie die Antwort bereits erwartet. Der Aufzug kam an, seine Türen quietschten auf, und sie traten ein.

Als sich die Türen schlossen, blickte Vincent auf die Akten in ihren Armen und erhaschte dann den Schatten seines eigenen Gesichts im angelaufenen Stahl.

»Sie halten uns für entbehrlich«, sagte er leise.

Mrs Barley betrachtete sein Spiegelbild, beschloss aber, es zu ignorieren. »Beweisen wir ihnen das Gegenteil.«

Der Aufzug ruckelte, bebte und begann dann seinen langsamen Aufstieg zurück an die Oberfläche.

Oben wartete die Stadt, ruhelos wie immer, während die Beweise ihrer geheimen Geschichte in der Dunkelheit pulsierten, bereit für die nächste Überarbeitung.

Mrs Barley beschlagnahmte den Küchentisch mit der Selbstverständlichkeit einer langjährigen Besatzerin: Ratsakten und zerlesene Notizblöcke fächerten sich an einem Ende aus, Vincents altersschwacher Laptop und ein weinbefleckter Untersetzer am anderen, und eine kleine, unamüsierte Ren war dazwischengequetscht, ihre Knie berührten beinahe das Pedal des Mülleimers. Die Deckenlampe summte und flackerte und warf ein kränkliches Licht auf die Stapel, während der Rest der Wohnung in seiner üblichen Düsternis verharrte.

Mrs Barleys Ritual begann damit, vier ramponierte Tassen aufzureihen, auf denen das Wappen des Rats jeweils in verschiedenen Stadien der Bedeutungslosigkeit erodiert war. Sie schenkte den Wein ein, nicht um der Zeremonie willen, sondern um Vincents Hände zu beschäftigen und Rens Hände vom Zittern abzuhalten. Das Küchenfenster klapperte in seinem Rahmen – ob vom Wind oder von Zaras bevorstehender Ankunft, war schwer zu sagen.

Vincent, der mit seinem Stuhl gegen den Kühlschrank gekippt saß, blätterte durch die ersten Fotos, die Mrs Barley auf sein Telefon geschickt hatte. »Weißt du, das digitale Zeitalter hat Wunder für die Aktenführung des Rats bewirkt. Sie können jetzt Beweise an zwei Orten gleichzeitig verlieren.«

»An drei, wenn man den Druckerfriedhof im Untergeschoss mitzählt«, sagte Mrs Barley, ohne von ihrem eigenen Notizenstapel aufzusehen.

Ren legte die Hände um ihre Tasse, das Mal auf ihrem

Unterarm pochte in einem schwachen Blau unter dem Ärmel. Sie hatte in den letzten vierzig Stunden vielleicht eine Stunde geschlafen, und ihre Stimme hatte einen rauen Unterton angenommen. »Was haben Sie gefunden?«

Mrs Barley breitete die Beweise aus wie ein Croupier bei einem Pokerspiel mit hohem Einsatz. »Das Muster ist klar. Jeder größere Vorfall mit den Modernisierern, von Shoreditch bis zum Parlament, wurde Jahre bevor irgendjemand reagierte, vorhergesagt und dokumentiert. Das Protokoll des Rats? Als ›Hysterie‹ abheften und hoffen, dass die Sterblichen es bis Montag vergessen haben.«

Sie zeigte auf eine Gruppe von Daten, jedes in einem kränklichen Gelb markiert. »Sehen Sie das? Das ist dieselbe Formulierung, wiederverwendet in sieben verschiedenen Komitees. ›Störung im Zauberglanz‹. ›Urbane Panik‹. ›Ungewöhnliches meteorologisches Ereignis‹. Alles nach dem Vorfall, alles von denselben beiden Bevollmächtigten unterzeichnet. Es ist eine verpfuschte Vertuschung, aber in großem Stil.«

Rens Lippen wurden weiß, aber sie brachte hervor: »Also haben sie es einfach – was, sich einfach ausbreiten lassen?«

Vincent ließ den Wein kreisen und beobachtete, wie das Sediment spiralig aufwirbelte. »Die einzig wahre Innovation der Bürokratie: Das Problem an die Zeit auslagern und hoffen, dass pure Faulheit den Job erledigt.«

Ren funkelte ihn böse an. »Das ist nicht witzig, Vincent. Menschen sind gestorben. Sterben immer noch.«

Er erwiderte ihren Blick, die Linien um seinen Mund waren ein wenig tiefer eingegraben. »Das ist Bürokratie, Kleines. Besserer Papierkram als die Wahrheit.«

Die Deckenlampe flammte auf und erlosch dann vollständig, sodass der Raum nur noch von Zaras Ankunft erhellt wurde – einer Korona aus kaltem Blau, ihre Umrisse zu drei Vierteln in die

Welt gephast und, aus Gründen, die man besser nicht hinterfragte, über dem Kühlschrank hockend.

Sie grinste auf sie herab, die Arme verschränkt, ihr Blick blieb an Mrs Barleys Dokumenten hängen. »Du hast das gute Zeug gefunden«, sagte sie. »An den erinnere ich mich –«, sie stieß mit dem Finger auf die Shoreditch-Akte, »– absolutes Gemetzel. Es hat drei Monate gedauert, das Blut aus den Faserplatten zu kriegen.«

Mrs Barley würdigte dies keiner Antwort, sondern schob die Akte zu Vincent. »Was zählt, ist die Beweiskette. Jede Änderung, jede Schwärzung ist beabsichtigt. Der Rat versteckt nicht nur Carmine. Er hilft ihm.«

Rens Gesicht verzog sich, ihre Fingerknöchel wurden weiß, als sie sich an der Tischkante festkrallte. »Sie lassen Menschen sterben, nur damit Sterbliche keine Fragen stellen?«

Zara schwebte herab und ließ sich mit einem Hauch von Gefrierkälte neben Ren nieder. »Das ist es, was der Rat am besten kann. Sie kümmern sich nicht um Menschen. Sie kümmern sich um das Protokoll. Und«, sie ließ ihren Blick zu Vincent wandern, »sie kümmern sich um Schurken. Das macht die Geschichte sauberer.«

Vincent schnaubte, aber es klang hohl. »Glückwunsch, Lupo. Du bist der Schurke in ihrer Geschichte.«

Ren sah auf, Tränen stiegen ihr in die Augenwinkel, verbrannten aber, bevor sie eine Chance hatten, zu fallen. »Das ist krank. Wir sollten einfach – einfach alles niederbrennen.«

Mrs Barley klappte ihr Notizbuch mit einer Wucht zu, die von den kahlen Wänden widerhallte. »Noch nicht. Wenn wir an die Öffentlichkeit gehen, verlieren wir die Kontrolle. Sie löschen uns aus oder schlimmer noch – hängen uns den nächsten Vorfall an. Nein, wir müssen der Rekursion zuvorkommen. Carmines Druckmittel unschädlich machen, bevor es den nächsten Nachrichtenzyklus erreicht.«

Vincent leerte seine Tasse und stellte sie dann vorsichtig ab. »Und wie genau schlagen Sie vor, das zu tun? Der Rat hat überall Augen, und Carmine ist uns mindestens zwei Züge voraus.«

Mrs Barley blickte auf das Team – Vincent, Ren, Zara – und zum ersten Mal seit Beginn der Nacht zerbrach ihre Maske zu etwas, das beinahe wie Hoffnung aussah. »Wir schreiben die Geschichte neu«, sagte sie. »Wir drehen das Drehbuch um. Kein Weglaufen mehr. Kein Verstecken mehr. Wenn der Rat eine Erzählung will, dann geben wir ihnen eine. Aber es wird unsere sein.«

Eine Stille trat ein, aber es war eine aufgeladene Stille, jedes Teilchen davon strotzte vor Absicht.

Zara grinste spöttisch, ihr Leuchten wechselte an den Rändern von Blau zu Ultraviolett. »Jetzt redest du meine Sprache.«

Ren richtete sich auf und wischte sich mit dem Ärmel über die Augen. Das Mal war jetzt hell und pulsierte im Takt mit ihrem Atem. »Tun wir's.«

Vincent betrachtete die Akten, den Wein und seine eigenen geschundenen Fingerknöchel, die eigentlich schon längst hätten heilen sollen. Dann zuckte er langsam und unvermeidlich mit den Schultern. »Was ist das Schlimmste, das passieren kann?«

Mrs Barley stand auf und sammelte die Akten zu einem einzigen, tödlichen Dossier zusammen. »Dann sind wir uns einig. Wir kontrollieren den Entwurf.«

Es war kein Schrei, aber es war laut genug, um die Fenster vibrieren zu lassen.

Sie saßen lange da, die vier, und planten die nächsten Schritte mit der grimmigen Freude von Menschen, die nichts mehr zu verlieren und alles zu gewinnen hatten, indem sie logen, betrogen und einfach ein wenig länger überlebten als der Rest.

Und dann gingen die Lichter aus.

# SECHZEHN

Das Erlöschen des Lichts hinterließ eine so absolute Stille, dass sich sogar die geisterhaften Fußnoten ins Nichts zurückzogen, unwillig zu riskieren, Teil der nächsten Geschichte zu werden. Einen Augenblick lang war nicht klar, ob die Kälte im Raum von einem Geist, einer Prophezeiung oder einfach nur dem Auftakt zu einem Stromausfall herrührte.

Dann zischte Ren auf und krümmte sich, den Unterarm umklammernd. Das Mal des Lektors, das zuvor in einem verbotenen Büro-Blau geleuchtet hatte, brannte nun mit einer Spannung, die eher an einen chirurgischen Laser erinnerte. Es schien durch den Stoff ihres Ärmels und warf genug Licht, um Nachbilder auf die Innenseiten ihrer eigenen Lider zu brennen. Der Schmerz war mehr als nur Schmerz: Er war redaktioneller Natur, eine Korrektur mit dem Rotstift, die ihre Nerven hinauflief und bis in ihren Schädelansatz vordrang.

Vincent, dessen Augen sich noch an die Dunkelheit gewöhnten, spürte, wie seine Zähne länger wurden, während ein unter der Haut liegender Juckreiz sich mit langsamer Unausweichlichkeit ankündigte. Er unterdrückte den Drang, sie zu fletschen –

nicht der richtige Zeitpunkt, nicht die richtige Gesellschaft –, obwohl der Hunger, der sich sonst im Hintergrund nur spöttisch bemerkbar machte, nun mit der Endgültigkeit einer Deadline brüllte. Er stieß sich von der Wand ab, das Glas zitterte in seiner Hand, und atmete durch die Nase aus wie ein Boxer, der sich der letzten Runde nähert.

Zara hatte sich nicht so sehr bewegt, als vielmehr ihre Position im Raum neu justiert. In einem Moment war sie am Kopfende des Tisches, im nächsten schwebte sie direkt über Ren, ihr eigenes Leuchten in seltsamem Einklang mit dem des Mals. Sie warf keinen Schatten; selbst das Blau ihrer Umrisse schien die Möglichkeit von negativem Raum zu leugnen. Sie streckte die Hand aus, ließ ihre durchscheinende Handfläche durch Rens Arm gleiten, und für eine Sekunde ließ der Schmerz nach – nur um sich dann zu verdoppeln, als hätte die Berührung des Geistes dem Mal die Erlaubnis erteilt, sein volles Repertoire zu entfalten.

»Er ist auch an dich gekoppelt«, murmelte Zara, ihre Stimme sanft, aber mit einem hohen, mückenartigen Surren der Aufregung. »Du bist die Early-Access-Version. Frisch aus der Druckerpresse.«

Ren starrte sie wütend an, den Kiefer zusammengebissen, um nicht zu schreien. »Erzähl das mal meinem Nervensystem.«

Zara lächelte, aber es war nicht das Lächeln einer Mentorin; es war der beunruhigende Stolz einer Künstlerin, die zusieht, wie ihr Medium endlich reagiert. »Das hat er getan«, sagte sie und starrte geradewegs durch Ren hindurch auf etwas, das im Mark lebte. »Carmine hat jede Ausgabe gesät. Jeden Leser gezeichnet. Das ist nicht nur eine Prophezeiung – er verwandelt uns in eine Kette von Überarbeitungen. Wer auch immer das Mal trägt, ist der nächste Knotenpunkt im Netzwerk.«

Vincent gefiel nicht, worauf das hinauslief, aber die Alternativen waren schlimmer.

Zaras Blick wurde schärfer, und zum ersten Mal prallte

Vincents Sarkasmus an ihr ab. »Jeder, der die Prophezeiung jemals zitiert hat, ist Teil des Skripts. Je öfter sie aufgesagt wird, desto mehr läuft die Geschichte in sich selbst zusammen.« Ihre Gestalt verfestigte sich für den Bruchteil eines Herzschlags, ihr blaues Neonlicht flackerte zu einem grellen, unerträglichen Weiß auf. »Er ist hungrig, Vincent. Und er lektoriert dich bereits.«

Mrs Barley, die die Zwischenzeit damit verbracht hatte, ihre Stifte und Haftnotizen in Verteidigungsformationen zu bringen, klappte ihr Notizbuch mit einem Geräusch zu, das die diversen toten Pflanzen der Wohnung hätte aufwecken können. Sie rückte ihre Brille zurecht und musterte die Gruppe dann mit einem Blick, der sich weigerte, Panik zuzulassen. »Dann bereiten wir uns darauf vor, als wäre er bereits im Raum«, sagte sie mit flacher, unsentimentaler Stimme. »Das ist kein Ausbruch. Das ist eine Besessenheit.«

Ren sank zurück, ihr Arm pochte noch immer und das Blau war inzwischen von einem Aderwerk aus frischem Rot durchzogen. »Ich will nicht in seiner Geschichte sein«, sagte sie leiser als zuvor. »Ich würde lieber mein eigenes Ende schreiben.«

Mrs Barley nickte einmal. »Dann übernehmen wir die Kontrolle über das Drehbuch. Erster Schritt: das Mal eindämmen, die Exposition begrenzen. Zweiter Schritt: die Erzählung stören. Wir dürfen nicht zulassen, dass sich die nächste Phase ausbreitet.«

Vincent leerte seinen Wein in einem einzigen, unschönen Schluck. »Und wenn er schon in unseren Köpfen ist?«

Mrs Barley sah ihm direkt in die Augen. »Dann schreiben wir besser als er.«

Eine Stille, dick wie Kleister, senkte sich über den Raum. Selbst Zara schien ratlos; die harten Kanten ihrer Gestalt lösten sich in Nebel auf, während sie unentschlossen über dem Tisch schwebte. Der Haufen kommentierter Manuskripte begann im Takt von Rens pochendem Arm zu zucken, jedes Rascheln und Knistern ein möglicher Übergriff von der anderen Seite.

Vincent betrachtete das Mal, dann die Lampe, dann die Spiegelung der Lampe im leeren Fernsehbildschirm. »Er beobachtet uns«, sagte er, und die Worte fühlten sich unangenehm richtig an. »Jedes Mal, wenn wir sprechen, jedes Mal, wenn wir uns erinnern. Er ist immer eine Zeile voraus.«

Zaras Lippen verzogen sich, als würde sie den Geist von Carmine herausfordern, es besser zu machen. »Das ist das Tolle am Totsein«, sagte sie mit dünner, scharfer Stimme. »Macht es nur schwieriger, lektoriert zu werden.«

Mrs Barley erhob sich und strich mit einer einzigen, gezielten Bewegung ihren Rock glatt. »Wir tauchen für heute Nacht unter«, sagte sie. »Keine Diskussionen mehr, keine schriftlichen Aufzeichnungen. Morgen tragen wir den Kampf zu ihm.«

Ren umfasste ihren Arm, das Mal verborgen, aber immer noch genug Licht ausstrahlend, um die Silhouette ihrer Adern zu zeichnen. »Er wird uns folgen«, sagte sie. »Das tut er immer.«

Mrs Barleys Blick war beinahe gütig. »Lass ihn nur. Aber wir wählen das Schlachtfeld.«

Vincent ließ seine Reißzähne wachsen, nur um der Genugtuung willen, und biss so fest auf den Rand seines Glases, dass die Oberfläche zerkratzte. »Wenn er eine Szene will, geben wir ihm eine Vorstellung.«

Zara schwebte zum Fenster, blaues Licht sammelte sich um ihre Füße. »Das wird ihm gefallen«, sagte sie. »Er hatte schon immer einen Hang zum Dramatischen.«

Mrs Barley trieb Ren sanft, aber unnachgiebig in das innere Zimmer. Vincent blieb zurück und überblickte die Wohnung – ihre Papierstapel, ihr geisterhaftes Nachglühen, den schwachen Geschmack von Prophezeiung, der noch in der Luft hing. Er fragte sich, was es bedeutete, von einem Geist lektoriert zu werden, und ob es am Ende irgendeine Version von ihm selbst in die Endfassung schaffen würde.

Die Dunkelheit hielt an und drängte von den Rändern herein. Für einmal fand Vincent Trost darin.

Morgen würde Carmine eskalieren. Aber für heute Nacht konnte man nur überleben und hoffen, dass man, wenn die nächste Szene begann, seine eigenen Zeilen noch erkennen würde.

Und irgendwo, im Stapel lebendigen Papiers, begann sich ein neuer Absatz zu schreiben – geduldig, unausweichlich und bereit für die nächste Bearbeitung.

# SIEBZEHN

Die *bar du jour* der Modernisierer war, genau genommen, gar keine Bar. Der Veranstaltungsort, ein Dach im vierten Stock auf einem alten Nebengebäude des Justizministeriums, war von jemandem mit einem Händchen für improvisierte Gastfreundschaft und einem morbiden Sinn für Humor umfunktioniert worden. Die Hauptattraktion war die Aussicht: das Parlament, der Fluss und die smogverhangene Skyline – all das ließ sich am besten durch einen Dunst aus Bass und von hinten beleuchtetem Wodka genießen. Jemand hatte sogar LED-Kreuze an den Geländern angebracht, die zwischen Ultraviolett und Blutorange wechselten, damit die Menge die Illusion einer permanenten Afterparty am Schauplatz ihrer eigenen Wiederauferstehung genießen konnte.

Vincent hasste es aus Prinzip.

Er kauerte am Rande der Menge, halb im Freien, halb verdeckt von einem Olivenbaum im Topf, dessen Sockel zu einem Aschenbecher verkommen war. Er trug seinen unauffälligsten Mantel, ein anthrazitfarbenes Ding mit gerade genug Polyester, um Blutflecken abzuweisen, und pflegte ein Glas Sodawasser, um als »hochfunktioneller Alkoholiker« durchzugehen und nicht als »uralte, wandelnde Schreckensbotschaft«.

Ren saß neben ihm auf einem Barhocker, die Knie angezogen, den Kapuzenpulli eng um ihr Gesicht gezogen. Sie nippte an Mineralwasser und tippte auf ihrem ramponierten Telefon herum, um die Gästeliste des Abends zu überprüfen. Das Mal an ihrem Arm war zu einem matten Aquamarin verblasst, aber jedes Mal, wenn ein Modernisierer im Umkreis von drei Metern vorbeikam, loderte es auf wie ein Stimmungsring mit Bindungsstörung.

Mrs Barley, die noch nie so deplatziert gewirkt hatte, patrouillierte mit einem Regenschirm (es regnete nicht) und einem Klemmbrett (es war tatsächlich ein Klemmbrett) am äußeren Rand. Sie bewegte sich mit der Sparsamkeit eines Sicherheitsmannes in einem Einkaufszentrum zur Schließzeit, ihr Blick schweifte im Fünf-Sekunden-Takt über die Menge und den Horizont. Wenn jemand versuchte, Kontakt aufzunehmen, setzte sie die Art von vernichtendem Lächeln auf, das ein mittelständisches Unternehmen hätte in den Ruin treiben können.

Zara war wie üblich ein Problem, um das sich andere kümmern durften. Sie flackerte am Rande des Daches auf und wieder weg, halb Substanz und halb Gerücht, und beobachtete die Menge mit der räuberischen Freude von jemandem, der einst eine Hochzeit nur des Dramas wegen in Brand gesteckt hatte. Gelegentlich schwebte sie nahe genug heran, dass Ren einen Schauer spürte, aber meistens schaute sie nur zu und wartete auf die unvermeidliche Katastrophe.

Die Menge war eine Studie in kultivierter Apathie, alle waren da, um zu sehen und gesehen zu werden, und die meisten waren mehr am Spektakel ihrer eigenen Darbietung interessiert als am eigentlichen Ereignis. Die Modernisierer waren heute Abend dicht gesät: blass, mit zu vielen Accessoires behangen und in verschiedenen Stadien des Fressens oder Gefressenwerdens. Einige hatten sterbliche Gäste mitgebracht –

Armschmuck, Blutpuppen oder die Art von Gothic-Touristen, die sich bei Tagesanbruch mit Selfies in ein flaches Grab befördern würden.

Vincent hasste sie am allermeisten.

Er warf einen Seitenblick auf Ren. »Erinnerst du mich noch mal daran, warum wir in der schlimmsten Cocktail-Lounge-Warteschlange der Welt stehen?«

Sie blickte nicht vom Bildschirm auf. »Weil hier das letzte Mal die Rekursion begonnen hat. Der Rat sagt, es soll um Mitternacht losgehen, plus oder minus dreißig Minuten, abhängig von der Anzahl der Influencer.«

Vincent verdrehte die Augen so heftig, dass sie ihm beinahe aus den Höhlen fielen. »Ich würde den Wärmetod des Universums einer weiteren Minute dieser Musik vorziehen.«

»Das ist keine Musik«, sagte Ren. »Das ist Marketing. Das merkt man daran, dass der Bass nur dann einsetzt, wenn jemand den Ort taggt.«

Vincent hätte etwas Gemeineres gesagt, aber genau in diesem Moment verstummte die Lautsprecheranlage der Bar mitten im Takt. Der Lärm von fünf Dutzend Gesprächen schwoll an, geriet dann ins Stocken und verstummte, als die Lichter gedimmt wurden.

Auf der anderen Seite des Daches, in der Nähe der Feuertreppe, hatte sich ein Ring von Modernisierern um einen alten Steintisch versammelt – wahrscheinlich aus dem ursprünglichen Sitzungssaal des Ministeriums stibitzt und nun als Altar für virale Aufmerksamkeitsspannen dienend. Auf dem Tisch standen Getränke, Telefone und ein einziges, antikes Hauptbuch, eingebunden in etwas, das aussah wie Menschenhaut und das Bedauern geringerer Sterblicher.

Vincent verengte den Blick. »Ist das ...?«

Ren nickte. »Vom Rat ausgestellt. Zweite Auflage, gedruckt, bevor sie anfingen, die Ränder mit Wasserzeichen zu versehen.«

Er zuckte zusammen. »Mutig von ihnen, es zu einem Kampf mitzubringen.«

Sie zuckte mit den Schultern. »Vielleicht sind sie der Köder.«

Die Luft veränderte sich – Vincent spürte es, bevor er es sah. Das Gewicht einer neuen Druckfront, der subtile Anstieg der Luftfeuchtigkeit und Verzweiflung. Er sah auf die Uhr: 23:53. Natürlich.

Mrs Barley erschien an seiner Seite, ganz die Geschäftsfrau. »Sie sind zu spät«, sagte sie, als kommentierte sie einen Zug und nicht eine mögliche Apokalypse.

»Es sind Modernisierer«, sagte Ren. »Die sind nur pünktlich, wenn eine Kamera da ist.«

»Oder eine Prophezeiung«, sagte Mrs Barley mit einem Blick auf den Tisch. »Das ist der Vektor.«

Vincent griff in seinen Mantel, zog ein Moleskine mit Eselsohren heraus und schlug es auf der letzten sauberen Seite auf. Er wusste nicht, warum er sich die Mühe machte; das letzte Mal, als er versucht hatte, eine Live-Prophezeiung zu dokumentieren, hatte das Notizbuch Feuer gefangen. Aber Gewohnheit war ein Trost, selbst wenn sie versuchte, einen umzubringen.

Die Menge begann sich zu verdichten, erst subtil, dann mit der verzweifelten Energie von Leuten, die wussten, dass sie gleich in den Schatten gestellt werden würden. Die Modernisierer am Altar hoben synchron ihre Telefone, ihre Ringlichter warfen eine kränkliche Blässe auf die umliegenden Gesichter. Jemand in der Menge begann einen langsamen Sprechgesang, der zu gleichen Teilen bedrohlich und pathetisch war.

Zaras geisterhafte Gestalt glitt neben Ren. »Du wirst gleich dein Spektakel bekommen«, murmelte sie, ihre Stimme vibrierte durch drei Dimensionen gleichzeitig. »Siehst du den Großen da, platinblondes Haar, Zirkusdirektormantel? Das ist der Wirt. Sein Name ist Cassian, aber er hat in den letzten sechs Monaten mindestens vier verschiedene Pseudonyme benutzt. Der Rat glaubt, er sei der nächste Entwurf von Carmines bevorzugter Marionette.«

Ren kniff die Augen zusammen, überprüfte ihr Telefon und nickte. »Er ist in den Akten. Hintergrund im Marketing, zwei Aufenthalte in der Entzugsklinik. Angeblich.«

»Angeblich«, wiederholte Vincent, »ist die einzig wahre Konstante.«

Sie sahen zu, wie Cassian das Hauptbuch hob und es mit einer theatralischen Geste in der Mitte aufschlug. Die Menge wurde still. Ein einzelner, blau-weißer Strahl aus dem Scheinwerfer eines Telefons beleuchtete die Seite. Cassian begann zu lesen, aber die Worte waren in keiner Sprache, die Vincent erkannte, zumindest nicht auf Anhieb.

Es begann in den Zähnen. Vincent spürte, wie sich sein Kiefer anspannte, die Fänge sich verlängerten – nicht das kontrollierte, praktische Ausfahren, das er nach Belieben bewerkstelligen konnte, sondern ein roher, unwillkürlicher Stoß. Sein Zahnfleisch riss auf, Blut sammelte sich unter der Zunge. Dasselbe geschah überall: ein Welleneffekt, Fang um Fang durchbrach die Oberfläche, wie Haie in einer blutwarmen Bucht.

Die Prophezeiung schlängelte sich aus der Luft, kroch über die Stahlgeländer, die Gläser, sogar die LED-Kreuze. Worte ritzten sich in feiner, schwarzer Schrift in die Oberflächen, als wäre die Bar zu einem Palimpsest geworden und die Prophezeiung das Einzige, was zählte.

Ren zuckte zurück, ihr Mal leuchtete nun hell genug, um das Innere ihres Kapuzenpullis zu erhellen. »Er springt«, sagte sie. »Es benutzt die Hardware. Jedes Telefon, jeder Lautsprecher, jeder Livestream – er ist überall.«

Mrs Barley zauberte einen Füllfederhalter aus dem Nichts und begann zu schreiben, ihre Hand bewegte sich schneller, als es möglich sein sollte. »Er hat es nicht auf die Vampire abgesehen«, murmelte sie. »Er hat es auf das Narrativ abgesehen. Die Sterblichen sind die Batterie.«

Vincent blickte rechtzeitig auf, um zu sehen, wie Cassians Gesicht für einen Moment eine Störung aufwies, als hätte jemand mitten in der Realität ein Bild ausgelassen. Seine Züge verschwammen, flackerten und setzten sich dann wieder zusammen mit einem Lächeln, das jeden Zahn bis hin zu den Weisheitszähnen zeigte.

Er sprach, und die Stimme war nicht seine. Es war Carmines, gedehnt und vielschichtig, verstärkt durch den vereinten Kehlkopf aller Anwesenden.

»Die Geschichte ist keine Wunde, die geheilt werden muss. Sie ist ein Festmahl für die Zukunft. Lasst die Vergangenheit ausbluten, und möge das Mark nähren, was als Nächstes kommt.«

Ein Schock ging durch die Menge. Die Sterblichen fielen zuerst: die Augen verdreht, die Arme steif, jeder von ihnen sang die letzte Zeile in perfekter, ungebrochener Synchronität. Vampire folgten, viele brachen zusammen, als wären sie von einer Axt getroffen worden, die wenigen Unglücklichen, die noch standen, verbreiteten nun den ausgewachsenen Prophezeiungsvirus, Worte strömten aus ihren Mündern, als wären sie in Druckertinte getaucht worden.

Zara klatschte entzückt. »Das ist eine gute! Er wird im Höhepunkt immer besser.«

Ren krümmte sich, ihr Mal pulsierte in wilden, arrhythmischen Blitzen. »Er schreibt sie um. Alle von ihnen. Das ist keine Prophezeiung, das ist ein verdammtes Firmware-Update.«

Vincent spuckte Blut, seine eigene Stimme vielschichtig und heiser. »Wie halten wir es auf?«

Mrs Barley antwortete nicht. Stattdessen warf sie ihr Notizbuch in die Luft, die Seiten fächerten sich auf und fingen die eingeritzte Prophezeiung ein, während sie fielen. Das Papier fing Feuer, brannte blau, und die Asche schwebte aufwärts und buchstabierte die ursprüngliche Zeile im Negativ, während sie verzehrt wurde.

Die LED-Kreuze begannen kurzzuschließen und blitzten zwischen Ultraviolett und stroboskopischem Orange, der Effekt war so intensiv, dass sogar die Vampire zu kauern begannen. Auf der anderen Seite des Altars erlangten eine Handvoll Modernisierer die Kontrolle zurück, schüttelten den Effekt ab und rannten zu den Treppen. Einer stolperte, landete mit dem Gesicht voran in einem Pflanzkübel und stand nicht wieder auf.

Cassian – nein, Carmine – hob die Arme und ließ das Hauptbuch zuknallen. Die Luft erzitterte.

Mrs Barley beugte sich zu Vincent, die Stimme so leise, dass sie kaum über den Lärm der Menge zu hören war. »Stören Sie die Hardware. Unterbrechen Sie den Kreislauf, und Sie unterbrechen die Schleife.«

Vincent verschwendete keine Sekunde. Er schnappte sich das nächste Telefon, zertrat es auf den Dielen und beförderte ein zweites mit einem Tritt ins nächste Postleitzahlengebiet. Ren, wieder auf den Beinen, riss am Hauptkabel der Soundanlage und sah zu, wie die Lautsprecher knallten und zischten und dann verstummten.

Es funktionierte, ein wenig. Die Sterblichen blinzelten, einige brachen in Haufen zusammen, andere schwankten, als erwachten sie aus einem sehr bösen Traum. Aber Carmine war immer noch da und bewohnte Cassians Körper mit der ganzen Selbstverständlichkeit eines unbezahlten Praktikanten.

Vincent straffte die Schultern, fletschte die Zähne und sagte: »Wenn Ihr die Geschichte umschreiben wollt, müsst Ihr bei mir anfangen.«

Carmine/Cassian grinste. »Du bist bereits die Korrektur, Vincent. Alles, was jetzt geschieht, ist nur noch eine Fußnote.«

Die Modernisierer – jene, die noch standen – begannen, sich im Gleichtakt zu bewegen, mit gestrafften Schultern, die Augen weit aufgerissen und milchig, die Münder bewegten sich in perfekter Synchronität, als hätten sie alle im selben Moment beschlossen, ihre Firmware zu aktualisieren.

Die Sterblichen folgten, die Infektion war langsamer, aber nicht weniger endgültig. Jene, die Cassians Altar am nächsten gewesen waren, zuckten und schlurften jetzt umher, ihre Lippen zu unheimlichen, starren Grinsfratzen verzogen. Der Glamour war zusammengebrochen; was übrig blieb, war eine Menagerie von Begierden, von denen jede verzweifelt versuchte, die Erste in der Schlange zu sein.

Vincent hatte kaum Zeit, die neue Gefahrenlage zu erfassen, als sich ein spindeldürrer Modernisierer auf ihn stürzte, die Zähne fletschte und die Hände zu Klauen krümmte. Er trat zur Seite, packte den Jungen am Kragen und schleuderte ihn gegen einen Tisch, wobei das Holz mit einem Geräusch zersplitterte, das jeden Tischler zum Weinen gebracht hätte. Zwei weitere griffen ihn von beiden Seiten an, einer mit einer zerbrochenen Flasche in der Hand, der andere schwang ein Paar Acrylnägel wie Skalpelle.

Er kassierte den Schlag mit der Flasche – das Glas schlitzte kalt und oberflächlich über seinen Kiefer –, dann drehte er sich um, rammte der Acryl-Assassinin einen Ellbogen in die Rippen und stieß sie in die nächste Gruppe stöhnender, halb aufgerichteter Sterblicher.

»Mrs Barley!«, schrie er und blickte dorthin, wo er sie zuletzt gesehen hatte.

Sie hatte alle Hände voll zu tun. Der Regenschirm, nun als Knüppel eingesetzt, zog einen Bogen durch die Luft und traf einen angreifenden Modernisierer direkt an der Schläfe. Der Körper fiel zuckend zu Boden und der Schirm wirbelte in ihrer Hand wie die Axt eines Henkers. Mit der freien Hand hatte sie einen roten Swingline-Tacker gezückt – klassische Büroausstattung, von der Sorte, die die meisten nuklearen Katastrophen überdauern konnte – und ihn benutzt, um das Revers des Mantels eines Wiedergängers an dessen eigene Brust zu heften. Er wehrte sich, aber Mrs Barley schlug die Klammer einfach mit dem Handballen flach und machte weiter, wobei sie die Bedrohungen mit der Effizienz einer Frau ausschaltete, die noch nie eine Besprechung unvollendet gelassen hatte.

Vincent hätte gern länger zugesehen, aber die nächste Welle traf ihn.

Ren hatte nicht so viel Glück. Eine der Sterblichen – weiblich, das Haar zu einem strengen Dutt gebunden, die Augen so ausdruckslos und leer wie ein Handy mit 1 % Akku – packte sie am Hals, hob sie vollständig vom Boden hoch und schmetterte sie so hart gegen das Geländer, dass das Metall sang. Ren keuchte, ihre Füße scharrten auf den Dielen, ihre Hände krallten sich in das Handgelenk. Das Mal an ihrem Arm loderte auf, ein vertikaler Stachel aus weißem Licht, so heiß, dass er Nachbilder auf der Innenseite von Vincents Schädel hinterließ.

»Lass los!«, schrie Ren, aber die Stimme, die aus ihr drang, war nicht ihre eigene – sie war vielschichtig, wie ein Chor, und Carmines Strophen kräuselten sich von ihrer Zunge in die Luft:

»Das Fleisch ist Erinnerung. Das Blut ist Aufzeichnung. Lass es dich schreiben, Zeile für Zeile.«

Der Griff der Sterblichen wurde fester. Rens Gesicht färbte sich tiefblau, dann nahm es einen Farbton an, der in keinem menschlichen Spektrum vorkam. Vincent schoss los und ignorierte den Wiedergänger, der es schaffte, ihn mit einem abgebrochenen Tischbein knapp unterhalb des Brustkorbs zu erwischen. Er riss die Frau von Ren weg, verdrehte ihren Arm, bis etwas knackte, und schleuderte sie über das Geländer. Sie schrie nicht einmal – sie schlug nur drei Stockwerke tiefer mit einem Geräusch wie nasses Zeitungspapier auf dem Boden auf.

Ren brach keuchend auf den Dielen zusammen. Das Mal loderte immer noch und pulsierte im Takt ihres Herzens, jeder Schlag langsamer als der letzte.

Vincent beugte sich hinunter und riskierte einen Blick auf ihr Gesicht. Sie war blass, die Augen fast verdreht, die Lippen bewegten sich, als rezitierte sie aus einem Skript, das nur sie sehen konnte.

»Halt durch«, zischte er und presste seine Hand auf ihr Mal, um es vor dem zu schützen, was sie bei lebendigem Leibe zu verbrennen schien. Der Schmerz war augenblicklich und total – Hitze schoss seinen eigenen Arm hinauf und setzte jede einzelne Nervenendigung in Brand, aber er hielt nicht inne.

Von hinten hallte Carmines Stimme erneut wider – nicht durch Lautsprecher, nicht durch Sterbliche, sondern aus dem Mund von Cassian, der sich irgendwie wieder aufgerappelt hatte. Das Hauptbuch, verbrannt und schwarz, klebte an seinen Händen, die Finger durch Blut und geschmolzene Tinte mit dem Einband verschmolzen.

»Ihr glaubt, Ihr könnt den Kreislauf durchbrechen?«, spuckte Carmine. »Du warst der Kreislauf. Der Blutbarde. Die Korrektur. Jede Geschichte braucht ein Opfer.«

Vincent sah Ren an, dann Mrs Barley, die nun drei Modernisierer gleichzeitig abwehrte, ihr Regenschirm ein verschwommener Schemen. Er wusste, was kommen würde, aber er tat es trotzdem.

Er ließ die Reißzähne ausfahren, in voller Länge, und biss sich ins eigene Handgelenk, wobei er mit geübter Effizienz eine Vene aufriss. Er presste die Wunde auf Rens Mund und zwang ihre Lippen auseinander, wobei er ihre Widerstandsversuche ignorierte. Blut strömte hinein, heiß und voll Adrenalin, und für einen Moment dachte Vincent, sie würde ersticken. Aber dann zog sich ihre Kehle zusammen und sie schluckte.

Die Wirkung war unmittelbar. Das Mal sog das Blut auf, zischte erst und glühte dann in einem tiefen, infernalischen Rot. Rens Augen sprangen auf, die Pupillen geweitet, und sie stieß einen Keucher aus, der in einem Schrei endete.

Carmines Stimme, die durch die Luft getragen wurde, stockte.

»Siehst du?«, bellte Vincent mit rauer Stimme. »Wir können das Ende ändern. Selbst wenn wir schummeln müssen.«

Er zog Ren hoch, während immer noch Blut von seinem Handgelenk tropfte. Sie hustete, spuckte und wischte sich dann mit dem Handrücken den Mund ab, wobei sie Vincent mit einer Mischung aus Entsetzen und Dankbarkeit anstarrte.

»Mach das nie wieder«, krächzte sie.

Vincent grinste, obwohl die Muskeln in seinem Gesicht vor Protest schrien. »Einmaliges Angebot. Nächstes Mal bist du auf dich allein gestellt.«

Die Luft flimmerte. Cassians Körper – nein, Carmines Echo – kam näher und schleifte das Hauptbuch wie ein verletztes Glied hinter sich her. Die Worte auf dem Einband krochen, formierten sich neu und rissen dann entlang des Buchrückens auf. Eine Klinge, dünn und schwarz wie ein Negativ, trat aus dem Spalt hervor, ihre Schneide war mit Buchstaben gezackt.

Vincent machte sich kampfbereit. »Na los doch. Wenn du einen Edit-War willst, dann lass ihn uns haben.«

Carmine kam dem nach und schwang die Wortklinge in einem horizontalen Bogen. Vincent duckte sich, aber die Spitze erwischte seine Schulter und öffnete eine Wunde, aus der sowohl Blut als auch etwas Dunkleres strömte – flüssige Schrift, die sich auf den Dielen sammelte und sich wie Säure durch das Deck fraß.

Vincent brüllte und schlug Carmine mit der Faust ins Gesicht. Der Aufprall war solide, aber Carmine blutete nicht; stattdessen flackerten seine Gesichtszüge, jeder Treffer ersetzte eine Zeile durch eine andere, als hätte der Schlag einen Fehler im zugrunde liegenden Entwurf erzwungen.

Hinter ihnen war die Menge in reine Gewalt verfallen. Mrs Barley war ganz auf den Tacker umgestiegen, ihre Augen wild, aber konzentriert, während sie sich wie ein bürokratischer Tornado durch die Wiedergänger bewegte. Zara phaste rein und raus, brachte mal einen Angreifer zu Fall, mal flackerte sie durch eine Wand, um Ren Anweisungen zuzurufen.

»Jetzt, Ren!«, rief sie, ihre Stimme in drei Harmonien gespalten. »Stör das Mal!«

Ren, auf den Knien, presste beide Hände auf ihren Arm. Das Mal, wild und rot, pulsierte stärker. Sie biss die Zähne zusammen und begann dann zu rezitieren – nicht Carmines Zeilen, sondern ihre eigenen. Fragmente aus jedem Bericht, jedem gescheiterten Ratsmemo, jedem Stück Bürokratie, das ihr seit Beginn dieses Albtraums in den Schädel gehämmert worden war.

»Beobachtung«, sagte sie. »Subjekt zeigt rekursive Feindseligkeit. Reaktion: gezielte Störung. Das Gegenwärtige archivieren, das Vergangene annotieren. Die Zukunft bearbeiten.«

Während sie sprach, veränderte sich das Mal – Segmente brachen auf, ordneten sich neu, wurden weniger zu einer Kette und mehr zu einem Schriftstück. Jedes Wort, das sie sprach, schwächte Carmines Einfluss; die Prophezeiungszeilen in der Luft schwankten, verloren ihre Form und zersplitterten zu Fußnoten und Randbemerkungen.

Carmine heulte auf und stürmte mit erhobener Wortklinge auf Vincent zu. Vincent fing die Klinge mit beiden Händen ab, ignorierte, wie sie sich in seine Handflächen schnitt, und riss sie zur Seite. Mit einem letzten Kraftakt verpasste er Carmine eine Kopfnuss mitten auf die Nase und stieß dann das Hauptbuch auf den Altar hinunter, um es festzunageln.

»Mrs Barley!«, schrie er. »Den Füller!«

Sie warf den Füllfederhalter mit tödlicher Präzision. Vincent fing ihn und stieß ihn in die Naht des Hauptbuchs. Das Buch wand sich, kreischte und explodierte dann in einem Schwall Tinte, der Vincent von Kopf bis Fuß bedeckte.

Carmine – nein, Cassian – sackte in sich zusammen, die Augen verdrehten sich. Die Klinge löste sich auf, schwarze Worte stiegen in die Nacht auf und wurden von der Brise davongetragen.

Einen langen Moment lang geschah nichts.

Vincent taumelte und fiel auf ein Knie. Er konnte seine Hände nicht spüren. Seine Kleidung war durchnässt, klebrig, Seiten der Prophezeiung klebten nun an seiner Haut. Er sah sich um. Mrs Barley lehnte erschöpft am Geländer, der Regenschirm zerbrochen, schwer atmend. Zara schwebte über dem Gemetzel, ihre Umrisse flackerten im Nachglühen verbrauchter Energie.

Ren kroch zu Vincents Seite, ihr Mal war nun ein sanftes, düsteres Blau. »Du hast es geschafft«, flüsterte sie mit zitternder Stimme.

Vincent grinste, blutig und tintenverschmiert. »Wir hatten ja nicht viel Wahl, oder?«

Aus den Trümmern begannen sich einige Sterbliche zu regen, stöhnten und rieben sich die Köpfe, als erwachten sie aus dem schlimmsten Kater aller Zeiten. Die überlebenden Modernisierer lagen in Fötusstellung gekrümmt, einige schluchzten, andere starrten nur zu den Sternen, ihre Münder bewegten sich in stummen, unvollendeten Sätzen.

Vincent half Ren auf. Gemeinsam humpelten sie über das Deck, wichen Leichen und zersplitterten Möbeln aus und fanden Mrs Barley. Sie war am Leben, aber ihr Kostüm war ruiniert – Blut, Tinte und mindestens ein Daumenabdruck, der nicht ihr eigener war.

»Geht es Ihnen gut?«, fragte Ren.

Mrs Barley nickte. »Nie besser. Ich glaube, ich habe mir das Handgelenk ausgerenkt.«

Vincent überblickte das Schlachtfeld. »Glaubst du, das war's? Ist Carmine fort?«

Zara schwebte neben ihnen herab, ihr Gesicht ungewöhnlich ernst. »Er ist niemals fort. Nur umgeschrieben. Das war nur ein Entwurf.«

Vincent blickte auf seine Hände – immer noch blutend,

immer noch sickerte Tinte heraus. »Dann sollten wir wohl besser unsere Bleistifte spitzen.«

Ren zitterte, aber ihr Mal war jetzt ruhig. Sie blickte zu Vincent, dann zu Mrs Barley und dann zu Zara. »Wenn er zurückkommt, werden wir bereit sein.«

Mrs Barley schaffte ein Lächeln und zog dann eine Zigarette aus einer Tasche ihrer ruinierten Jacke. »Wir nehmen es ins Protokoll auf«, sagte sie und zündete sie mit zitternder Hand an.

Vincent starrte auf die Stadt, auf die blauen Lichter, die sich auf der Straße unter ihnen sammelten, auf die Art, wie der Rauch von Mrs Barleys Zigarette in die Dunkelheit aufstieg und verschwand.

Er dachte an Carmine, an die Prophezeiung, an den nächsten Zug in diesem endlosen Spiel.

Und zum ersten Mal fühlte er sich nicht wie ein Opfer. Er fühlte sich wie ein Überlebender.

Sie sammelten sich, verbanden ihre Wunden und bereiteten sich darauf vor, das nächste Kapitel zu schreiben – wie viele Entwürfe es auch immer dauern würde.

Über ihnen vibrierte die Nacht mit neuen Worten, die darauf warteten, geschrieben zu werden.

Und in der Ferne begannen endlich die ersten Sirenen zu heulen.

# ACHTZEHN

Im Saal des Rates erhoben sich die Reihen der abgestuften Bänke in konzentrischen Bögen, jeder Sitz besetzt von einer Gestalt, deren Anzug oder Robe nicht nur dem Körper, sondern der Seele seines Trägers auf den Leib geschneidert schien: reiche Brokate, strenges Kaschmir, das gelegentliche Aufblitzen eines Siegelrings, der so alt war, dass er die Pest live miterlebt haben könnte. Dunkle Holzvertäfelungen erstreckten sich die Wände hinauf, in jede war der Name eines gescheiterten Paktes oder vergessenen Friedensabkommens geschnitzt; die oberen Bereiche verloren sich in einer künstlichen Dämmerung, wo Kerzenleuchter wie lauernde Raubtiere glühten.

Vincent stand mit Mrs Barley und Ren an seinen Flanken in der Mitte des Saales, jeder von ihnen in einem Gatter eingepfercht, das keine andere Funktion zu haben schien, als die Angeklagten daran zu erinnern, wie verdammt allein sie waren. Selbst die Luft fühlte sich anders an – gefiltert durch einen unheimlichen Prozess, der allen Komfort entfernte und ihn durch ein schwaches, die Zähne reizendes statisches Knistern ersetzte.

Am Kopf des Saales, auf einem Stuhl sitzend, der jeden Thron in den Schatten stellte, den Vincent je außerhalb des Vatikans gesehen hatte, führte Ältester Mortimer Blackthorn den Vorsitz. Blackthorn sprach nicht so sehr, als dass er Silben detonieren ließ. Er eröffnete das Verfahren mit einem Knall – buchstäblich, als sein Hammer auf das Marmorpodest schlug und eine sichtbare Delle hinterließ.

»Zu Protokoll«, intonierte Blackthorn, »dass die sogenannten Gezeichneten Drei in jeder Hinsicht dabei versagt haben, den Ausbruch der Rekursion einzudämmen. Ferner sei zu Protokoll gegeben, dass sie im Zuge ihrer Inkompetenz die menschlichen Behörden der Stadt misstrauisch gemacht, den Pakt kompromittiert und ...« Er warf einen Blick auf ein Tablet und scrollte mit der verächtlichen Geschwindigkeit von jemandem, der Spam-Mails löscht, »... es den sozialen Medien ermöglicht haben, eine vertrauliche Katastrophe in einen internationalen Witz zu verwandeln.«

Eine Welle höhnischen Gelächters brandete von den Ratsbänken auf. Vincents Blick traf den von Ältester Cosgrove, einem wolfsgesichtigen Überbleibsel des viktorianischen öffentlichen Dienstes, dessen Ausdruck alles sagte, was über Neureiche und niedere Rassen gesagt werden musste. Cosgrove beugte sich zu seinem Nachbarn und flüsterte laut genug, dass der ganze Saal es mitbekam: »Inzwischen ist selbst die Klatschpresse diskreter.«

Ren verlagerte ihr Gewicht. Das Mal pulsierte mit einem subtilen, verräterischen Glühen durch ihren Ärmel. Vincent sah sie an und versuchte, ihr zu signalisieren, den Kopf unten zu halten, doch sie war damit beschäftigt, den doppelten Kampf gegen Erschöpfung und Entsetzen zu führen. Ihre Haut hatte die Durchsichtigkeit von billigem Reispapier; ihr Kiefer war so fest angespannt, dass es aussah, als könnte er jeden Moment zerspringen.

Blackthorn fuhr fort: »Wir sind nun Gegenstand offenen Gespötts. Sterbliche posten Ihre Gesichter, Ihre Namen«, seine

Augen bohrten sich in Vincent, der den Blick mit einer über Jahrhunderte verfeinerten Unverschämtheit erwiderte, »neben Bildern der Wiedergänger und des sogenannten ›Modernisierer-Massakers‹. Hashtag: VampireSindEcht. Hashtag: TrinktVerantwortungsvoll. Hashtag: LupoDerWütende, in vier Ländern im Trend.« Der Hammer schlug erneut auf. »Erklären Sie sich.«

Vincent seinerseits hatte Erklärungen irgendwo zwischen dem Ersten und Zweiten Weltkrieg aufgegeben. Er öffnete den Mund, doch Mrs Barley fiel ihm mit der tödlichen Effizienz eines Hochgeschwindigkeitszugs ins Wort. »Ratsmitglieder«, sagte sie, ihre Stimme eher schneidend als tragend. »Wir haben einen vollständigen Ereignisbericht vorbereitet, komplett mit bestätigenden Unterlagen – Zeugenaussagen, elektronischer Forensik und physischen Beweisen für die Mutation des Mals. Wenn der Saal gestattet ...«

Cosgrove stöhnte. »Noch ein Dossier? Gibt es darin einen einzigen Satz, den Sie nicht vom vorherigen abgeschrieben haben?«

Mrs Barley zog einen Manila-Umschlag hervor, dick vor Tinte und Sturheit, und reichte ihn dem Gerichtsdiener (der, wie Vincent bemerkte, Handschuhe trug, als könnte der Umschlag beißen). »Anhang B enthält *neue* fotografische Beweise der spektralen Manifestation in Zara Delacourts Wohnung. Anhang D beinhaltet eine Zeitrafferaufnahme des Fortschreitens des Mals. Zusammenfassend glauben wir, dass sich Carmines Rekursion über die einfache memetische Übertragung hinaus entwickelt hat. Er ist nun ...«

Blackthorn schnitt ihr mit einer erhobenen Hand das Wort ab. »Sie wollen damit sagen, der Geist frisst sich durch die Gezeichneten, und Sie haben zugelassen, dass ein Mitglied Ihres eigenen Teams«, er deutete mit dem Kinn auf Ren, »zu einer Überträgerin dieser Seuche wird?«

Mrs Barleys Gesicht blieb unbewegt. »Wir haben das Protokoll des Rates befolgt. Beobachtung, Eindämmung und – wenn möglich – Quarantäne der infizierten Parteien. Das Versagen lag nicht in unseren Methoden, sondern in der Unterschätzung von Carmines Fähigkeit zur narrativen Selbstmodifikation.«

Ein Kichern von den Bänken, diesmal aus der obersten rechten Reihe, wo die jüngsten Ratsmitglieder wie wohlgenährte Anwälte bei einem Disziplinargericht saßen. Einer, dessen Akzent auf drei Generationen Schweizer Benimmschule und eine vierte Generation alpiner Inzucht schließen ließ, sagte: »Ist das derselbe Carmine, der 1983 durch eine Maßnahme des Rates ausgelöscht wurde? Der, von dem mir versichert wurde, er könne niemals wieder den Schleier durchqueren?«

Mrs Barleys Hände zuckten an ihrer Seite, der winzigste Anflug von Zorn, der ihre Fassung durchbrach. »Carmines Löschung war unvollständig. Oder, genauer gesagt, es war überhaupt keine Löschung. Er wurde archiviert.«

Vincent bewunderte die Art, wie sie es sagte, als wäre archiviert zu werden ein schlimmeres Schicksal, als erschossen, begraben und für eine Regierungsuntersuchung exhumiert zu werden.

»Ihre Beweise sind Indizien«, spottete Cosgrove. »Spektralfotos, korrumpierte Notizbücher, Hörensagen von Sterblichen und diesem ...«, er machte eine vage Geste in Rens Richtung, »... diesem kaum empfindungsfähigen gezeichneten Mädchen, das allen Berichten zufolge die halbe Operation über bewusstlos war. Es gibt keinen einzigen glaubwürdigen Zeugen.«

»Sie ist genau hier«, sagte Vincent, und seine Stimme durchdrang das Gelächter. »Wenn Sie eine Aussage wollen, fragen Sie sie doch selbst.«

Blackthorns Augenbrauen hoben sich und fielen dann wieder wie ein Fallbeil. »Sehr wohl. *Miss Ren*, was erwidern Sie auf den Vorwurf, dass Sie kompromittiert sind?«

Rens Stimme war, als sie sich erhob, schwach, aber scharf

genug, um zu verletzen. »Das Einzige, was hier kompromittiert ist, ist der Mangel an Dringlichkeit des Rates. Carmine ist nicht nur im Mal, er benutzt es als Kristallisationskeim. Je mehr Sie versuchen, ihn auszulöschen, desto stärker wird er.«

Einige Ratsmitglieder beugten sich bei diesen Worten tatsächlich vor, als würde ihnen plötzlich bewusst, dass sie möglicherweise mit der nächsten großen Katastrophe in einem Raum saßen.

Mrs Barley ergriff den Moment. »Wir beantragen sofortige Ressourcen – Personal, Archive, uneingeschränkten Netzwerkzugang. Wenn wir die Rekursion durchtrennen sollen, müssen wir die Erzählung an der Quelle stören.«

Blackthorn betrachtete sie, wie man einen Verkäufer gefälschter Handtaschen betrachten würde. »Ihr Antrag wird abgelehnt. Der Rat wird keine weiteren Ressourcen für eine Operation aufwenden, die von erwiesenen Stümpern geleitet wird. Das Chaos müssen Sie beseitigen. Die Konsequenzen tragen ebenfalls Sie.«

Er schlug zur Betonung mit dem Hammer zu.

Der Rest des Rates schien den Moment zu genießen. Cosgrove klatschte tatsächlich zweimal. Ein anderer Ratsherr, dessen Gesicht aussah, als wäre es aus Roheisen und altem Groll gemeißelt worden, lächelte. »Ich beantrage, dass wir jegliches Wissen über die Handlungen des Lupo-Teams, vergangen, gegenwärtig oder zukünftig, förmlich abstreiten.«

»Unterstützt«, sagte der Schweizer.

Blackthorn überblickte den Raum. »Alle dafür ...«

Eine Flutwelle von »Ja«-Rufen krachte durch den Saal. Die Minderheit, die dagegen war, tat dies schweigend.

Vincent hob die Hand und wartete, bis Blackthorn ihn bemerkte. »Nur um das klarzustellen«, sagte er, »wenn und falls Carmine die gesamte Geschichte Londons frisst, wer darf dann den Nachruf des Rates schreiben?«

Blackthorns Augen verengten sich, aber er sagte nichts.

»Ich will nur sichergehen, dass der Papierkram in Ordnung ist«, beendete Vincent, »bevor wir alle durch fühlende LinkedIn-Profile ersetzt werden.«

Mrs Barleys Lippen zuckten – das Nächste, was sie je einem Lächeln kam.

Das Urteil des Rates war ebenso endgültig wie unoriginell: »Sie werden das beenden, Lupo, oder Sie werden enden.«

Der Hammer schlug nieder, und die Lichter im Saal flackerten, um dann mit der ganzen Subtilität eines Erschießungskommandos aufzuleuchten.

Vincent, Ren und Mrs Barley wurden durch den unteren Korridor hinausbegleitet, vorbei an den Buntglasfenstern des Saales und der endlosen Galerie der Märtyrer und Versager des Rates. Die Türen schlossen sich hinter ihnen mit dem Geräusch eines Versprechens, das zum letzten Mal gehalten wurde.

Sie standen eine lange, stille Minute im Vorzimmer.

Mrs Barley brach als Erste das Schweigen. »Wir sind, wie die Sterblichen sagen, absolut am Arsch.«

Vincent grinste und entblößte gerade genug Reißzahn, um eine Statue zu erschrecken. »Wenn man schon gefeuert wird, kann man auf dem Weg nach draußen auch gleich das Gebäude niederbrennen.«

Ren, deren Beine unter ihr nachzugeben drohten, murmelte: »Was jetzt?«

Mrs Barley prüfte ihre Uhr, dann ihr Notizbuch, dann Vincent. »Jetzt? Wir tauchen unter. Wir finden Carmines nächsten Zug, bevor er ihn macht. Und wir dokumentieren alles, denn das Einzige, was gefährlicher ist als eine Prophezeiung, ist, was passiert, wenn niemand mehr da ist, um sie aufzuzeichnen.«

Vincent bot Ren seinen Arm an. Sie nahm ihn, ihr Griff überraschend stark. Gemeinsam verließen sie das Ratsgebäude und traten hinaus in die Stadt, der zum ersten Mal seit einem Jahrtausend wirklich die Ausreden auszugehen schienen.

Hinter ihnen, im Dunkeln, flackerten die Lichter des Saales ein letztes Mal, als hätte das Gebäude selbst gerade eine letzte Warnung erhalten.

Die Küche in Vincents Wohnung war technisch gesehen kein Jenseits, aber sie gab eine ganz gute Imitation ab: unschönes Licht, eine anhaltende Kühle, ein durchdringendes Gefühl unerledigter Angelegenheiten. Der Raum war erfüllt von der Tristesse alten Linoleums und dem Geruch von Desinfektionsmittel, das den Wert von einem Jahrhundert an verschütteten Flüssigkeiten, Lecks und emotionalem Durchsickern nie ganz überdecken konnte. Der Tisch war für drei Personen gedeckt, aber für den Krieg gerüstet: halbvolle Kaffeetassen, ein ramponierter Erste-Hilfe-Kasten, aus dem Klebeband und Schuldgefühle quollen, und der gemeinschaftliche Laptop, auf dem eine Tabelle mit der Überschrift »Aktive Eindämmungen: FUBAR-Edition« geöffnet war.

Ren kauerte am Kopfende des Tisches, ihre Haut fahl im blutleeren Schein der Lampe. Das Blut an ihrem Ärmel war zu dem Braun billiger Bratensauce eingedunkelt, aber die Wunde darunter sickerte an den Rändern immer noch in einem hässlichen Lila. Vincent, der eine meditative Fachkompetenz in der Triage erworben hatte, drückte eine Serviette auf den Schnitt und ignorierte ihr schmerzerfülltes Zischen.

»Ich hab gesagt, mir geht's gut«, schnappte Ren, obwohl ihre Stimme zitterte und sie seinem Blick nicht ganz standhielt.

Vincent schnaubte. »Dir geht's ungefähr so gut wie dem Modernisierer, der versucht hat, eine Discokugel zu fressen. Dein Puls ist ein schlechter Witz.«

Sie versuchte, ihre Hand wegzuziehen, aber er hielt sie fest und tupfte methodisch. Im Raum war es still genug, um das Ticken des Kühlschrankkompressors zu hören – eine Uhr, die auf etwas Unangenehmes herunterzählte.

Am anderen Ende hatte Mrs Barley einen Kommandoposten eingerichtet und erfüllte die Luft mit dem arrhythmischen Klopfen ihres Füllfederhalters. Sie machte sich Notizen an den Rändern eines Ausdrucks, der so stark kommentiert war, dass unklar war, ob der Originaltext noch erhalten war. Als sie sprach, tat sie es mit der absoluten Endgültigkeit einer Richterin, die ihr letztes Urteil vor der Pensionierung verkündet.

»Der Rat hat uns hängen lassen«, sagte sie, ohne aufzusehen. »Ihre Hoffnung, sofern man davon sprechen kann, ist, dass wir schnell sterben und das Problem mitnehmen.«

Vincent warf die blutige Serviette in die ungefähre Richtung des Mülleimers, verfehlte ihn um Längen und sah zu, wie Ren ihren Arm wiegte. »Also, alles wie immer«, sagte er, aber die Bitterkeit war echt.

Mrs Barleys Stift hielt inne. »Nicht ganz. Sie benutzen uns als Köder. Wenn Carmines Netzwerk eine Schwäche hat, dann die, dass es nicht widerstehen kann, die Geschichte zu Ende zu erzählen. Wir sind im Moment das einzig plausible Ende.«

Ein Geräusch über ihnen – ein leises, statisches Surren – kündigte Zaras Ankunft an. Sie materialisierte sich nahe der Decke, die Arme verschränkt wie eine besonders verurteilende Hauskatze. »Wenn ihr meinen Rat wollt ...«, begann sie.

»Will niemand«, sagten Vincent und Mrs Barley fast im Chor.

Sie grinste und ließ ihre Umrisse an den Rändern verschwimmen. »Dann fasse ich mich kurz. Carmine ist nicht nur in der Rekursion. Er ist die Rekursion. Wir wissen, dass jedes Mal, wenn jemand über ihn berichtet, ihn dokumentiert oder auch nur an ihn denkt, das verdammte Ding nur gefüttert wird. Der Rat will, dass wir die Erzählung töten, aber sie wissen nicht, wie man ohne eine agiert.«

Ren sah auf, ihre Augen schwarz im Lampenlicht. »Was sollen wir tun? Ihn ignorieren und hoffen, dass er sich langweilt?«

Zara lachte, ein Geräusch, das die Glühbirne flackern ließ. »Du denkst wie eine Bibliothekarin. Nein, du zerbrichst sie. Du machst sie so widersprüchlich, so selbstzerstörerisch, dass nicht einmal Carmine sich da herausredigieren kann.«

Vincent spürte die Anspannung, die wie Dampf von Mrs Barley aufstieg. »Das ist eine schöne Theorie«, sagte er. »Aber Carmine hat uns bereits bei jeder Gelegenheit ausmanövriert. Das Mal breitet sich aus, die Modernisierer sind wieder online, und der Rat wartet nur darauf, dass sich der Nachruf von selbst schreibt.«

Mrs Barley klappte ihr Notizbuch mit einem Geräusch wie eine Bärenfalle zu. »Dann kommen wir ihm zuvor. Wir weichen vom Drehbuch ab.«

Rens Stimme, klein aber eindringlich: »Wir haben immer noch das Mal. Er kann die Rekursion nicht vollenden, wenn er die Schleife nicht schließen kann. Richtig?«

Zara schwebte tiefer, geisterblau und spöttisch grinsend. »Es geht nicht darum, die Schleife zu schließen. Es geht darum, wer die nächste Zeile schreiben darf. Das bist du, Liebling. Warst du schon immer.«

Einen Moment lang sprach niemand. Vincent schritt zur Spüle, füllte ein Glas und trank es in einem einzigen, ununterbrochenen Zug leer. Er starrte aus dem Fenster und beobachtete, wie die Straßenlaternen die Gasse mit der Halbwertszeit gescheiterter Ambitionen bemalten.

Er drehte sich um, stemmte beide Hände auf die Arbeitsplatte und sah das Team an.

»Keine Observationen mehr. Keine Formulare mehr. Wir machen das nach unseren Regeln. Wir durchbrechen die Schleife, selbst wenn wir sie uns dafür selbst über dem Genick zerbrechen müssen.«

Mrs Barley nickte, keine Spur von Zweifel in ihren Augen. »Einverstanden.«

Ren schaffte ein Lächeln, zittrig, aber trotzig. »Schreiben wir etwas, das er nicht vorhersagen kann.«

Zara klatschte, leise und unaufrichtig. »Hals- und Beinbruch, Kinder. Oder Mal-Bruch.«

Vincent atmete aus und spürte, wie sich die Kälte in seinen Knochen festsetzte. »Das Wichtigste zuerst«, sagte er, blickte auf Rens Wunde, dann auf die Wand, wo, gerade noch im Lampenlicht sichtbar, eine neue Zeile von Carmines Schrift von der Fußleiste empor kroch.

Er lächelte. »Mal sehen, wie es Carmine gefällt, von einer schlüpfrigen paranormalen Liebesromanautorin redigiert zu werden.«

Die Wohnung hielt einen langen Moment lang den Atem an. Und dann, mit einem Klick und einem Summen, lockte die Stadt draußen – bereit für einen neuen Entwurf, geschrieben mit ihrem Blut, Schweiß und einem höchst fragwürdigen Sinn für Teamwork.

# NEUNZEHN

Das Modernisierer-HQ war mit der ganzen Subtilität eines neurodivergenten Kleinkindes bei einem Glitzer-Ausverkauf zusammengeschustert worden. Das »Loft-Apartment« (laut Inserat; in Wahrheit ein umfunktioniertes ehemaliges Teppichlager mit mehr Bauvorschriftsverstößen als Mietvertragsänderungen) war ein delirierendes Spektakel aus Geschmack, Geld und ungeniertem Solipsismus. Die Sichtziegelwände, bereits 2007 ein Klischee, waren sandgestrahlt und wieder freigelegt worden, bis ihre einzig verbliebene Funktion darin bestand, als Kulisse für den Aufruhr von Neon-Vampir-Schildern zu dienen. Professionelle Ringleuchten standen stramm wie Sturmtruppler, jede für einen anderen Influencer-Hautton optimiert, während an der Decke montierte Kameras in langsamen, algorithmischen Bögen den Boden abtasteten. Selbst die Möbel – die länglichen Diwane, die chirurgisch weiße Küchentheke, die Sitzsäcke, die wie riesige Silikon-Brustimplantate aussahen – waren weniger nach ihrem Nutzen als danach ausgewählt worden, wie sie auf einem Handybildschirm rüberkommen würden.

Vincent wollte den Laden bis auf die Grundmauern niederbrennen. Wenn das nicht ginge, hätte er sich auch mit Brandstiftung am gebrandeten »Type O-MG Detox-Kur«-Aufsteller zufriedengegeben, der einen Ehrenplatz auf einem Beistelltisch neben einer Vase mit genetisch unkenntlichen Blumen einnahm.

Er machte einen Schritt hinein und wurde von der Konfluenz aus Ringleuchten-Grelle und waffenartig eingesetztem rosa LED-Licht fast geblendet. Er fletschte reflexartig die Zähne und sah zu, wie die Ringleuchten reagierten, indem sie in den »Reißzahn-Highlight-Modus« schalteten. Jemand hatte sie so programmiert, dass sie die Eckzähne betonten.

Ren trat hinter ihm ein, mit aufgesetzter Kapuze und die Hände tief in den Taschen vergraben. Sie musterte den offenen Raum mit dem vorsichtigen Staunen von jemandem, der in das Hauptquartier einer Sekte hineingestolpert war und immer noch auf ein vernünftiges Gespräch hoffte. Das Mal auf ihrem Arm pochte einmal, ein schwaches Blau durch ihren Ärmel, als würde es ihr Gefühl der Antiklimax widerspiegeln.

Mrs Barley bildete die Nachhut, das Klemmbrett bereits im Anschlag und der Mantel gegen den visuellen Ansturm zugeknöpft. Sie zuckte bei dem Ansturm von Pastellbeleuchtung oder den drei verschiedenen Soundsystemen, die im Krieg miteinander lagen, nicht einmal mit der Wimper. Sie machte die nächstgelegene flache Oberfläche ausfindig, räumte zwei ungeöffnete »Bite Me, Babe«-Blutsmoothie-Kartons beiseite und richtete ihren mobilen Kommandoposten mit der Sparsamkeit von jemandem ein, der acht Jahre in der Ratsbeschaffung und im Londoner Stadtbezirk Hackney überlebt hatte.

Die Gastgeber trafen als passendes Set ein, jeder unwahrscheinlicher als der andere.

Aurelia Voss glitt über den offenen Boden, ihre Absätze auf dem polierten Beton lautlos, jeder Zentimeter von ihr auf maximale optische Resonanz berechnet. Sie hatte platinblondes Haar, Augen in der Farbe kalorienfreier blauer Himbeere und Wangenknochen, die aus einem Klima mit weniger Menschenrechtsgesetzen importiert zu sein schienen. Ihr Anzug war ein einziges, perfektes Weiß, makellos, als hätte er nicht einmal die Erinnerung an frühere Träger. Sie streckte Vincent eine Hand entgegen, aber die Geste war weniger eine Begrüßung als ein Test, um zu sehen, ob er sie vor einem Publikum ablehnen würde.

Cass Roe folgte und jonglierte mit drei Handys auf Selfie-Sticks, von denen jedes bereits an ein anderes Publikum streamte. Er hatte den nervösen, zuckenden Charme eines Gameshow-Moderators am dritten Tag einer Saftkur und trug einen tragbaren Akkublock von der Größe eines Kilo-Blocks C-4 bei sich. »Lupo der Lichtlose ist im Haus!«, verkündete er und strahlte direkt in sein Handy. »Fürs Protokoll, Leute: Das Original ist da. Haut auf den Like-Button, wenn ihr wollt, dass er die Reißzähne fletscht.«

In einiger Entfernung folgte Nyx Calder, die ihre DJ-Kopfhörer wie eine Dornenkrone trug und eine verspiegelte Sonnenbrille auf der Nase balancierte, obwohl der Raum inzwischen heller war als ein durchschnittlicher Operationssaal. Sie winkte mit zwei Fingern und ließ sich dann mit der Resignation von jemandem, der erwartete, dort zu sterben, auf einen Sitzsack fallen.

Vincent musterte den Raum, seine Augen verengten sich wieder auf den Aufsteller von »Type O-MG«. »Habt ihr Leute eigentlich jemals einen Ausschalter?«

Aurelia blitzte mit einem Lächeln auf, das für den Bruchteil einer Sekunde fast aufrichtig wirkte. »Nur, wenn es am Morgen einen besseren Markendeal gibt.«

»Sag das mal deinem Kumpel hier«, sagte Vincent und deutete auf Cass, der seinen Monolog bereits wieder aufgenommen hatte.

Cass ignorierte ihn und neigte das Handy für einen langsamen 360-Grad-Schwenk durch das Loft. »Die Elite des Rates, genau hier! Hier, um der Modernisierer-Bewegung ein existentielles Drama zu liefern. Klickt auf ‚Folgen‘, wenn ihr sehen wollt, wer den ersten Schlag austeilt.« Er schwenkte die Kamera auf Mrs Barley, die die Provokation keines Blickes würdigte.

Vincents Reißzähne juckten. »Mach das aus«, sagte er, ohne auch nur die Stimme zu heben. »Bevor ich dich auf links drehe und die Highlights an deine TikTok-Rivalen verkaufe.«

Cass überlegte kurz. »Könnte ich machen, ja.« Er steckte eines der Handys ein, ließ aber das Hauptgerät weiterlaufen, das nun im »Tarnmodus« streamte. »Aber dann würde der Rat das Material sowieso nur schneiden.«

Vincent griff nach dem Handy, seine Hand schloss sich um Cass’ Handgelenk mit einem Griff, der andeutete, dass einer von ihnen die Begegnung mit weniger Blut verlassen würde, als er sie begonnen hatte.

Aurelia trat dazwischen, ihre Stimme gelassen. »Wir sind bereits in den Trends, Vincent. Wenn du willst, dass wir aufhören, sag bitte.«

Vincent fletschte die Zähne, aber Mrs Barley kam ihm zuvor. »Genug«, sagte sie in einem Tonfall, der auf »Direktorin in der letzten Schulwoche« eingestellt war. Sie klopfte mit ihrem Klemmbrett auf den Tisch, hart genug, um das allgegenwärtige Surren der Soundanlage des Lofts zu durchdringen.

Für den Bruchteil einer Sekunde wurde es im Raum tatsächlich still.

Mrs Barley sah die drei Modernisierer an, ihre Augen kalt und ohne zu blinzeln. »Ich fasse mich kurz. Carmines Rekursion beschleunigt sich. Seine nächste Phase steht unmittelbar bevor. Wenn Sie es vermeiden möchten, aus der Existenz radiert zu werden, werden Sie für die Dauer dieser Krise mit uns kooperieren.«

Aurelias Augen weiteten sich, nicht vor Überraschung, sondern mit etwas Kalkulierenderem. »Das ist eine Menge Rats-

Gerede für jemanden, der technisch gesehen in Ungnade gefallen ist.«

Ren richtete sich auf und lehnte sich an die Wand. »Wir sind nicht der Rat. Nicht mehr. Wir sind die Einzigen, die wissen, was kommt.«

Cass hatte bereits einen neuen Stream gestartet, diesmal auf Ren gerichtet. »Na los, dann. Erzähl der Welt. Stimmt es, dass du Lupos Blut trinken musstest, um zu überleben?«

Ren funkelte ihn wütend an, aber Vincent verdrehte die Augen. »Es war ein medizinischer Eingriff, keine verdammte OnlyFans-Exklusivstory.«

Nyx schnaubte von ihrem Sitzsack aus. »Alles ist eine Only-Fans-Exklusivstory, wenn man es nur richtig verkauft.«

Mrs Barley holte tief und stärkend Luft. »Wir haben einen Vorschlag«, sagte sie, die Augen auf Aurelia gerichtet. »Sie haben die zahlenmäßige Überlegenheit, wir haben die Informationen. Wenn wir unsere Ressourcen bündeln, haben wir vielleicht eine Chance, Carmines Kette zu durchbrechen, bevor er auf die nächste Iteration aufrüstet.«

Cass grinste. »Ihr wollt eine Kollabo? Wir hören zu.«

Aurelia verschränkte die Arme und musterte Mrs Barley mit der Stille eines Raubtiers. »Warum sollten wir dem Rat helfen, der das letzte Jahrzehnt damit verbracht hat, uns auszulöschen?«

Vincent warf mit flacher Stimme ein: »Weil Carmine nicht wählerisch ist. Wenn er gewinnt, seid ihr alle Kanonenfutter. Er wird euch alle umschreiben – Rat, Modernisierer, Influencer, sogar eure Sponsoren.«

Nyx zuckte mit den Schultern. »Ich meine, nicht die schlechteste Art zu gehen. Wenigstens ist es nicht so langweilig wie eine Tagwandler-Drohne für die Rechtsabteilung des Rates zu sein.«

Ren trat vor, das Mal auf ihrem Arm schwach durch den Ärmel sichtbar. »Ihr kapiert es nicht. Wenn wir gewinnen, bekommt ihr Respekt. Nicht nur Likes oder Clickbait. Echtes Mitspracherecht bei dem, was als Nächstes kommt.«

Cass hob die Augenbrauen, aufrichtig fasziniert. »Und wenn ihr verliert?«

Mrs Barley blinzelte nicht. »Werden Sie es nie erfahren. Denn Sie werden nicht mehr da sein, um darüber zu posten.«

Es gab einen Moment – eine echte, unkuratierte Pause –, in dem sogar Aurelia unsicher aussah.

Vincent nutzte ihn. »Hört zu«, sagte er mit rauer, erschöpfter Stimme. »Wir sind nicht hierhergekommen, um euch ein schlechtes Gewissen zu machen. Ihr wollt Legenden sein? Schön. Aber das ist die letzte Prophezeiung, an die sich irgendjemand erinnern wird. Seid ihr dabei, oder nicht?«

Aurelia schürzte die Lippen, ihre Finger trommelten auf dem neonbeleuchteten Tisch. »Du bist ein harter Verhandlungspartner, Lupo. Aber du hast recht. Niemand überlebt ein Umschreiben, es sei denn, man ist derjenige, der den Stift in der Hand hält.«

Sie streckte ihre Hand erneut aus, diesmal Mrs Barley entgegen.

Mrs Barley nahm sie an, ihr Griff war wie ein Stahlkabel.

Cass jubelte. »Verdammt, ja! Zeit, richtig viral zu gehen.«

Nyx, immer noch horizontal, sagte nur: »Cool. Weckt mich jemand, wenn Carmine da ist.«

Vincent atmete aus, die Spannung in seinen Schultern ließ um einen halben Zentimeter nach. Er beäugte das »Type O-MG«-Poster ein letztes Mal und überlegte kurz, ob es kathartisch wäre, es in Brand zu setzen.

Ren stupste ihn leise an. »Alles in Ordnung mit dir?«

Vincent grinste. »Nie besser.«

Auf der anderen Seite des Raumes hatte Cass bereits den Gruppenchat aktualisiert. Die Stadt schaute zu, und zum ersten Mal hoffte Vincent, dass das vielleicht eine gute Sache war.

Doch als die Modernisierer die Reihen schlossen und Mrs

Barley begann, den Plan auf ihrem Klemmbrett zu skizzieren, spürte Vincent die alte Furcht, die, die besagte, dass nichts, was so einfach war, je ein gutes Ende nahm.

Die Neonschilder flackerten, die Ringleuchten summten, und irgendwo im Chaos begann sich eine neue Prophezeiung zu schreiben – in Hashtags, in Blut, im Puls hinter seinen Augen.

# ZWANZIG

Vincents Wohnung war zu einem Wartezimmer für die ängstlichste Katastrophe der Welt geworden. Vincent saß an der angeschlagenen Frühstückstheke, die Hände um eine Tasse mit dem Kaffee von gestern gelegt, der jetzt bis zur aktiven Boshaftigkeit wieder aufgewärmt war.

Ren schritt in der Wohnung auf und ab und legte Fünf-Schritte-Runden zwischen dem Fenster und der Küchentür zurück, während ihre abgetragenen Turnschuhe im Kontrapunkt zum elektrischen Todesröcheln der Wohnzimmerlampe quietschten. Das Mal auf ihrem Unterarm pulsierte in einem schaurigen, blutleeren Blau, seine Umrisse waren gerade noch durch den Baumwollstoff ihres Pullovers sichtbar. Sie blickte immer wieder auf ihr Handy, als erwarte sie ein Update über ihre Überlebenschancen, doch die einzigen Nachrichten kamen von Mrs Barley, die ihr einen laufenden Kommentar von der anderen Seite des Zimmers aus schrieb.

Zara selbst schwebte in dem halbdunklen Zwielicht, ihre Gestalt schien sich mit jeder Minute mehr von der Welt zu lösen. Sie schwebte gut dreißig Zentimeter über dem Boden, ihre Schuhe zogen ein Nachbild hinter sich her, das Haar fächerte sich um ihren Kopf wie der freudloseste Heiligenschein der Welt. Jedes Mal, wenn die Lampe flackerte, schien Zara einen Grad an Dichte zu verlieren, bis es aussah, als könnten ihre Knochen einfach zu einem Haufen blau-weißen Staubs zerfallen.

Sie betrachtete die Gruppe mit einer klinischen Distanz, die Vincent als vorauseilende Nostalgie erkannte: Nostalgie für eine Realität, die bald überschrieben werden würde, oder für das Selbst, das sie zurücklassen würden.

»Also«, sagte sie, und ihre Stimme brach an den Rändern. »Seid ihr alle bereit für die Spezialität des Hauses?«

Vincent nippte an seinem Kaffee. »Gibt's da Pommes zu?«

Ren, die sich die Lippe zerbissen hatte, hörte auf, auf und ab zu gehen. »Sag uns einfach, ob uns das umbringen wird.«

Zaras Augen glänzten, phosphoreszierend und unfreundlich. »Wahrscheinlich nicht alle auf einmal.«

Mrs Barley, den Stift gezückt, blickte nicht auf. »Fahren Sie fort, bitte.«

Zara hob beide Hände und zog mit einer Geste, die auf den Höhepunkt einer viktorianischen Séance gepasst hätte, die Schatten des Raumes zu sich wie einen Beutel mit Kordelzug. Der Lampenschirm über ihnen bebte, dann hielt er inne, sein Licht wurde zu einer Singularität über Zaras offenen Handflächen zusammengezogen. Die Schatten sammelten sich, wirbelten und – auf ein wortloses Signal hin – explodierten sie wieder, fegten durch die Wohnung und schälten die Oberfläche von allem ab, was sie berührten.

Wörter begannen, sich in langen, klebrigen Streifen von der Tapete zu lösen. Buchstaben blubberten aus der Farbe hervor, rollten sich in sich zusammen und fielen dann mit dem Geräusch von nassem Laub zu Boden. Auf der Theke kehrte sich die Schrift auf einer Tesco-Tragetasche um, sodass »Jedes bisschen hilft« eher wie eine Anklage als ein Slogan klang. Sogar die Etiketten auf Mrs

Barleys Textmarkern begannen zu verlaufen und bildeten kleine Regenbogendeltas ungelöster Sprache.

Vincent spürte, wie seine Zähne zu jucken begannen.

Zaras Stimme fiel in eine Tonlage, die die Gläser klirren ließ. »Also, das ist der Plan: Carmine ist nicht in der Welt. Er ist im Entwurf der Welt. Dem Teil darunter – der Version, die sie zu streichen versuchten. Um ihn zu erreichen, müssen wir durch den Rand schlüpfen. Das heißt, wir müssen die Naht finden.«

Ren schluckte und presste die Hand auf das Mal, als könnte es von ihrem Arm fliehen und irgendwo, wo es wärmer ist, ein neues Leben beginnen. »Du meinst so was wie … eine Falte im Universum?«

»Eher wie eine schlechte Korrektur«, sagte Zara. »Es gibt keinen sauberen Bruch. Nur einen Riss und die Hoffnung, dass man auf dem Weg hindurch nicht hängen bleibt.«

Mrs Barley kritzelte wütend und murmelte: »Subjekt erklärt metaphysische Infiltration als Funktion unvollständiger Auslöschung. Hypothese: Carmine besetzt die interstitiellen Räume zwischen den Iterationen.«

Vincent schob seine Tasse beiseite. »Ich habe Bibliotheken schon immer gehasst.«

Zara grinste, obwohl es aussah, als koste es sie Mühe. »Gute Nachrichten also. In dieser hier gibt es keine deiner Bücher, und ich glaube nicht, dass sie sich sonderlich um Lärm scheren.«

Die Lampe zerbarst und überschüttete den Raum mit Scherben. Das Licht aus Zaras Händen war nun die einzige Beleuchtung: zwei Wirbel aus kaltem Feuer, die sich spiralförmig ausbreiteten und vor ihr trafen wie zwei Fäden, die ein neues Seil spinnen. Als sie sich konzentrierte, rollten sich die Streifen aus Wortfleisch auf der Tapete zurück und gaben eine wachsende Leere frei, deren Ränder mit dem kränklichen Phosphoreszieren eines aus der Themse gefischten Knicklichts pulsierten.

Rens Mal flammte auf und schickte Lichtranken über ihr

Handgelenk in ihre Handfläche. Sie starrte darauf, dann auf die Wand, ihr Gesicht blass und entschlossen. Die Luft zwischen ihr und dem Riss fühlte sich zäh an, wie in einem Albtraum, in dem man rennen muss, sich die Beine aber wie durch Sirup bewegen.

Mrs Barley beendete ihre Notiz, klappte den Block zu und sprach die Leere mit dem gleichen Tonfall an, den sie für Parkwächter und Kreditsachbearbeiter verwendete. »Beschreiben Sie bitte die Parameter des Übergangs, Miss Delacourt. Ist der Effekt kontinuierlich oder müssen wir nacheinander hindurchgehen?«

»Geht einfach, wenn ihr so weit seid«, sagte Zara, die inzwischen nur noch aus Gesicht, Haaren und Händen bestand. »Ich halte das Tor offen, so lange ich kann. Aber es wird wehtun.«

Vincent stand auf, klopfte sich Glassplitter vom Schoß und straffte die Schultern. »Für alles gibt es ein erstes Mal«, murmelte er.

Ren trat vor, aber das Mal tat den Rest. Ihre Hand griff, gelenkt von einer Art redaktionellem Muskelgedächtnis, in die Wunde in der Wand. In dem Moment, als ihre Finger die andere Seite berührten, zuckte ihr Körper zusammen, als hätte sie einen Stromschlag bekommen. Das Mal leuchtete von blau zu weiß, dann zu einem reinen, blendenden Licht, das die Umrisse ihrer Knochen durch ihre Haut zeichnete wie ein Röntgenbild bei einem Stromausfall.

Sie schrie nicht. Stattdessen wandte sie sich den anderen zu und sagte: »Es ist, als ... würde man von hinter den eigenen Augen gelesen.«

Vincent nahm ihre andere Hand, um sie zu stützen. Mrs Barley, die nie die Kontrolle über ein Experiment abgab, ging als Letzte hinein, den Notizblock in der einen Hand und einen Textmarker in der anderen, schon dabei, die Erfahrung zu kommentieren.

Der Riss weitete sich, und für einen Moment sickerte die Welt auf der anderen Seite hindurch: endlose Regale, die in der

Dunkelheit emporstiegen, Bücher, Ordner und Hauptbücher, zusammengenäht mit Draht und Sehnen, ihre Rücken zuckten, als wären sie begierig auf neuen Inhalt. Die Luft war dick vom Geräusch umblätternder Seiten, aber jede Seite blätterte sich selbst um, als hätte sie Angst, zu lange bei einem einzigen Moment zu verweilen.

Vincent starrte in den Riss und spürte, wie sich etwas Altes und Unwillkommenes in seiner Brust regte.

»Ich hasse Bibliotheken wirklich«, wiederholte er, und gemeinsam traten sie hindurch, während sich die Worte ihrer Welt ablösten und ihnen wie Motten nachflatterten.

Hinter ihnen hallte Zaras Stimme wider: »Denkt dran – nicht zurückblicken. Wenn ihr es tut, lässt euch die Korrektur nie wieder los.«

Der Riss schloss sich, verschluckte Licht und Geräusch, und für einen Moment kehrte Vincents Wohnung zu ihrer alten, heimgesuchten Stille zurück.

Nur der Boden, nun bedeckt mit einem feinen Mulch aus Buchstaben und Satzzeichen, deutete darauf hin, dass überhaupt jemals etwas geschehen war.

Die Welt auf der anderen Seite des Risses war eine Bibliothek, falls Bibliotheken gänzlich aus existenzieller Angst und der Art von architektonischen Ambitionen gebaut werden könnten, die normalerweise zu einer Strafanzeige oder einer Doku auf Arte führen.

Regale ragten empor, verschwanden über ihnen in schwarzem Nebel, nur um hunderte Meter weiter wieder aufzutauchen und Lücken mit wackeligen Wendeltreppen aus verbogenen Eisenklammern und fadenscheinigem Zitatband zu überbrücken. Die

Gänge krümmten und verzweigten sich in fraktalen Mustern, jede zurückweichende Regalreihe war mit Errata, Blutflecken und den unübersetzbaren Randnotizen von hundert verlorenen Schreibern beschrieben. Irgendwo hoch über ihnen fiel ein Tintentropfen – langsam wie der Tod, fett wie ein Regentropfen – und spritzte zu Vincents Füßen auf den Boden, wo er sofort zu zischen und sich auszubreiten begann und ein Knäuel loser Fußnoten auflöste, die wie Silberfischchen über die Steinplatten gehuscht waren.

Ren stolperte bei der Landung und wäre auf einem Teppich aus ausrangierten Karteikarten fast auf die Nase gefallen. Das Mal auf ihrem Arm pulsierte, und jeder Schlag strahlte durch ihren gesamten Körper wie ein zweites, weniger zuverlässiges Kreislaufsystem. Sie biss die Zähne zusammen und blinzelte, bis die Nachbilder verblassten. Das Gefühl, beobachtet zu werden – von den Büchern, den Fußnoten, den unsichtbaren Aufzeichnern, die in den Schatten lauerten – war überwältigend.

Mrs Barley kam als Letzte an, den Notizblock immer noch einsatzbereit. Sie musterte die Gänge mit professioneller Verachtung und suchte bereits nach Ausgängen, Engpässen oder, falls das nicht möglich war, dem nächstgelegenen sicheren Schreibtisch, von dem aus sie überwachen und urteilen konnte.

Die Modernisierer kamen in einem Pulk hindurch, angeführt von Aurelia und flankiert von Cass und Nyx, die jeweils zwei Handys und drei separate Akkus bei sich trugen. Die Ringlichter, die in der Welt der Lebenden leicht lächerlich gewirkt hatten, brannten nun mit einer blau-weißen Hitze, die mehr Schatten als Licht warf. Hin und wieder löste sich ein Schatten von den anderen und huschte ein Bücherregal hinauf, wo er sich im Index versteckte und so tat, als hätte er keine Angst.

Zara materialisierte sich im Zentrum der Gruppe, nun weniger ein Körper als ein Heiligenschein aus Negativraum. »Willkommen im Archiv zwischen den Seiten«, verkündete sie, und ihre Stimme hallte mit der Wucht einer über eine billige

Supermarkt-Lautsprecheranlage verkündeten Prophezeiung durch die Gänge. »Bevölkerung: momentan wir und was auch immer Carmine aufgetrieben hat.«

Vincent spannte den Kiefer an. Seine Reißzähne schmerzten, als reagierten sie auf einen tiefen, quellenlosen Hunger in den Gängen. Der Drang, etwas zu zerreißen – ein Buch, eine Person, sich selbst – war stark, und zum ersten Mal traute er seinen eigenen Instinkten nicht. Er blickte zum nächsten Regal, wo ein einzelner Band mit seinem Namen auf dem Rücken im Takt mit dem Mal auf Rens Arm schwach pulsierte.

Zara glitt voran und hielt nur inne, um zu warnen: »Lest nicht laut. Alles hier will neu geschrieben werden.«

Cass richtete sofort sein Handy auf die Regale. »Was passiert, wenn wir livestreamen?«

Mrs Barley bellte: »Es wird eine so genaue Kopie von Ihnen anfertigen, dass selbst Ihre Mutter den Unterschied nicht bemerken würde.« Sie starrte das Handy an, als wäre es persönlich für den Niedergang der westlichen Zivilisation verantwortlich.

Aurelia, unbeeindruckt, machte ein Selfie mit dem nächsten Regal, die Lippen zum Kussmund geformt, und betitelte es mit »#AfterlifeVibes«. Das Regal antwortete mit einem leisen, missbilligenden Knurren.

Ren zitterte und zog ihren Kapuzenpulli enger, aber das Mal war jetzt so hell, dass es die Innenseite ihres Ärmels beleuchtete. »Welchen Weg?«, fragte sie, ihre Stimme kaum mehr als ein Hauch.

Zara, die inzwischen die Präsenz eines Wettersystems entwickelt hatte, führte sie tiefer in die Gänge. Jeder Korridor wand sich, machte dann eine Kehrtwende und teilte sich in drei, fünf oder elf alternative Realitäten auf, nur damit die Wege wenige Sekunden später wieder zusammenliefen. Gelegentlich stürzte ein Regal ein und baute sich auf der anderen Seite des Korridors wieder auf, aber nur, wenn niemand direkt hinsah.

Während sie sich bewegten, erwachten die Gänge zum Leben. Bücher streckten ihre Einbände aus und flatterten mit den Seiten wie mit Flügeln. Einige schwebten frei und zogen in langsamen, raubtierhaften Schleifen durch die Luft. Ein Wörterbuch von der Größe eines Labradors schlängelte sich am Boden entlang, jagte die Fußnoten und verschlang alle, die sich zu weit vom Rudel entfernten.

Vincent beobachtete alles schweigend, sein üblicher Sarkasmus stieß an die Grenzen der Sprache. Selbst für ihn war das Archiv ein bisschen zu viel des Guten.

Rens Schritte gerieten ins Stocken, als das Mal sie nach links zerrte, eine Treppe hinunter, die vollständig aus zerrissenen Disziplinarformularen bestand und mit behördlichem rotem Klebeband zusammengehalten wurde. Unten veränderte sich die Luft: kälter, dichter, wie das Innere eines Banktresors oder die kurze Stille nach einer Bombendrohung.

Sie versammelten sich auf einem Treppenabsatz, der den Rest des Archivs überblickte. Es erstreckte sich meilenweit. Möglicherweise für immer. Die Geometrie widersprach sich selbst, jeder Winkel eine unmögliche Zahl, jeder Korridor länger als das Gebäude, in dem er sich befand.

Zara hielt an der Balustrade an, flackerte in einem halben Dutzend verschiedener Umrisse auf und erstarrte dann. »Er ist nah«, sagte sie. »Er war immer nah. Er ist nie wirklich weggegangen.«

Es gab ein Geräusch – wie eine zerreißende Seite, aber laut genug, um die Zähne vibrieren zu lassen. Das ferne Ende des Korridors spaltete sich. Carmine trat heraus.

Er trug einen Anzug, der drei Jahrhunderte alt war, aber er war perfekt gealtert. Seine Augen, als sie Vincents trafen, waren dieselben: klug, hungrig, leicht amüsiert über die Unfähigkeit aller anderen. Er hatte die Ausstrahlung eines Mannes, der noch nie von irgendetwas überrascht worden war, außer vielleicht von seiner eigenen Fähigkeit zur Selbstzerstörung.

»Willkommen«, sagte Carmine, und es war, als würde einem eine Räumungsklage für die eigene Seele überreicht. »Ihr habt draußen ein Chaos angerichtet. Ich dachte mir, ich räume hier drinnen auf.«

Vincent trat vor, Mrs Barley und Ren an seiner Seite. Die Modernisierer drängten sich hinter ihnen zusammen, ihre Ringlichter flackerten.

Carmine neigte den Kopf. »Du hast Freunde mitgebracht. Und das Mal. Sehr gut. Ich habe immer gesagt, du brauchst ein Publikum, Lupo.«

Vincent grinste, obwohl sich die Haut um seinen Mund kaum bewegte. »Ich wollte nicht, dass du deine eigene Derniére verpasst.«

Carmine kniff die Augen zusammen. »Oh, es gibt keine Derniére. Nur die nächste Ausgabe.«

Er blickte Ren an, dann Mrs Barley, dann die Modernisierer. »Ihr glaubt, ihr könnt mich überschreiben? Nur zu – versucht es.«

Die Gänge begannen sich zu schließen, Regale glitten auf unsichtbaren Schienen und bildeten einen Ring um die Konfrontation. Die Bücher beugten sich vor, begierig, den Ausgang zu sehen. Sogar die Fußnoten hörten auf, sich zu bewegen, und drängten sich an den Rändern zusammen.

Zara schwebte darüber, ihre Stimme nun ein Flüstern, das von jeder Oberfläche widerhallte. »Er ist an die Erzählung gebunden. Wenn ihr seine Geschichte zerbrechen könnt, könnt ihr ihn auslöschen. Aber ihr müsst es ernst meinen.«

Mrs Barley zog ihren Stift, klickte zweimal. »Bereit?«

Rens Mal war so hell, dass es Schatten in ihr Gesicht brannte. »Bereit.«

Vincent fletschte die Zähne. Zum ersten Mal fühlte es sich gut an.

Carmines Lächeln wich nicht, aber der Schatten hinter ihm dehnte sich aus, wurde größer, dunkler, bis er den gesamten Korridor ausfüllte.

»Nach dir, Vincent«, sagte Carmine. »Ich bestehe darauf.«

Vincent trat in den Ring, das Archiv summte erwartungsvoll.

»Dann editieren wir mal«, sagte er. Und der Kampf begann.

# EINUNDZWANZIG

Das Archiv beantwortete Gewalt mit Gewalt. Bei Vincents Worten zerbarst die Luft mit einem ohrenbetäubenden Knall und die nächstgelegenen Regale stürzten nach innen, die Buchrücken bogen sich, als wollten sie die Geheimnisse in ihrem Inneren verteidigen. Staub und zerfetzte Karteikarten schossen wie eine Fontäne in den Gang, und irgendwo im Halbdunkel über ihnen löste sich ein gewaltiger Schwarm loser Seiten aus seinen Bänden, die sich in kranken geometrischen Schwärmen drehten und wendeten. Der Regalgang, in dem Carmine stand, erbebte, als wäre er von einem Güterzug voller Anwälte gerammt worden.

Vincent machte sich auf den ersten Ansturm gefasst und erwartete, dass Carmine angreifen würde – alte Gewohnheiten sterben schwer –, doch die Erscheinung lächelte nur und winkte ihn zu sich, und die wahre Bedrohung ging vom Archiv selbst aus. Der Boden neigte sich, und die Regale auf beiden Seiten formierten sich zu einem neuen Angriffswinkel um. Er hörte, wie Mrs Barleys Absätze nach Halt suchten, als der Boden sich in eine dreißig Grad steile Schräge verwandelte.

»Eine kleine Warnung beim nächsten Mal, bitte«, knirschte sie und umklammerte das Geländer mit aller Kraft.

»Betrachten Sie dies als die Evakuierungsübung«, schoss Vincent zurück. »Folgen Sie mir, oder bleiben Sie für die Fortsetzung.«

Er stürmte los, sein Fuß rutschte auf einer Verwehung klebriger Errata aus. Der Weg vor ihm war kein Weg mehr – in einem Moment war er ein Korridor, im nächsten eine spiralförmige Rampe und dann eine Geisterbahnrutsche, gesäumt von Büchern, die wie ausgehungerte Hunde nach den Knöcheln schnappten. Alle paar Meter explodierten die Regalreihen seitwärts und schleuderten Wälzer und Ordner in einem Hagel aus Papier und Bürokratie hervor.

Irgendwo links von ihm hörte Vincent die Modernisierer schreien; Cass und Nyx preschten vorbei und duckten sich unter einer Salve messerscharf gespitzter Tischkalender weg. Aurelia folgte, strahlend und wütend, und schlug einen herabstürzenden Schwarm verbotener Buchführungspraktiken beiseite.

Vincents überstürzter Ansturm verlangsamte sich, als er bemerkte, dass Ren nicht hinter ihm war. Er wirbelte herum, gerade rechtzeitig, um zu sehen, wie sie stolperte und sich an den Arm griff. Das Mal hatte seine Farbe geändert, es war nicht mehr blau, sondern schwefelweiß und stieß mit jedem Pulsschlag Lichtströme aus. Sie blickte auf, ihr Gesicht ausdruckslos, und machte einen Schritt von ihm weg – nein, nicht weg. Zum Epizentrum hin.

»Ren!«, bellte Vincent.

Sie blinzelte, ihre Lider zuckten von Nachbildern, und sie stieß ein Geräusch aus, das halb Husten, halb Schluchzen war. »Er ... es ruft mich. Wie ein Feueralarm in meinem Kopf.«

Mrs Barley erreichte sie zuerst, mit ruhigen Händen, doch Rens Beine gaben nach und sie fiel, ein Knie knickte weg. Das Mal loderte auf. Ein Ring aus Inkunabeln riss sich aus dem Regal über ihr los, umkreiste ihren Kopf und klappte dann zu, eine Krone aus dicht bedruckten Seiten bildend.

Vincent hechtete, ohne zu zögern, nach vorn und packte sie am Handgelenk, just als ein Fluss aus Tinte durch die Fußleisten brach und um ihre Knöchel wirbelte. Die Flüssigkeit war lebendig: nicht metaphorisch, sondern buchstäblich, Wörter wanden sich darin wie Neunaugen. Sie leckten an Rens Schuhen und schossen dann empor, um ihre Schienbeine mit einem sich windenden Satz zu umwickeln.

Vincent stemmte sich dagegen und riss sie mit einem Knurren frei. »Nicht heute«, sagte er, die Reißzähne vor Anspannung halb ausgefahren. Das Mal wehrte sich gegen ihn, weißes Feuer schoss ihren Arm hinauf, doch er hielt ihm allein durch rohe Gewalt und eine lebenslange Übung darin, niemandes Versuchskaninchen zu sein, stand.

Mrs Barley, pragmatisch bis zuletzt, klappte ihr Notizbuch auf und begann dem Tintenfluss zu diktieren. »Subjekt zeigt aggressive erzählerische Spannung. Schlage sofortige Deeskalation durch Umleitung vor –«

Die Tinte, beleidigt von dem Versuch einer Psychoanalyse, zuckte zurück und spritzte einen schwarzen Schwall über ihren Rock, dann zog sie sich zischend unter die Regale zurück.

Vincent richtete sich schwankend auf, Ren in seinen Armen, blinzelnd. Ihre Haut war heiß – ungewöhnlich für sie –, aber ihre Augen folgten ihm zumindest.

»Wach auf«, sagte er. »Du bist kein Bibliotheksausweis.«

Sie brachte ein schwaches Lächeln zustande. »Er benutzt mich als Lesezeichen. Das ist neu.«

Über ihnen erbebte der Himmel – oder was auch immer ein Himmel sein sollte. Seiten regneten herab, jede einzelne schrie. Zuerst dachte Vincent, es sei nur der Wind, doch als sich das Papier an den Regalen zerfetzte, wurden die Stimmen deutlich: Dialogfetzen, abgehackte Sätze, gebrüllte Fußnoten und das Echo von tausend vergessenen Memos. Es war ein Schwarm verlassener Geschichten, deren Worte darum wetteiferten, das zu überschreiben, was als Nächstes kam.

»Können wir uns mal beeilen?«, schrie Cass aus dem nächsten Gang herüber. »Der Handy-Akku ist auf sechs Prozent und meine Ersatz-Powerbank hat gerade versucht, mich umzubringen.«

Aurelia vertrieb ungerührt ein Quartett fliegender Geschäftsbücher mit einem Schlag ihrer Rückhand. »Er hält uns hin. Carmine will, dass das Mal mit dem Umschreiben fertig ist, bevor wir es aufhalten können.«

Nyx, das Schlusslicht, rief: »Achtung!«, und eine Gruppe geisterhafter Gestalten materialisierte sich an der Kreuzung.

Die Wiedergänger waren schlimmer, als Vincent sie in Erinnerung hatte. In der Welt aus Fleisch und Hypotheken war ein Wiedergänger ein stumpfsinniges, räuberisches Ding – schwer zu töten, aber letztlich tötbar, sein Verstand ein Flickenteppich aus Reue und Rattengift. Hier im Archiv waren sie albtraumhafte Bürokraten, zusammengesetzt aus den Überresten gescheiterter Entwürfe: Gliedmaßen, zusammengenäht aus Textspalten, Gesichter ein Mosaik aus Präzedenzfällen und Verurteilungen, die Augen tiefe Brunnen kursiver Sehnsucht. Sie glühten mit einem kränklichen Heiligenschein, als wären sie durch die jahrhundertelange Exposition gegenüber den Misserfolgen anderer Leute radioaktiv geworden.

Der vorderste Wiedergänger, ein Kompositum aus veralteten Satzungen und geschredderten Protokollen des Parlaments, torkelte auf Mrs Barley zu. Er öffnete den Mund, und eine Flut von geschwärzten Sätzen strömte heraus: »Unterabschnitt. Paragraph. Klausel. Sie sind nicht der vorgesehene Empfänger. Zurück an den Absender. Zurück an den Absender –«

Mrs Barley wich dem Hieb mit der Gelassenheit einer erfahrenen Pendlerin der Londoner U-Bahn aus und stieß dann ihren Füllfederhalter in das Auge des Wiedergängers. Tinte schoss in einer Wolke heraus, und das Ding taumelte, seine Stimme modulierte zu einem statischen Wimmern. Sie zog den Stift mit einem eleganten Schwung zurück und kritzelte eine Linie über die Brust des Wiedergängers, wo sie zischte und begann, sich aufzulösen, während die Worte seines Körpers sich lösten und wie schlechte Amazon-Bewertungen aufstiegen.

»Nett«, sagte Vincent. »Machen Sie das noch ein paar hundert Mal und wir sind rechtzeitig zum Tee zu Hause.«

Mrs Barley würdigte es keiner Antwort und suchte bereits die Regale nach allem anderen ab, was man als Waffe benutzen konnte.

Der nächste Wiedergänger war schneller: eine Mischung aus Polizeiberichten und Social-Media-Threads, seine Hände waren mit Heftklammerdraht gezackt. Er stürzte sich auf Ren, die es geschafft hatte, sich gegen ein Regal zu stützen, aber Vincent blockierte ihn, seine Reißzähne nun vollständig ausgefahren. Er parierte die Heftklammerhand mit seinem Unterarm, ignorierte den Schmerz und schlug seine Ferse durch das Knie des Wiedergängers. Das Gelenk brach, und das Ding knickte ein, aber anstatt zu Boden zu gehen, regenerierte es sich – Seiten und Fäden schlossen die Wunde in Echtzeit.

Ihm würde, wie Vincent erkannte, niemals das Material ausgehen.

Er schrie: »Zara! Wann immer du die Chancen neu schreiben willst –«

Eine Stimme, überall und nirgends, antwortete: »Du hattest schon immer ein Gespür für Dramatik, Lupo.« Zaras Umriss materialisierte sich am Kopfende des Ganges, ihre blaue Korona zuckte. Sie breitete die Hände aus, und ein Stoß geisterhafter Kälte fegte durch die Regale und ließ jede Seite in der Luft gefrieren. Der Regen der Geschichten hörte auf. Die Luft füllte sich mit dem Erzittern von Eis und Möglichkeit.

Zara, jetzt mehr Energie als Gestalt, grinste das Team an. »Ihr habt zwei Minuten. Nutzt sie.«

Vincent wartete keine Debatte ab. »Die Rampe runter«, befahl er. »Er will das Mal, aber er wird nicht riskieren, es zu zerstören. Das ist unser Hebel.«

Mrs Barley hievte Ren ohne jede Zeremonie hoch und warf sie sich über eine Schulter wie eine widerspenstige Zimmerpflanze. Gemeinsam schlitterte das Trio die Rampe hinunter und duckte sich unter einem letzten Schwall von Fußnoten hindurch, als das Archiv den Korridor hinter ihnen neu anordnete. Die Wiedergänger, kurzzeitig verwirrt durch den Verlust der erzählerischen Schwerkraft, stolperten hinterher, aber die Regalwände schlossen sich mit einem Donnerschlag und schnitten ihnen den Weg ab.

Vor ihnen öffnete sich der Korridor zu einem Gewölbe. Es gab kein anderes Wort dafür – Wände, Decke, Boden, alles zu einer durchgehenden Kurve aus Regalen verschmolzen, jeder Zentimeter vollgepackt mit Carmines Werken. Im Zentrum, beleuchtet vom sterbenden Licht des Mals, stand ein einzelner Schreibtisch, auf dem ein Manuskript ruhte: der Originalentwurf, in Kette und Wachs gebunden, aus dem ein blassblauer Nebel sickerte, der nach nichts als nach Enden roch.

Vincent wurde langsamer, vorsichtig. »Das ist der Notausschalter«, sagte er. »Oder der Zünder. Oder beides.«

Ren, an die Tür gelehnt, keuchte: »Wenn wir ihn berühren, endet es dann? Oder fängt es von vorne an?«

Mrs Barleys Augen leuchteten, die Aussicht auf eine Lösung belebte jede Falte in ihrem Gesicht. »Wir berühren es nicht. Wir kommentieren es.«

Vincent grinste. »Sie wollen Carmine redigieren?«

Sie straffte die Schultern. »Nein. Ich will ihn zu Tode mit Fußnoten versehen.«

Für einen Moment musste selbst Vincent den Plan respektieren. Er reichte ihr seinen Stift.

Mrs Barley näherte sich dem Schreibtisch. Jeder Schritt war ein Risiko; die Luft wurde schwerer, die Worte an den Wänden sträubten sich, als wollten sie eingreifen. Aber sie machte weiter und setzte sich an den Schreibtisch. Das Mal auf Rens Arm begann im Takt des Umblätterns zu pulsieren, sanfter jetzt, aber immer noch unaufhaltsam.

Vincent stand Wache, seine Augen zuckten zwischen dem Eingang und den Regalen hin und her, halb erwartete er, dass Carmine materialisieren und den Schreibtisch umwerfen würde. Das wäre ihm fast lieber gewesen als die Ungewissheit.

Hinter ihnen stolperten die restlichen Modernisierer in das Gewölbe, ramponiert, aber am Leben. Cass begann sofort mit dem Livestreaming, Nyx duckte sich hinter einen Lesesessel und Aurelia – wie immer die Taktikerin – musterte die Szene nach einem besseren Blickwinkel.

Am Schreibtisch hielt Mrs Barley inne. »Bereit?«, fragte sie, ohne sich umzusehen.

Vincent sah zu Ren. Sie nickte mit zusammengepressten Lippen. »Tu es.«

Mrs Barley nahm die Kappe vom Stift und begann mit der kalkulierten Anmut eines Henkers, das Manuskript zu kommentieren. Jede Fußnote brannte sich in das Papier, flammte blau auf und verblasste dann zu Asche. Der Text wehrte sich – Prophezeiungszeilen schlängelten sich zum Rand und versuchten, ihre Kommentare zu überschreiben –, aber sie war unerbittlich und meißelte Zitat um Zitat hinein, bis das Manuskript selbst zu schwelen begann.

Ein Schrei hallte durch das Archiv. Die Regale zuckten und schleuderten Bücher in alle Richtungen. Der Schreibtisch ratterte, die Ketten klirrten gegen das Holz, und die Luft wurde so kalt, dass die Zähne knackten.

Am Eingang sammelten sich die Wiedergänger, aufgehalten von einer Mauer aus frischen Anmerkungen. Sie schlugen heulend gegen die unsichtbare Barriere, doch jedes Mal, wenn Mrs Barley eine neue Fußnote hinzufügte, löste sich einer von ihnen in einem feinen Nebel aus unbelegtem Elend auf.

Fasziniert und entsetzt sah Vincent zu, wie Carmines Stimme aus dem Stapel drang, dünn und verzweifelt gedehnt: »Man kann keine Geschichte töten. Nicht, solange sich jemand an sie erinnert.«

Mrs Barley drückte den Stift auf die letzte Seite. »Aber man kann sie redigieren«, sagte sie. »Und Sie sind nicht mehr der Autor.«

Mit einem letzten Strich unterschrieb sie mit ihrem Namen.

Das Archiv erbebte. Das Licht im Gewölbe sprang auf Weiß, dann auf Schwarz, dann auf eine unmögliche Farbe, die Vincents Augen nicht verarbeiten wollten. Der Schreibtisch explodierte, das Manuskript verglühte in einer Nova aus blauem Feuer. Das Mal auf Rens Arm riss – sauber, unblutig und endgültig.

Einen Moment lang war kein Geräusch zu hören.

Dann, langsam, begann sich das Archiv mit dem leisen Rascheln von Seiten zu füllen, die sich zurechtlegten.

Vincent stieß einen Atemzug aus, von dem er nicht gewusst hatte, dass er ihn angehalten hatte.

Mrs Barley drehte sich um, der Stift rauchte noch immer, und schenkte ihm ein schwaches, erschöpftes Lächeln. »Es ist vollbracht«, sagte sie.

Ren sackte in sich zusammen, halb lachend, halb weinend. Das Mal auf ihrer Haut war verschwunden, ersetzt durch eine einzige, elegante Narbe: eine Fußnote, nichts weiter.

Vincent suchte nach Worten und fand nur die alten. »Nächstes Mal«, sagte er, »brennen wir die Bibliothek nieder.«

Cass, der bereits die letzten Momente hochlud, nickte. »Ja,

aber zuerst – können wir hier raus? Ich glaube, in meinem Handy spukt es.«

Das Archiv, nun gutartig, öffnete einen Pfad.

Und gemeinsam, ramponiert, aber heil, folgten sie ihm zum Ausgang – nur die Echos und die Asche einer Geschichte zurücklassend, der endlich die Versionen ausgegangen waren.

Sie schafften es beinahe bis zum Ausgang, bevor das Archiv ein letztes Mal gegen seinen Abschluss rebellierte.

Vincent hörte es zuerst – ein seismisches Rascheln, als würde in einem Stadion voller Schreibblöcke auf einmal umgeblättert. Als Nächstes kam die Kälte, kalt genug, um in den Zähnen zu stechen und den Herzschlag zu verlangsamen. Der Korridor hinter ihnen schwoll an, unmögliche Geometrien wölbten sich aus den Wänden, die Biegung der Regale dehnte sich, um eine Gestalt aufzunehmen, die weitaus größer war als jeder Mensch oder sogar die Summe aller Menschen, die je versucht hatten, das Übernatürliche zu dokumentieren.

Carmine erschien wie ein Virus, das jede Subtilität aufgegeben hatte. Die Wände spannten sich und barsten dann und spien ein Gemisch aus Fleisch und Fußnoten aus. Der Körper war fast so groß wie Vincent, aber von einer Korona aus brennenden, sich neu zusammensetzenden Worten umgeben; die Haut flackerte zwischen Blässe und Zeitungspapier, jede Muskelgruppe mit einem Latein kommentiert, das von Sterblichen nicht mehr gesprochen wurde. Carmines Gesicht war ein rotierender Glitch – mal die gebogene Nase und die hungrigen Lippen, an die Vincent sich erinnerte, öfter ein Gewirr aus Schlagzeile, Absatz und dem einen oder anderen meme-würdigen JPEG, das für den erzählerischen Effekt eingefügt worden war.

Er lächelte, und seine Zähne waren Satzzeichen, jedes einzelne davon scharf.

»Nicht so schnell«, sagte Carmine, und seine Stimme traf sie wie ein in einen Betonbunker eingebautes Lautsprechersystem – laut genug, um die Luft zum Vibrieren zu bringen, überlagert von mehreren sekundären Stimmen, von denen jede der vorigen widersprach.

Vincent hielt abrupt an und stellte sich so hin, dass er Ren und Mrs Barley vor dem Aufprall schützte. Das Mal auf Rens Arm, frisch vernarbt und funktionslos, zischte leise in der Kälte, aber sie hielt stand und beobachtete Carmine mit dem gleichen gebannten Entsetzen, das man einem Einsturz in einem abbruchreifen Stadion entgegenbringen würde.

Mrs Barley biss die Zähne zusammen und klappte ihr Notizbuch zu, als wolle sie Carmine kein weiteres Quellenmaterial liefern.

Carmine streckte eine Hand aus, und der Korridor reagierte: Seiten rissen sich aus dem nächsten Regal und flogen in enger Formation wie ein Schwarm Krähen. Sie kreisten und stürzten dann herab, wobei sich die Vorderkanten zu Klingen einrollten, die scharf genug waren, um ein Haar oder, was wahrscheinlicher war, einen Knochen zu spalten.

Vincent ließ die erste Seite einschlagen und fing sie mit seinem Unterarm ab. Der Schnitt war oberflächlich, aber er blutete Tinte, nicht Blut – eine Erinnerung daran, dass das Archiv jetzt seine eigenen Regeln aufstellte. Er machte sich für die nächste Salve bereit und bewegte sich so, dass Mrs Barley Ren hinter einem Bücherregal mit der Aufschrift »Unendliche Streitigkeiten: Band 12« in relative Sicherheit ziehen konnte.

Die Modernisierer, weniger für körperliche Gewalt gerüstet, duckten sich und stoben auseinander. Cass erholte sich als Erster, schwang sein Handy gegen das Sperrfeuer und hoffte, dass seine Taschenlampe und seine Spotify-Playlist die Schrecken in Schach halten würden. Aurelia, mit leuchtenden Augen, schnappte eine der fliegenden Klingen aus Vorsatzpapier aus der Luft und schleuderte sie zurück, wobei sie eine saubere Linie über Carmines Wange zog. Sie verheilte vor ihren Augen, die Wunde schloss sich mit einem Kriechgang aus kursivem Bedauern.

Carmine lachte. »Sehen Sie? Sie redigieren, ich schreibe neu. So endet das hier, Lupo.«

Vincent spuckte einen Mund voll Tinte auf den Teppich. »Du warst schon immer ein fauler Plagiator.«

Er überblickte das Schlachtfeld – nein, das Feld der Redigierungen. Das Archiv krümmte sich nun um Carmines Schwerkraft, jedes Regal drehte sich ihm zu, der Boden wogte unter den Füßen mit einem Puls aus reiner, ungefilterter Erzählung. Vincent musste kein Prophet sein, um zu wissen, dass der einzige Weg nach vorn mitten hindurchführte.

Er deutete auf die nächste Gefahr – eine Lawine aus Ratsprotokollen, die wie ein Steinschlag herunterstürzte. »Ren, nach links. Mrs Barley, bringen Sie das Regal auf sechs Uhr aus dem Gleichgewicht. Cass, wenn du schon filmst, versuch, beim Unboxing nicht zu sterben.«

Mrs Barley brauchte keine weitere Anweisung. Sie zertrümmerte mit einem Tritt den Sockel des Stapels und brachte die Büchersäule einem zweiten Schwarm schneidender Seiten in den Weg. Cass duckte sich unter dem Chaos hindurch, rollte über eine Schulter ab und kam grinsend wieder hoch, der Akku seines Handys war wie durch ein Wunder unversehrt.

Ren, blass, aber in Bewegung, bog nach links ab, nur um ins Schleudern zu geraten, als sich der Boden in einen Fluss aus schwarzen Lettern verflüssigte. Sie wäre beinahe untergegangen, bevor Vincent sie am Kragen packte und auf ein Floß aus gebundenen Journalen zerrte. Der Tintenfluss schwoll an, Worte wanden und krümmten sich, aber er hielt sie über Wasser, die Knie durchgedrückt, die Zähne gefletscht.

Carmine sah amüsiert zu. »Sie sollten sie loslassen. Sie würde einen großartigen Prolog abgeben.«

»Verpiss dich«, erwiderte Vincent und stemmte die Füße auf.

Dann griff Carmine ernsthaft an.

Die Luft explodierte förmlich vor Seiten, Zeilen und vereinzelten Kommentaren. Einige waren zu Speeren geschärft, andere zu Netzen, die versuchten, Vincents Arme an seinen Seiten festzubinden. Den ersten wehrte er ab, aber der zweite erwischte sein Handgelenk, und er spürte das Brennen der Anmerkung. Es war nicht nur Schmerz; es war Carmines Stimme in seinem Kopf, die seine Gedanken umschrieb und seine Erinnerung mit alternativen Geschichtsverläufen überflutete.

Vincent bekämpfte es auf die einzige Weise, die er kannte – indem er sich weigerte, mitzumachen.

»Lauter, Carmine«, höhnte er, »vielleicht haben Sie diesmal tatsächlich etwas zu sagen.«

Das wirkte. Carmine trat vor, seine Gestalt schwoll an, bis sie den Korridor ausfüllte, die Worte auf seiner Brust brannten nun mit phosphoreszierender Bosheit. »Glauben Sie, es geht hier um Geschichten? Es geht ums Überleben, Vincent. Keine Geschichte, keine Erinnerung. Keine Erinnerung, kein Selbst. Ich bin nicht zurückgekommen, um zuzusehen, wie Sie mich zum Mythos machen.«

Er machte einen Ausfallschritt, das Archiv krümmte sich um ihn in einem Schrei gequälter Regale. Vincent parierte den Angriff frontal und ließ seine Reißzähne vollständig ausfahren. Er packte Carmine, und es war, als würde er mit einem stromführenden Draht aus Erzählung und Gift ringen. Jeder Schlag landete mit einem Zitat. Jeder Tritt wurde von einer Kritik begleitet.

»Du nimmst immer den einfachen Weg«, knurrte Vincent und grub seine Klauen in Carmines Unterarm.

Carmines Arm löste sich in Schrift auf und formte sich dann

neu zu einer Python aus Randnotizen. »Und Sie spielen immer den Märtyrer. Versuchen Sie doch zur Abwechslung mal etwas Neues.«

Der Kampf verlagerte sich den Korridor hinunter und zerschmetterte Möbel und Textwände. Seiten umschwärmten Vincent und versuchten, seine Glieder festzunageln, seinen Hals zu umschlingen, seine Augen zu blenden. Er biss sie – in einigen Fällen buchstäblich –, seine Zähne versanken in Zellstoff und Geschichte und dem Geschmack alter Tinte.

Mrs Barley, die sich nicht damit zufriedengab, eine Zuschauerin zu sein, setzte ihre eigene Waffe ein: Sie riss Seiten aus dem nächsten Regal, kritzelte neue Zeilen darüber und schleuderte sie dann auf Carmine. Jede traf wie eine Wahrheitsbombe und brannte ein Loch in seine Hülle. Jede Wunde flickte Carmine mit einer frischen Geschichte, aber Mrs Barleys Bearbeitungen verlangsamten ihn und zwangen ihn zu Neuberechnungen.

Ren, die sich am Boden festklammerte, sah voller Ehrfurcht und Entsetzen zu. Das Mal, das vor einem Moment noch tot gewesen war, pulsierte nun mit einer neuen Energie – einem Relais, das Carmines eigene Kraft gegen ihn zurückwarf. Sie drückte ihre Hand auf ihren Arm, biss die Zähne zusammen und konzentrierte sich auf die wichtigste Aufgabe der Welt: lange genug am Leben zu bleiben, damit Vincent gewinnen konnte.

Carmine brüllte, ein unmenschliches, mechanisches Geräusch, und das gesamte Archiv vibrierte. Die Regale stürzten ein und bauten sich dann in umgekehrter Reihenfolge wieder auf, die Bücher sortierten sich von selbst. Am anderen Ende des Ganges öffnete sich ein schwarzes Loch erzählerischer Schwerkraft und sog alles an, was nicht niet- und nagelfest war.

Vincent spürte den Sog. Es war, als würde man seitenweise auseinandergerissen. Er klammerte sich an Carmine und weigerte sich, sich losreißen zu lassen.

»Sie wollen das Ende?«, keuchte er. »Gut. Wir schreiben Ihnen eins.«

Er riss Carmine herum und schleuderte ihn mit letzter Kraft auf das Podest. Sie stürzten, ein Durcheinander aus Gliedmaßen und Geschichten und ungelösten Handlungssträngen, beide zu schwach, um den Todesstoß zu versetzen.

Vincent blickte zurück zu Ren und Mrs Barley und dann zu Aurelia und ihren Influencern und lächelte.

»Mach ihn Insta-berühmt.«

Carmine taumelte – gefangen zwischen dem Körperlichen und dem Theoretischen, flackerte er wie ein schlechtes WLAN-Signal; sein Gesicht war mal das des alten, verschlagenen Erzgelehrten, mal eine leere Fläche, auf die noch nichts geschrieben worden war.

Vincent erkannte die Gelegenheit und tat, so angeschlagen er auch war, was jedes Raubtier an der Spitze der Nahrungskette mit einem guten Gespür für Timing tun würde: Er ließ die Influencer zuerst ran.

Aurelia Voss betrat das Podium im vollen Laufsteg-Stil, ihr platinblondes Haar fing die Reflexion jedes zerstörten Ringlichts ein, während sie ihre Crew hinter sich versammelte. Cass war an ihrer Seite, ein einziges Bündel aus Adrenalin und Hyperventilation, und hielt sein Handy in beiden Händen, als wäre das Gerät selbst zu einer religiösen Ikone geworden. Hinter ihnen legte Nyx einen Soundtrack auf ihrem Handy auf – jeder Bass-Drop passte zum Rhythmus des sterbenden Herzschlags des Archivs.

Die Modernisierer waren weniger eine Phalanx als vielmehr ein Flashmob: lauter Kanten, Energie und unmittelbare, zur Waffe gemachte Präsenz. Sie bewegten sich wie ein Mann, und jeder zog ein Ringlicht aus der Tasche eines Hoodies, dem Ärmel eines bauchfreien Oberteils oder, in Nyx' Fall, aus dem Inneren eines ramponierten, mit Aufklebern übersäten Flightcases. Die Lichter gingen an – blau-weiß, höllisch hell, einige mit »aufhellenden« Filtern, andere auf einen Ton eingestellt, der so grell war, dass er die Seele eines mittelgroßen Firmenmaskottchens hätte blank polieren können.

Handys gezückt, Kameras erhoben, rückten sie in einer Welle aus Performance und geplanter Spontaneität vor. »Showtime«, zischte Aurelia, und es war unklar, ob sie mit ihrem Team sprach oder mit den zuschauenden Millionen auf der anderen Seite ihres Streaming-Accounts.

Vincent hatte das seltene Vergnügen zu sehen, wie Carmine – Erzfeind alter Tage, Schattenmarionettenspieler, König der vertraulichen Fußnote – wirklich verdattert dreinblickte. Der plötzliche, geballte Ansturm der Aufmerksamkeit traf ihn wie eine Droge. Oder genauer gesagt, wie der erste schlechte Trip von etwas Neuem und Unerprobtem: Carmines Gestalt krampfte, die Absätze seines Pseudofleisches dehnten sich und zogen sich unter dem Ansturm der kuratierten Aufmerksamkeit wieder zusammen. Wo die Ringlichter ihn direkt trafen, bildete seine Schrifthaut Blasen und schälte sich ab, wodurch Flecken der Leere darunter zum Vorschein kamen – reiner, unbeschriebener Raum, hungrig und kalt.

Cass jubelte: »Nimm seine Schokoladenseite auf!«, und der Ring der Modernisierer schloss sich enger, jede Kamera verfolgte und zeichnete Carmines Umrisse nach. Zum ersten Mal, seit die Welt gelernt hatte, ihn zu fürchten, versuchte Carmine, sich zu verstecken, krümmte seinen Körper, wandte sich ab und hob einen Arm, als würde der kollektive Blick ihn verbrühen.

Vincent erlaubte sich ein Lächeln – ein echtes, hässliches, voller all der Jahre passiver Aggression, die er für diesen Moment aufgespart hatte. »Richtet die Lichter weiter auf ihn!«, brüllte er. »Ertränkt ihn in seiner eigenen Presse!«

Aurelia schnippte mit den Fingern, und die gesamte Schwadron schaltete in den vollen »Engagement-Modus«. Mit über den Kopf gehaltenen Handys begannen sie zu senden – einige auf TikTok, einige auf Instagram, eine Handvoll auf irgendeiner kurzlebigen Plattform, die Cass für maximale narrative Zerrüttung entworfen hatte. Die Feeds überfluteten das Archiv und warfen Carmines Abbild an die kuppelförmigen Wände, wobei jeder neue Blickwinkel einen anderen Filter einführte: Einer ließ seine Zähne wie in einer Zahnpastawerbung funkeln, ein anderer verlieh seinen Augen ein dämonisches Rot, ein dritter kehrte seine Farbpalette vollständig um und verwandelte ihn in ein Negativ seiner selbst.

Das Archiv reagierte mit purem Abscheu. Regalreihen erzitterten und ließen Rinnsale loser Tinte von den Kanten fließen. Die Buchrücken alter Hauptbücher bogen sich, krümmten sich und rissen dann auseinander, als wäre die Aufmerksamkeit selbst ansteckend, ein Prion, das die Substanz des Ortes selbst infizierte. Aus den Rändern gerissene Fußnoten zuckten auf dem Boden wie sterbende Insekten.

Carmine schrie – nicht der dröhnende Schrei eines klassischen Bösewichts wie aus einer Todesarie, sondern der schrille, menschliche Schrei von jemandem mit echten, elenden Schmerzen. Sein Körper zuckte, jeder Satz auf seiner Haut vibrierte an Ort und Stelle und brach dann in einem Schwall roher, zerbrochener Satzteile hervor. Er versuchte erneut, den narrativen Schild zu beschwören, webte mit den Händen Zeichen in die Luft, aber die Modernisierer folgten ihm einfach, die Ringlichter neu ausgerichtet, die Kameras nah dran, die Kommentare als ständiges, spöttisches Geplapper.

»Wem stand's besser?«, fragte Nyx ausdruckslos in ihren Stream und zoomte auf Carmines sich auflösende Schulter.

»Folgt uns für mehr Chaos«, fügte Cass hinzu und schaltete zwischen Selfie-Kamera und dem Live-Gemetzel hin und her, sein Gesicht erhellt von der unheiligen Freude eines Kindes, das man in einer Feuerwerksfabrik losgelassen hat.

Aurelia, die sich nie übertreffen ließ, hob beide Arme und drehte sich, um ihren Followern eine 360-Grad-Tour des Leidens zu bieten. »Falls ihr gerade erst dazugestoßen seid«, intonierte sie, »wir senden live aus dem Archiv, und das hier passiert, wenn man sich mit dem Modernisierer-Kollektiv anlegt.« Ihre Stimme hatte den harten, kristallinen Unterton von jemandem, der diesen Moment absolut geplant hatte. »Haut auf den Like-Button, wenn ihr sehen wollt, was als Nächstes passiert.«

Vincent hatte fast Mitleid mit Carmine. Fast.

Carmine krabbelte rückwärts und hinterließ eine glitschige Spur aus Tinte und zerstörtem Text. Die Flecken der Leere auf seinem Körper breiteten sich aus – wo einst die Geschichten jeden Zentimeter vollgestopft hatten, klafften nun Lücken und verschlangen sogar die Schrift um sie herum. Sein Gesicht flackerte zwischen den Identitäten, durchlief jede Version seiner selbst, die je existiert hatte, aber keine hielt länger als ein oder zwei Frames.

Die Modernisierer rückten näher. Die Ringlichter, die jetzt wie Knüppel geschwungen wurden, trafen Carmines Arme und Schultern und brannten den letzten Widerstand weg. »Sag mal Cheese«, höhnte Cass, und das Wort »Cheese« erschien tatsächlich für einen Sekundenbruchteil in Comic Sans auf Carmines Stirn, bevor es sich in einem Anfall von digitalem Rauschen auflöste.

Das Archiv rebellierte. Manuskripte flogen von den Wänden und bewarfen die Menge mit einem Hagel feindseliger, schreiender Ephemera. Eine Flut von Schriftsätzen traf Aurelia auf die Brust, aber sie fegte sie mit einem gleichgültigen Schnippen des Handgelenks beiseite. Cass duckte sich, als ein Kodex mit festem

Einband über seinen Kopf segelte, fing dann den nächsten auf und benutzte ihn als behelfsmäßigen Schild. Nyx, ein Multitasking-Champion, mischte live einen Beat auf einer Handy-App, während sie gleichzeitig Shuriken-förmigen Zitatbelegen auswich.

Vincent umkreiste den Schauplatz und hielt nach einer Lücke Ausschau. Mrs Barley hatte sich zurückgezogen und Ren mitgerissen, beide ramponiert und mit Blut und weniger angenehmen Flüssigkeiten bespritzt. Rens Mal leuchtete wie ein neugeprägter Stern und pulsierte schneller und schneller, als das Spektakel seinen Höhepunkt erreichte. Mrs Barleys Augen verfolgten den Kampf mit der kalten Distanz einer Bürokratin, aber Vincent konnte das verräterische Zucken in ihrem Mundwinkel erkennen: Sie genoss jede Sekunde.

Carmine versuchte, sich zu sammeln. Er hob die Arme, und für einen Sekundenbruchteil richteten sich die Leerräume auf seinem Körper aus und bildeten eine Linse aus purem Nichts, die den nächsten Lichtschwall verschluckte. Aber die Modernisierer erhöhten einfach die Belichtung, stellten die Handys auf »Sonnenbrand« und die Ringlichter auf »Netzhautablösung«. Sie streamten den Zusammenbruch aus jedem Blickwinkel, und die Menge auf der anderen Seite der Kameras – jetzt Hunderttausende, vielleicht Millionen – befeuerte das Spektakel mit ihren Kommentaren, Emojis und vergnügten Reposts.

Carmines Narrativ zerbrach. Die Haut seines Körpers riss auf, nicht entlang der Nähte von Satz oder Geschichte, sondern in zerfetzten, organischen Spalten. Aus jeder Wunde schrie ein Wirbelwind verlassener Handlungsstränge hervor, nur um von den Ringlichtern erfasst und in der viralen Hitze eingeäschert zu werden. Carmines Stimme spaltete sich in ein Dutzend Versionen: die selbstherrliche, die flehende, die kalt rationale, die rein verzweifelte. Alle schrien gleichzeitig, eine Rückkopplungsschleife gescheiterter Narrative.

Vincent nutzte diesen Moment und nur diesen Moment, um auf das Podium zu treten.

Er sah Carmine an, der nun ein rauchendes Gitterwerk aus Geschichten und Leere war, und sagte: »Irgendwelche letzten Worte für Ihre Fans?«

Carmine versuchte zu antworten, aber alles, was herauskam, war ein Geräusch – wie der schlechteste Modem-Handshake der Welt oder der letzte, sterbende Atemzug eines alten, geschlagenen Hundes.

»Dachte ich mir«, sagte Vincent.

Er wandte sich an die Modernisierer. »Macht es zu Ende.«

Aurelia richtete ihr Handy auf ihn, und die anderen folgten ihrem Beispiel. Sie umzingelten Carmine, jede Kamera sendete, jeder Kommentarbereich eine Flutwelle. Das Licht, nun eine physische Kraft, presste Carmine flach auf das Podium und schmolz den Rest seiner Geschichte zu einer Lache aus Tinte und heulender Leere.

Das Archiv krampfte. Die Böden bebten, die Regale stürzten ein, die Flüsse aus Tinte kochten und verdampften dann in einem Dunst aus reinem, unwiederbringlichem Datenverlust. Die Erinnerung an Carmine, einst unauslöschlich, hatte nun Mühe, überhaupt als Meme zu überdauern. Nyx, wie immer der DJ, legte die letzten Momente im Stream in eine Dauerschleife und remixten Carmines letzte Worte zu einem stotternden, unkenntlichen Hook.

Vincent blickte zu Mrs Barley, dann zu Ren, dann zu dem absoluten Chaos um ihn herum.

Er lächelte.

Es war fast vorbei.

Auf Aurelias scharfes Kommando hin schlossen die Modernisierer die Reihen. Sie umzingelten Carmine mit militärischer Präzision – obwohl es die Präzision eines Verkaufsteams am Black Friday war, nicht die einer Armee. Jedes Ringlicht war nun ein Suchscheinwerfer, jedes Handy ein zur Waffe gemachtes Gerücht. Die Modernisierer marschierten, stampften und nahmen ihre Plätze ein und bildeten einen perfekten Ring um das ramponierte Podium, auf dem Carmine kauerte.

Aurelia hob die Arme und begann mit der natürlichen Autorität von jemandem, der einst vor dem Frühstück drei konkurrierende Agenturen ausverhandelt hatte, die Menge anzuführen. »Verstärkt das Signal!«, rief sie, ihre Stimme hallte durch das Archiv. »Wenn ihr sehen wollt, wie er untergeht, haut auf den Like-Button! Schreibt mit uns Geschichte!«

Die Reihe der Modernisierer begann einen langsamen, ritualisierten Gesang – eine Mischung aus einem Fußballlied und einem Opferhymnus. Er begann leise, doch mit jeder Strophe wuchs ihre Zahl: Jedes Echo kam als zehn zurück, aus jedem Zehner wurden hundert, und bald erbebte das ganze Archiv unter dem Klang. Die Handys erzitterten unter den eingehenden Benachrichtigungen. Die Luft war ein Live-Feed aus Hashtags, Slogans und Handlungsaufforderungen, die alle direkt auf den schreienden Kern von Carmine gerichtet waren.

Cass war ein einziges Gewusel aus Aktivität, wechselte zwischen drei Geräten, auf denen allen separate Livestreams liefen. »Wir trenden weltweit!«, kreischte er, seine Stimme brach vor reiner, ungefilterter Freude. »Nummer eins in London, Paris und New York, Nummer drei weltweit!« Die Zahlen stiegen schneller, als die Wände des Archivs verarbeiten konnten; irgendwo über ihnen begann sich die Struktur selbst zu verziehen und dehnte sich, um das anschwellende Publikum aufzunehmen.

Nyx, ausdruckslos und perfekt abgestimmt, spielte einen Chorklangteppich von ihrem Handy ein. Jeder Beat passte zum

Gesang, jeder Drop spiegelte den Rhythmus von einer Million scrollender Daumen wider. Zwischen den Strophen schnitten sie Clips von Carmines verzerrtem Gesicht zusammen, die neu geloopt und mit Autotune versehen wurden, bis die Schreie des alten Mannes in Echtzeit zu einem Meme wurden.

Am Boden war die virale Magie buchstäblich: Je mehr Leute zusahen, desto weniger konnte Carmine sich verteidigen. Jeder gepostete Hashtag – #CarmineChallenge, #CouncilFail, #Rewrite-TheNight – nagelte ein weiteres Stück von ihm auf dem Podium fest. Die Seiten des Archivs, nicht länger an ihre Regale gebunden, schwebten in einem Schnee feindseliger Zeugenaussagen herab. Jede Seite zeichnete eine neue Demütigung auf, einen neuen Widerspruch, ein Zitat, das so verheerend falsch war, dass es Carmine körperlich traf und frische Wunden aus roher, sich windender Schrift aufriss.

Carmine versuchte, sich zu wehren, aber jedes Mal, wenn er den Mund öffnete, sprach eine andere Version seiner selbst, von denen keine der letzten zustimmte:

»Sie verstehen nicht ...«

»Das war nie der Plan ...«

»Die Geschichte gehört den Siegern ...«

»Es ist ein Witz, ein Schwindel, das alles ...«

Die widersprüchlichen Stimmen überlagerten sich, überschnitten sich und löschten sich in der viralen Verstärkung des Moments gegenseitig aus. Es war der Klang eines Mannes, der von seiner eigenen Geschichte überholt worden war, dazu verdammt, seine eigene Bedeutungslosigkeit zu erzählen, während das Publikum nach mehr skandierte.

Vincent, der einen ramponierten Arm quer über seinen Bauch presste, wandte sich Ren zu, die direkt hinter Mrs Barley im äußeren Kreis schwebte. Das Mal auf ihrem Arm hatte sich von blau zu weißglühend verfärbt und stieß dünne Dampfschwaden aus, die in der Luft zischten und knisterten. Ihr Gesicht war eine

Maske des Schmerzes, aber ihre Augen – schon immer das Lebendigste im Raum – waren mit der Klarheit einer Fanatikerin auf Carmine gerichtet.

Sie sagte: »Er verblutet nicht nur Aufmerksamkeit – er hungert danach.«

Mrs Barley, die sich eine frische Ladung anti-memetischer Aufkleber besorgt und sie sich über Arme und Hals geklebt hatte, warf einen Blick auf Carmine und nickte. »Ihm geht die Schrift aus. Wenn Sie noch etwas übrig haben, ist jetzt der richtige Zeitpunkt.«

Vincent nickte Ren zu, dass sie gehen sollte.

Sie zögerte nicht. Sie presste den Unterarm mit dem Mal an ihre Brust, umschloss ihn mit der anderen Hand und zog. Der Schmerz war so unmittelbar, dass er ihr die Sicht nahm, aber sie zog weiter, bis die Oberfläche ihrer Haut wie nasses Papier aufriss und das Mal sich in ihre Hand löste: keine Tätowierung, sondern eine lebende, schreiende Spirale aus Text, heller als eine Phosphorfackel.

Sie betrachtete es – ihre eigene Geschichte, all den Kummer und die Wut und den Lärm, den Carmine in sie eingeschrieben hatte – und dann tat sie das Logischste, das Ren-typischste, was man sich vorstellen konnte: Sie ging geradewegs durch den Ring der Modernisierer, wich einem Hieb von Carmines zerstörter Hand aus und klatschte das Mal direkt auf seine Brust.

Es brannte wie ein Brandzeichen, zischte gegen die leere Haut und ging dann in Flammen auf. Carmines ganzer Körper erstarrte, seine Augen verdrehten sich nach hinten, als die rekursive Rückkopplung von Prophezeiung und Entblößung auf einmal einschlug. Die virale Menge sah es, liebte es und nutzte die Gelegenheit, um es zur Hölle zu memen.

Cass, der keinen Takt verpasste, schrie: »Liken und teilen, um die Dunkelheit zu verbannen! Machen wir diesen Bastard fertig!«

Die Kommentare strömten herein: »Bestes ARG aller Zeiten«,

»Das CGI ist WAHNSINN«, »Vincent Lupo ist Daddy.« Jeder Kommentar landete wie ein Faustschlag. Nyx ließ den Beat fallen, und das gesamte Archiv vibrierte mit der gemeinsamen, schwindelerregenden Freude von einer Million Fremder, die zusahen, wie ein Bösewicht bekam, was er verdiente.

Ren taumelte zurück, doch Mrs Barley fing sie an den Schultern auf und stützte sie.

Mrs Barley war an der Reihe.

Sie schritt zum Podium – das jetzt ein Trümmerhaufen war, Tinte sammelte sich am Sockel, Carmine wand sich und scheiterte in der Mitte – und stieß ihre Schirmspitze mit der vollen, bürokratischen Autorität jedes Ratsnotars, der je für den Papierkram gelebt hatte und gestorben war, in den Stein. Sie klickte auf die Endhülse, fuhr einen silbernen Dorn aus und drückte ihn mit der Gewissheit einer Henkersaxt in das Podium.

Die Wirkung war unmittelbar. Der Boden brach auf, Risse schossen vom Punkt des Schirms nach außen. Jeder Bruch glühte, brach dann auf, und weißes Licht sprudelte wie der Quell eines vergrabenen Sterns durch den Boden des Archivs. Manuskripte fingen Feuer, die Flammen waren blau und rein und löschten jede Spur von Carmines Evangelium mit der ganzen Endgültigkeit eines auf Verteidigungsministerium-Standards gelöschten Festplattenlaufwerks aus.

Carmines letzte Worte waren kein Schrei oder gar ein Fluch. Sie waren eine einfache, verzweifelte Bitte, die alle Versionen gleichzeitig äußerten:

»Die Geschichte ... muss verborgen bleiben ...«

Aber das tat sie nicht.

Sie strömte aus ihm heraus – jedes Geheimnis, jede Gräueltat, jede Lüge und Halblüge und sorgfältig konstruierte Auslassung. Sie strömte ins Licht, wo die Handys der Modernisierer sie einfingen, schnitten, bearbeiteten und viral schickten, bevor Carmine Zeit hatte, auch nur ein einziges Wort zu redigieren. Der Rest seiner Macht, der narrative Motor, der ihn jahrhundertelang am Laufen gehalten hatte, wurde herausgerissen und von der Menge verschlungen.

Er krampfte, zitterte, dann, für einen kurzen Moment, formte er sich wieder zu dem Mann, der er einst gewesen war – müde, alt und allein. Er sah Vincent an, und Vincent sah zurück, und für einen Moment sagten beide nichts.

Dann zerbarst Carmine. Er zerbrach in eine Million Fragmente, jedes eine verleugnete Geschichte, ein widerlegtes Gerücht, ein überlebtes Meme. Die Stücke lösten sich auf, absorbiert von dem Mal, das immer noch in seinem Herzen brannte.

Ren sah zu, wie das Mal – ihr Mal – den letzten Rest von Carmines Geschichte fraß und dann wie eine erloschene Kerze ausging. Und mit ihm hörte der Schmerz in ihrem Arm auf.

Die Modernisierer, die Viralität erreicht hatten, brachen in Jubel aus: Selfies, Umarmungen, spontane Tanzpartys. Nyx livestreamte die letzten Momente, schaltete dann den Feed ab und ließ das Deck zum ersten Mal seit Stunden verstummen. Cass drehte eine Ehrenrunde und fiel dann in einem Haufen Asche und Gekicher in sich zusammen.

Aurelia, die sich der Außenwirkung stets bewusst war, zog Vincent und Mrs Barley für ein Gruppenfoto heran und hielt die Überlebenden vor der Kulisse eines zerstörten, aber abkühlenden Archivs fest. »Geschichte«, sagte sie, »gehört denen, die sie schreiben. Oder zumindest denen, die wissen, wie man einen guten Filter benutzt.«

Vincent blickte sich um: Ren, erschöpft, aber am Leben. Mrs Barley, die bereits ihren Schirm mit neuen bürokratischen Formularen nachlud. Die Modernisierer, siegreich auf ihre eigene, einzigartige Weise. Und überall die Stille einer Geschichte, die endlich, wirklich zu Ende war.

# DREIUNDZWANZIG

Zurück in Vincents Wohnung meldete sich die Realität zurück, eine Kombination aus fadenscheinigen Möbeln, schlechtem Lufterfrischer und dem beständigen Pochen des Kühlschranks, der versuchte, nicht an Vernachlässigung zu sterben. Der Schock der Normalität traf ihn so abrupt, dass Vincents erster Gedanke nach dem jähen Fall war, er hätte sich alles nur eingebildet. Wäre da nicht das Blut gewesen – sein eigenes und die Erinnerung an Carmines. Und die Tinte, die immer noch überall war, selbst nach drei Ganzkörper-Abreibungen mit den am wenigsten allergenen Babytüchern, die man für Geld kaufen konnte.

Ren ließ sich auf das Sofa fallen und renkte dabei Mrs Barleys Schulter beinahe aus. Sie sah aus, als hätte sie gerade einen Triathlon in einem Hagelsturm beendet – ihr Kapuzenpulli war zu Bandagen zerfetzt, ihre Haut eine Mischung aus Blässe und blauen Flecken, die Augen riesig und ohne Fokus. Sie umklammerte ihren linken Arm, auf dem das Mal nur noch eine kauterisierte Strieme war, wütend rot und unter der Beleuchtung der Wohnung schwach leuchtend. Die Finger ihrer rechten Hand zuckten, als dirigierten sie immer noch die Rückkopplungsschleife einer aus dem Ruder gelaufenen Prophezeiung.

Vincent traute seinen Beinen nicht zu, ihn zu tragen, also nahm er den Sessel am Fenster. Er beugte sich vornüber, die Ellbogen auf die Knie gestützt, und würgte leise in ein Taschentuch. Was hochkam, war halb Blut, halb die schmierige schwarze Tinte eines Druckers, der irgendwo tief im Gesundheitssystem verendete. Er spuckte aus, wischte sich über die Lippen und fragte sich zum ersten Mal seit der Pubertät, ob ein bisschen weniger Hunger vielleicht ein Segen wäre.

Der Kompressor des Kühlschranks sprang an und ertränkte die Nachbeben der Stille. Mrs Barley, die zweimal ihren eigenen Puls gefühlt hatte, klappte die Überreste ihres Regenschirms zu und lehnte ihn sanft an den Heizkörper. Die silberne Spitze war zu einem umgekehrten S verbogen, und der Stoff war stellenweise mehr abwesend als vorhanden. Sie betrachtete die Waffe einen Moment lang – entweder als Erinnerung an treue Dienste oder als Kandidatin für fachgerechtes Recycling – und wandte ihre Aufmerksamkeit dann den anderen zu.

»Bericht«, sagte Mrs Barley mit einer Stimme, der man nur noch das Muskelgedächtnis anhörte.

Ren hob den Kopf, blinzelte und murmelte: »Alle anwesend. Alle vollzählig. Alle mehr oder weniger noch da.«

Vincent warf einen Blick auf Zara, die über dem Teppich schwebte, ein Geist selbst für die niedrigen Standards des post-Carmine-Londons. Es fiel ihr schwer, ihre Gestalt zu wahren: Ihre eine Gesichtshälfte verblasste und erschien wieder, der Rest war eine impressionistische Skizze eines Lächelns. Wenn ihr noch Kraft geblieben war, verwendete sie diese darauf, ihre Hand nicht durch die Möbel gleiten zu lassen.

Die vier saßen in einem Zirkel der Stille nach dem Kampf, als bräuchte die Wohnung selbst einen Moment, um zu verarbeiten, was gerade in sie hineingestoßen worden war.

Vincent durchbrach die Flaute. »Wie viel Zeit haben wir?« Er war sich nicht sicher, ob er meinte, bevor die Welt neu startete, oder bevor ihm die zweiten Chancen ausgingen.

Mrs Barley tippte auf ihre Uhr, sah dann auf ihr Handy, dann auf den ramponierten Notizblock. »Die Zeit hält im Moment an«, sagte sie. »Aber nur im lokalen Sinne. Global gesehen –« Sie runzelte die Stirn, als wäre die globale Zeit eine persönliche Beleidigung.

Ren griff nach oben, zupfte sich eine getrocknete Blutflocke vom Ohr und fragte: »Heißt das, wir haben gewonnen?«

Mrs Barley überlegte. »Es ist uns gelungen, die narrative Rekursion zu verhindern. Carmine ist –« Sie zögerte, und Vincent bemerkte das Zucken, als würde sie einen Mord zugeben, den man eigentlich bedauern sollte. »Ausgelöscht. Endgültig. Zara hat sich darum gekümmert.«

Zara flackerte, die Anstrengung, gesehen zu werden, kostete sie Kraft. »Hab getan, was Lektoren am besten können«, lallte sie mit einer Stimme, die wie eine leere Batterie klang. »Für mehr Klarheit gekürzt.«

Ren versuchte zu lächeln, aber es sah aus, als hätte der Muskel sein Training vergessen. »Dann bist du eine verdammte Heldin.«

Zara verschwand kurz und erschien wieder. »Heldentum ist nur die Einleitung zur Grabrede. Oder so was. Gebt mir eine Minute, nächstes Mal bin ich lustiger.«

Vincent, der spürte, wie seine Eingeweide versuchten, sich zwischen fest und flüssig zu entscheiden, lehnte sich zurück. Die Bewegung jagte einen Schmerz durch seine rechte Seite: Die Knoblauchverbrennung war verkrustet, aber ein Sonnenstrahl aus dem Fenster fand seinen Weg zu seiner Wange, und die Stelle zischte sofort und hinterließ eine rauchende Strieme.

Er zuckte zischend zurück.

Ren sah es, ihr Blick schnellte zu ihm. »Du bist immer noch ...?«

Er nickte, und die Bewegung ließ ihn schwindelig werden. »Anscheinend sterben alte Gewohnheiten nur langsam. Oder gar nicht.«

Das Mal auf Rens Arm glühte schwach auf und verblasste dann. Sie blickte darauf hinab und fuhr mit einem Finger über die Narbe.

»Tut es weh?«, fragte Vincent, hauptsächlich aus dem perversen Bedürfnis heraus, die Aufmerksamkeit von sich abzulenken.

»Nicht so sehr, wie es sollte«, antwortete Ren. Sie sah ihn wieder an, diesmal genauer, und die Linien um ihren Mund verhärteten sich. »Du kommst davon nicht mehr zurück, oder?«

Er antwortete nicht. Er sah nur auf seine Hände – fleckig, schwielig, mehr Fremder als er selbst. Er ballte sie einmal zur Faust, sah den Sehnen beim Springen zu und dachte an all die Dinge, die Carmine versucht hatte, in ihn hineinzuschreiben. Vielleicht würde er eines Tages lernen, sie herauszuredigieren, aber im Moment fühlte es sich an, als würde jeder Teil von ihm immer noch mit dem Rest streiten.

Mrs Barley, die ihr Notizbuch wieder zur Hand genommen hatte, begann zu schreiben. Sie füllte die Seite mit dichter, schleifenförmiger Schrift – Beobachtungen, Schlussfolgerungen, Maßnahmen –, ihr Stift bewegte sich mit einer fließenden, beinahe rachsüchtigen Anmut. Es war die Bürokratie der Genesung, eine Methode, dem Wahnsinn einen Sinn zu geben, indem man ihn nummerierte, mit Fußnoten versah und durch Wiederholung unschädlich machte.

Vincent sah zu und empfand etwas Ähnliches wie Neid.

Auf dem Sofa schloss Ren die Augen, ihre Schultern bebten beim Ausatmen. Ihre Hand ruhte auf der Narbe des Mals, aber sie versuchte nicht, sie zu bedecken. Es gab keinen Grund mehr, sich zu verstecken: Das Geheimnis war gelüftet, und ausnahmsweise war die Welt nicht untergegangen.

Zara sackte zur Seite, ein Fuß glitt geradewegs durch den Couchtisch. »Hab ich doch gesagt«, flüsterte sie. »Gute Lektoren bluten.«

Vincent grinste wider Willen. Das Geräusch war feucht, aber ehrlich.

Er wartete darauf, dass die Welt sich zurücksetzte, dass die Nachrichten platzten, dass die nächste Idiotie die Stadt überrollte.

Aber für den Moment erlaubte er sich einfach, auszuruhen.

# VIERUNDZWANZIG

Der Ratssaal des Hofes für Bleiche Angelegenheiten hatte Revolutionen, Schismen, einen kurzen, aber denkwürdigen Putsch der Vampire für Umweltgerechtigkeit und mindestens sechs Pandemien überstanden – manche davon viral, andere ideologisch. Doch in der Geschichte seines bleiverglasten Gewölbes und mondzerfurchten Kalksteins hatte nichts jemals seine Fassung so sehr erschüttert wie ein Livestream der Modernisierer.

In der Mitte des Saals hingen ein Dutzend Kristallbildschirme über der uralten Debattiergrube, jeder auf eine andere Ecke des kollektiven Gekreisches des Internets eingestellt. Die Schlacht im Archiv wurde in einer Endlosschleife wiederholt, zerstückelt, zu Memes verarbeitet und mit Hashtags in ein digitales Nachleben befördert, das die offiziellen Protokolle des Rates wie einen Abschiedsbrief in der Schriftart Courier wirken ließ. Im Hauptfeed hatte ein Standbild von Carmine mitten im Zusammenbruch – sein Gesicht flackerte zwischen Bösewicht und Meme-Vorlage – bereits vier Millionen Likes, zweihunderttausend »Schrei«-Reaktionen und einen fortlaufenden Kommentarverlauf angesammelt, der zwischen »vampire sind echt, ICH WUSSTE ES« und »Die Computereffekte werden heutzutage echt krass, lol« schwankte.

Ältester Mortimer Blackthorn thronte auf der obersten Ebene der Debattiergrube, seine Roben steif vor Stärke und jener Art von Würde, die man sich nur erkaufen konnte, indem man Rivalen aus vier Jahrhunderten überlebte. Seine Kollegen breiteten sich zu beiden Seiten aus und bildeten eine Wand aus blutleeren, unbeeindruckten Gesichtern – genug, um jeden zu verunsichern, außer jene, die an die rituelle Demütigung der Ambitionen anderer Leute gewöhnt waren. Blackthorns Augen, tief in seinem Schädel versunken, huschten von Bildschirm zu Bildschirm, als suche er nach einer Version der Ereignisse, die ihn zum Sieger machte.

Vincent, von der Augenbraue bis zum Knöchel bandagiert, verfolgte das Geschehen von einer Steinbank zwei Stufen unterhalb des Ältesten. Die Sichtlinien im Saal waren streng hierarchisch: Jeder Sitzplatz weiter unten zwang einen dazu, zu den Ranghöheren aufzublicken, und in dieser speziellen Anordnung war Vincent zwischen den Modernisierern und dem Rest dessen eingezwängt, was Mrs Barley »das zum Scheitern verurteilte Absolvententreffen« getauft hatte. Ren saß zu seiner Rechten, blass, aber am Leben, ihre Hand immer noch in einer Schlinge und ihre Augen verfolgten jedes Flackern der Bildschirme. Links von ihm umklammerte Mrs Barley ihre Handtasche, ihr Gesichtsausdruck versteinert auf eine Weise, die sie bereits durch drei frühere Regimewechsel getragen hatte.

Die Modernisierer standen als geschlossener Block da, als könnten sie allein durch ihre schiere Nähe verhindern, vom geballten Blick des Rates pulverisiert zu werden. Aurelia Voss schien am wenigsten beunruhigt, ihr platinblondes Haar so perfekt lackiert, dass die kalte Beleuchtung des Raumes daran abzuperlen und abzurollen schien. Cass neben ihr war zu sehr damit beschäftigt, die wohl viralste Siegesrunde der Welt zu texten, um zu bemerken, dass er sich beim letzten Gerangel im

Archiv ein Stück aus seinem eigenen Kapuzenpullover gerissen hatte. Nyx schwebte wie immer irgendwo zwischen Schlaf und Transzendenz, die Augen hinter verspiegelten Sonnenbrillen verborgen, aber die Ohren auf jede subharmonische Schwingung im Saal eingestellt.

Auf den Bildschirmen erreichte das Carmine-Meme einen neuen Höhepunkt: Jemand hatte seine letzten Worte per Deepfake verfälscht, sodass er sagte: »Wenn ihr auch findet, dass Katzen süß sind. Vergesst nicht, zu liken und zu abonnieren.« Der Rat lachte prinzipiell nicht, doch das Schnauben von den unteren Bänken war unüberhörbar.

Ältester Blackthorn brachte den Raum mit einem gehobenen kleinen Finger zum Schweigen, dieselbe Geste, die einst ganze Tribunale in katatonische Unterwerfung versetzt hatte. »Wir sind versammelt«, intonierte er, »um die Nachwirkungen dessen zu besprechen, was als das Carmine-Rekursionsereignis bezeichnet wurde.« Die Bildschirme hinter ihm untertitelten dies automatisch mit »#carminefail«, was Mrs Barleys Pokerface beinahe zum Einsturz brachte.

»Es sei zu Protokoll gegeben«, fuhr Blackthorn fort, »dass die ... Einmischung der Modernisierer, obwohl sie gegen ein Dutzend geltender Satzungen verstieß, den totalen Zusammenbruch des Narrativs und den Verlust der Konsensrealität der Sterblichen verhinderte.«

Aurelia strahlte und verbeugte sich mit beiden Händen, als hätte sie gerade die Verkaufsaufgabe in einer besonders schwierigen Folge von *Die Höhle der Löwen* gemeistert. »Es war eine Teamleistung«, sagte sie und richtete das Lächeln auf Vincent und Ren, als erwarte sie, dass sie sich dem Gruppenfoto anschließen würden.

Vincents linke Augenbraue hob sich über dem Verband und er murmelte: »Das ist das erste Mal, dass mich jemand einen Teamplayer nennt.« Ren grinste, mit kaum beherrschter Miene.

Cass warf ein: »Wir haben die Schadensbegrenzung bereits hochgefahren. Bis heute Abend werden sich die Trends auf Verschwörungsdebatten verlagert haben und es läuft eine Umfrage darüber, welcher Minister eigentlich ein für Nordkorea arbeitender Spion ist.« Er klang so stolz darauf, dass mehrere Ratsmitglieder in ihren Notizen nach der korrekten Gesichtsreaktion suchen mussten.

Nyx fügte hinzu, um nicht übertroffen zu werden: »Wir haben für morgen Abend eine Szene nach dem Abspann geplant. Sei der Geschichte voraus, oder die Geschichte ist dir voraus.«

Mrs Barley kritzelte dies wörtlich in ihren Block und beugte sich dann zu Vincent hinüber. »Dir ist klar«, murmelte sie, »dass jeder drittklassige Vampir mit WLAN-Signal sich für einen strategischen Aktivposten halten wird, wenn die Modernisierer eine Belobigung vom Rat erhalten.«

Vincent zuckte mit den Schultern. »Du kannst ihnen ja immer drohen, ihre Konten zu sperren.«

Mrs Barley schnaubte, und für einen Moment waren die beiden vereint im kalten Trost des Wissens, dass keine Katastrophe so groß war, dass sie nicht durch einen Ausschuss noch schlimmer gemacht werden konnte.

Am anderen Ende des Podiums beugte sich das älteste lebende Mitglied des Rates – eine Frau, so ausgedörrt, dass sie aus einer Migräne hätte geschnitzt sein können – vor. »Wenn es dem Hause gefällt«, krächzte sie, »könnten wir eine formelle Erklärung in Betracht ziehen. Die Öffentlichkeit verlangt eine Erklärung, oder zumindest einen verlässlichen Bösewicht.« Sie warf den Modernisierern einen vernichtenden Blick zu. »Vorzugsweise einen mit einer kürzeren Aufmerksamkeitsspanne als Mr Lupo.«

Vincent bot einen Schein-Salut.

Die nächsten zwanzig Minuten waren ein Autounfall in Zeitlupe aus Ritualen und passiver Aggression. Der Rat entwarf, änderte und überarbeitete ein offizielles Narrativ, wobei jede

Runde barocker war als die letzte. Sie versuchten, mit abnehmender Subtilität, die ganze Affäre »abtrünnigen Agenten« anzuhängen, dann »kultureller Sabotage«, und schließlich, in einem letzten verzweifelten Versuch, »dem bedauerlichen Aufstieg disruptiver Technologie«. Aber die Modernisierer, nun ermutigt, wehrten jede Anschuldigung mit einer Mischung aus vorbereiteten Erklärungen und den rohen, viralen Beweisen ihrer eigenen Livestreams ab. Am Ende der Debatte war klar, dass das Beste, worauf der Rat hoffen konnte, war, nicht vor dem Tee aus der Existenz gememed zu werden.

Ren, die das Feuerwerk beobachtete, stieß Vincent in die Rippen. »Sie haben eine Heidenangst vor uns.«

Er beobachtete, wie Blackthorns Federkiel über dem offiziellen Antrag schwebte, die Hand des Ältesten zitterte gerade genug, um den Preis zu verraten. »Sollten sie auch«, flüsterte Vincent. »Wir sind das Einzige, was sie davon abhält, Schnee von gestern zu sein.«

Mrs Barley, die den Moment spürte, begann eine neue Notiz: »Modernisierer-Bedrohung nicht taktisch. Existenziell. Empfehle Annahme von Störungsprotokollen oder obligatorisches Influencer-Onboarding.« Vincent biss sich auf die Zunge, um ein Lachen zu vermeiden, was ihm einen strengen Blick von Mrs Barley und ein Seitenlächeln von Ren einbrachte.

Aurelia, die Augen auf den Ältesten gerichtet, rief: »Also, sind wir jetzt im Rat?« Der Raum wich zurück. Die Bildschirme froren auf ihrem Gesicht ein, hohe Wangenknochen und Haifischaugen, das nächste Meme formierte sich bereits im Datenzentrum des kollektiven Ids der Welt.

Blackthorn legte den Federkiel nieder. Die offizielle, handkalligrafierte Anerkennung materialisierte sich in der Mitte des Podiums, ihr Wachssiegel blutete ein wenig mehr Rot als nötig.

»In Anerkennung der dem Pakt und dem größeren Narrativ geleisteten Dienste erkennt der Rat die Modernisierer als ... ›nützliche Aktivposten‹ bei der laufenden Eindämmung des Übernatürlichen an.« Die Worte hingen wie ein schlechter Geruch in der Luft.

Cass ballte die Faust. Nyx vollführte einen Dab, der so träge war, dass er aus dem Grab hätte ausgeführt werden können.

Aurelia strahlte, dann bot sie mit der Anmut eines erfahrenen Profis Vincent ihre Hand an. Er bedachte sie, schüttelte sie dann und drückte gerade fest genug, um sie daran zu erinnern, welcher von ihnen die längeren Reißzähne hatte.

Ren, ermutigt, zwinkerte Cass zu, der so schnell errötete, dass er beinahe sein eigenes Telefon kurzschloss.

Mrs Barley klickte ihren Stift und richtete ihren Rock. »Sollen wir die Sitzung vertagen, bevor sie anfangen, nach einem Zitat zu fragen?«

Der Rat, befreit von der Verpflichtung, so zu tun, als ob sie ihren Blick in die Zukunft genossen hätten, schlurfte in einer würdevollen Panik hinaus. Ältester Blackthorn verweilte, sein Blick bohrte ein Loch in Vincents Hinterkopf.

»Der erste PR-Sieg in der Geschichte der Vampire«, murmelte Vincent, gerade laut genug, dass Mrs Barley und Ren es hören konnten. »Wir sind dem Untergang geweiht.«

Mrs Barley warf ihm einen Blick zu, so scharf, dass er Blut hätte ziehen können, aber Ren kicherte nur und sagte: »Wenigstens wirst du im Trend liegen.«

Vincent erlaubte sich zum ersten Mal an diesem Morgen ein Lächeln.

Er folgte den anderen hinaus, das Gewicht von tausend gescheiterten Prophezeiungen wurde für einmal durch die leichtere Last des Sieges ersetzt.

Vincents Wohnung sah aus wie der Tatort in einem Ikea-Katalog: unblutig, aber nicht unblutig, die Möbel in dramatischer Agonie verstreut, und jede spiegelnde Oberfläche immer noch vom blauen Nachglühen eines Spuks gesäumt. Der Kühlschrank, der irgendwann in der Nacht seinen Lebenswillen verloren hatte, summte in Moll. Die Ringleuchten waren verschwunden, ersetzt durch eine einzelne, ramponierte Lampe, die mit Gaffer-Tape und Sturheit zusammengehalten wurde, ihr Schirm so angesengt, dass er Rorschach-Flecken an die Wände projizierte.

Vincent hatte sich auf dem Sofa verschanzt, mehr aus Verletzung denn aus Vorliebe. Bandagen liefen seine Arme hoch und um seinen Hals, und der einzige Grund, warum sein rechtes Ohr noch dran war, war, dass Ren es wieder angedrückt und ihm mit einem Dönerspieß gedroht hatte, wenn er auch nur zucken würde, während der Kleber trocknete. Die Knoblauchverbrennung hatte sich verschorft, dann Blasen geworfen, dann wieder verschorft, und er hatte aufgehört, nachzusehen, ob die Narben heilten. Manche Wunden, wie Ren es ausdrückte, waren ein Lebensstil.

Ren selbst lag am anderen Ende des Sofas ausgestreckt, der Kapuzenpullover bis zum Kinn hochgezogen, die Hände unter die Knie geschoben. Ihre Augen kamen nie ganz zur Ruhe, flackerten ständig zwischen ihrem Handy (das sie seit sechzehn Stunden nicht aufgeladen hatte), dem Fernseher (dauerhaft stummgeschaltet und auf die Nachrichten fixiert) und ihrem eigenen linken Arm, wo das Mal nun nur noch eine schwache, zornige Narbe war. Ab und zu fuhr sie mit dem Daumen über die Haut und riss ihn dann weg, als erwarte sie, dass die Geschichte von neuem begänne.

Am Küchentisch tippte Mrs Barley. Ihre Hände, schnell und gnadenlos, hämmerten auf den ramponierten Laptop ein. Der Geruch von Zitronenreiniger und Instantkaffee zog aus der Spüle, gefangen in einem ewigen Patt mit der Abgestandenheit eines

Raumes, der seit Monaten nicht mehr zur Welt hin geöffnet worden war.

Zara schwebte umher. Manchmal war sie sichtbar, stand in der Tür, als wöge sie ab, ob sie mitmachen oder ihren eigenen Spuk beginnen sollte. Manchmal war sie nur ein Schimmern im Augenwinkel, ein Nachbild, das die Haare auf den Armen zu Berge stehen ließ, selbst wenn man sie schon zweimal hatte sterben sehen. Heute bevorzugte sie den körperlichen Zustand, aber es war die Art von Körperlichkeit, die aussah, als stünde sie kurz davor, in die Cloud hochgeladen zu werden.

»Fühlt sich so ein Sieg an?«, fragte Ren und durchbrach die Stille. Ihre Stimme war heiser, als hätte sie die Nacht damit verbracht, bei einem Fußballspiel oder dem Zusammenbruch eines kleinen Universums zu schreien. »Ich will nämlich irgendwie mein Geld zurück.«

Vincent grunzte. Er hatte den größten Teil des Morgens damit verbracht, zusammenzusetzen, wie die offizielle Version der Ereignisse des Rates aussehen würde und wie er sie am besten unterwandern könnte, bevor sie versuchten, ihn ans Kreuz der »Mitschuld« zu nageln. Bisher war die einzige gute Nachricht, dass Carmines Name aus den Trending-Tags verschwunden war, ersetzt durch den kleinen Skandal eines Tory-Abgeordneten, der beim Sexting mit einem Modernisierer-Bot erwischt wurde.

»Könnte schlimmer sein«, sagte Vincent, rollte eine Schulter und zuckte beim Geräusch von brechendem, trockenem Verband zusammen. »Könnte tot sein.«

Mrs Barley, die existenzielle Ängste noch nie einer Frist in die Quere kommen ließ, sagte: »Wenn Sie tot sind, geben Sie bitte Bescheid, damit ich Ihre Aufgaben neu zuweisen kann. Andernfalls werden Sie um zwanzig Uhr im Hauptquartier der Modernisierer erwartet.«

Vincent ließ den Kopf gegen das Sofa fallen. »Ich will in

meinem Leben kein Smartphone mehr sehen. Dachte, ich hätte mir eine Beförderung verdient.«

Mrs Barley blickte nicht auf. »Technisch gesehen sind Sie eine Person von Interesse in vier laufenden Ermittlungen. Es ist besser, wenn Sie sichtbar sind.«

»Sichtbar«, hallte Zara wider, ihre Stimme dünn wie Pauspapier. »Das ist eine Art, es auszudrücken.«

Ren schnaubte. »Wenigstens liegst du nicht als #VincentDerIncel im Trend. Cass verkauft schon T-Shirts.«

»Ich bin nicht mal ein Incel«, protestierte Vincent. »Ich hatte Sex. Jede Menge. Nur nicht ... in letzter Zeit.«

Dies entlockte Ren endlich ein Lächeln. »Wenn es hilft, die Fans glauben, du schmachtest heimlich Carmine hinterher.«

Vincent machte ein Geräusch, das halb Lachen, halb Knurren war. »Da würde ich lieber Bleiche trinken.«

Zara schwebte herüber, ihr Gesicht von Schalk geschärft. »Wenn du keine Bleiche mehr hast, habe ich einen Plan B. Du, ich und eine Nacht ›lehrreicher‹ Livestreams. Wir werden die Sterblichen um eine Rückkehr von Love Island anbetteln lassen.«

Er hob eine Augenbraue. »Darfst du überhaupt noch auf TikTok?«

Sie zuckte mit den Schultern, die dabei verschwammen. »Nur mit elterlicher Freigabe.«

Mrs Barley beendete einen Absatz und klappte ihren Laptop mit einem Schnappen zu. »Wenn ihr mit dem Suhlen fertig seid, wir haben Arbeit zu erledigen. Der Rat erwartet bis zum Ende des Tages einen vollständigen Bericht, einschließlich Empfehlungen zur Eindämmung.«

Vincent blinzelte. »Eindämmung von was? Carmine ist weg.«

Mrs Barleys Augen glänzten. »Nicht Carmine. Uns. Die Modernisierer. Die Öffentlichkeit. Jeder, der denkt, die Welt sei interessanter mit Vampiren darin.«

Ren biss die Zähne zusammen. »Werden sie wieder versuchen, den Planeten einer Gedächtnislöschung zu unterziehen?«

Mrs Barley zuckte mit den Schultern. »Unwahrscheinlich. Das Archiv war eine einmalige Sache. Aber sie werden Maßnahmen zum ›sanften Neustart‹ einsetzen – Gerüchte, Desinformation, algorithmische Ablenkung.« Sie musterte Vincent über den Rand ihrer Lesebrille. »Du wirst an vorderster Front stehen. Viel Vergnügen.«

Die Stille schlug Wurzeln.

Zara, immer noch nur halb da, setzte sich auf die Armlehne des Sofas und stieß Vincent mit ihrem eigenen Bein gegen sein gesundes. »Lass dich von denen nicht wieder in einen Keller mit einem Tonbandgerät stecken. Du verdienst es, Teil der Geschichte zu sein.«

Er verdrehte die Augen. »Ich will nur ein ruhiges Leben.«

Sie grinste. »Dann hast du dir das falsche Leben nach dem Tod ausgesucht, Kumpel.«

Es klopfte an der Tür. Es klang nicht wie das alte, zögerliche Klopfen eines Pizzalieferanten oder das rasende eines Polizeirammbocks. Es war unverkennbar das Klopfen eines Bürokraten: drei scharfe Schläge, eine Pause, dann noch einer zur Betonung.

Mrs Barley öffnete. Ein Mann in einem anthrazitfarbenen Anzug stand im Flur, das Haar flach anliegend, die Augen so weit auseinander, dass es aussah, als wäre er in einem dunklen Raum von jemandem zusammengebaut worden, der die Anleitung verkehrt herum gelesen hatte. Er trug eine Plastikdokumentenmappe in beiden Händen, die Arme gerade ausgestreckt, als hätte er Angst, entweder sich selbst oder den Empfänger zu kontaminieren.

»Ratszustellung«, sagte er mit einer Stimme, die genau auf dem Niveau von »Ich mache nur meinen Job« gestimmt war.

Mrs Barley unterschrieb für die Mappe, blätterte durch den Inhalt und klappte sie zu. »Mehr Observationen«, verkündete sie und ließ die Akte auf den Couchtisch fallen. »Mehr Modernisierer. Mehr ›Eindämmung‹. Vincent, du bist wieder im Außendienst. Ren, du bist bei ihm. Zara«, sie hielt inne, dann, mit einer kaum merklichen Neigung der Lippen, »bleib einfach du selbst.«

Der Bote war verschwunden. Zara pfiff, lang und leise. »Die Welt gerettet und zur Fernglaspflicht verurteilt. Klassiker.«

Ren schnappte sich die Akte, blätterte durch die ersten zehn Seiten und schnaubte. »Sie haben deinen Namen sogar falsch geschrieben. Zweimal.«

Vincent überflog die Aufgaben. »Sie haben uns für jede Runde mit Modernisierern zusammengetan. Hoffen sie, dass wir auf sie abfärben oder umgekehrt?«

Mrs Barley holte ihren Laptop und Regenschirm wieder, als wären dies die Werkzeuge, die sie durch die kommende Pest der Idiotie bringen würden. »Wenn du in einer Woche nicht tot bist, werde ich deine Leistungsbeurteilung aktualisieren.«

Zara, die die Finsternis in Vincents Gesicht sah, beugte sich vor, bis sich ihre Nasen fast berührten. »Du musst das nicht tun. Du kannst abhauen. Dich verstecken. Nach Birmingham ziehen. Dort werden sie dich nie suchen.«

Er grinste. »Ich würde in Birmingham keine Woche überleben. Ich würde auf der Ringstraße in Flammen aufgehen.«

Sie grinste, ihre Umrisse flackerten zum ersten Mal an diesem Tag in einem hellen, elektrischen Blau. »Du bist schon in Ordnung, Lupo. Auch wenn du der unbeliebteste Bastard des Rates bist.«

»Irgendjemand muss es ja sein«, sagte er, und für einen Moment fühlte er sich fast normal.

Ren schloss die Akte und warf sie auf den Haufen halbgegessener Curry-Behälter. »Also, was steht als Nächstes an?«

Vincent griff nach der Fernbedienung, zappte durch drei Kanäle und schaltete dann auf eine uralte Dokumentation über den Zusammenbruch des Habsburgerreiches. »Observationen, offensichtlich«, sagte er und kratzte sich mit einer bandagierten Hand am Kinn. »Aber zuerst – Döner.«

Die anderen nickten, die Art von stillschweigender Übereinkunft, die man nur von Leuten bekommt, die etwas zusammen überlebt haben.

Und als die Nacht sich dem Ende zuneigte und Zara mit den Geschichten auf dem Bildschirm ein- und ausblendete, erlaubte sich Vincent den Luxus zu glauben, nur für eine Minute, dass die Welt vielleicht einen zweiten Entwurf wert war.

Lies weiter in der **Reißzahn & Abscheu-Trilogie** mit **Band 3: Rewrite the Dead**

# EIN WORT DES AUTORS

Hallo,

Vielen Dank, dass du *Die Pfählauszüge* gelesen hast!

Es hat viel Spaß gemacht, es zu schreiben. Ich hoffe sehr, es war eine unterhaltsame Lektüre.

Wenn dir das Buch gefallen hat, wäre ich unglaublich dankbar, wenn du so nett wärst, eine Rezension zu hinterlassen.

Rezensionen helfen Autoren aus mehreren Gründen wirklich sehr. Nicht zuletzt geben sie Feedback dazu, was den Lesern gefällt, und verbessern die Sichtbarkeit des Buches auf Online-Verkaufsseiten.

Vielen Dank im Voraus und ich freue mich darauf, deine Gedanken zu lesen.

Jon

# MAILINGLISTE

Möchtest du vorab Informationen über zukünftige Veröffentlichungen erhalten?

Lust auf exklusiven Zugang zu Goodies, Sonderangeboten und Bonusmaterial?

Findest du auch, dass dein Leben ohne Jons monatliche Gedanken zum Schreiben, Lesen und Veröffentlichen nicht komplett ist?

Dafür gibt es eine Lösung! Melde dich noch heute für Jons Mailingliste an:

**https://jonsmith.net/mailing-list**

# ÜBER DEN AUTOR

Jon Smith ist der Bestsellerautor von über 50 Büchern für Kinder, Jugendliche und Erwachsene. Seine Werke wurden bereits in sieben Sprachen veröffentlicht. Neben dem Schreiben von Büchern ist Jon ein preisgekrönter Drehbuchautor sowie Musical-Librettist und -Texter, mit Produktionen am Birmingham Hippodrome, Belfast Waterfront sowie in Londons Park, Waterloo East und Courtyard Theatres. Seine jüngste Produktion, *Dreamweaver – The Musical*, feierte Premiere im Old Court House in Kuching, Malaysia, und wurde auch im PJPAC in Kuala Lumpur aufgeführt.

Jon schreibt Krimis unter dem Pseudonym **Adi Flynn** und satirische Science-Fiction unter dem Pseudonym **Mark Voss**.

Jon hatte eine glückliche Kindheit – Gänseblümchenketten, Urlaube in der Sonne und eine obsessive Leidenschaft für alles Fantastische. Keine Zahnspange, wenige Pickel, nur ein gebrochener Knochen und ein gebrochenes Herz (nicht seines). Es lief alles prächtig.

Als Vater von vier Kindern lebt er mit seiner Frau und ihren zwei schulpflichtigen Kindern in der Nähe von Liverpool.

Wenn er einmal erwachsen ist, möchte er Bibliothekar werden.

# DIE FANG UND ABSCHEU TRILOGIE

# DER FÜNFTE REITER

## EINE KOMISCHE FANTASY, DIE ÜBER DIE REGELN DES LEBENS UND DES TODES HINWEGTRAMPELT

## ERHÄLTLICH ALS E-BOOK, TASCHENBUCH UND BEI KINDLE UNLIMITED

BAL
KON
media

www.ingramcontent.com/pod-product-compliance
Lightning Source LLC
Chambersburg PA
CBHW050606190726
48283CB00007B/2303